머리부터 **천천히**

박솔뫼 장편소설

머리부터 천천히

제1판 제1쇄 2016년 5월 11일
제1판 제4쇄 2021년 1월 7일

지은이 박솔뫼
펴낸이 이광호
펴낸곳 ㈜**문학과지성사**
등록번호 제1993-000098호
주소 04034 서울 마포구 잔다리로7길 18(서교동 377-20)
전화 02) 338-7224
팩스 02) 323-4180(편집) / 02) 338-7221(영업)
전자우편 moonji@moonji.com
홈페이지 www.moonji.com

이 도서의 국립중앙도서관 출판예정도서목록(CIP)은 서지정보유통지원시스템 홈페이지
(http://seoji.nl.go.kr)와 국가자료공동목록시스템(http://www.nl.go.kr/kolisnet)에서
이용하실 수 있습니다. (CIP제어번호: CIP2016010813)

박솔뫼 장편소설

머리부터 천천히

문학과지성사

차례

01

내가 언제나 듣고 싶은 이야기는 어떻게 그해 여름이 지나갔
느냐 하는 것인데 이건 내가 듣고 싶은 이야기이지만 내가 하
고 싶은 이야기이기도 하고 그해 여름은 매해 여름으로 나는
늘 여름이 어떻게 지나갔는가 하는 것을 집중해서 떠올린다.
나는 책상에 앉아 있고 책상 위에는 종이가 있다. 일부러 그런
것은 아니고 뭔가를 뒤지다가 그랬는지 책상 위의 컵을 건드
려 커피를 엎질렀다. 책상 위에는 종이가 있고 엎지른 커피가
있고 나는 손가락으로 커피를 찍어 종이 위에 소설 하고 썼다.
힘이 없고 희미한 소설이었다. 그해 여름에 나는 소설을 시작
하려고 늘 시작하려고 마음을 먹고 있었고 그것은 잘 되지 않
고 마음을 먹는 것만 계속할 뿐이었는데 그날은 그렇게 소설

하고 쓸 수 있었다.

소설을 쓰기 전에는 수많은 ㅅ으로 시작하는 것들이 있었다. ㅅ으로 시작하고 끝난 것들이었다. 어떤 것은 ㅅ이 되지도 못했다. 첫번째 소설은 커피 냄새가 나는 소설로 왼손으로 오른손을 붙잡은 채로 방금 쓴 소설을 보았다. 오른손이 떨고 있는 것은 아니었고 힘이 없었다. 갈색 수채화 물감으로 쓴 것 같은 소설이었다. 중간에 커피가 모자라 책상 위에 쏟아진 커피를 몇 번이나 손가락에 묻혔다. 그때 아주 집중하고 있었고 흥분하고 있었다. 마음속으로 하고 있어 되고 있어 그런 목소리를 내는 사람이 있었다. 하지만 내 전체는 그보다 더 단단하게 뭉쳐져 한길을 가고 있었다.

아버지는 침대 같은 소파에 눕듯이 앉아 계십니다. 나는 다가가 아버지를 깨우지만 아버지는 일어나지 않고 나는 하는 수가 없어져 손가락을 조심스럽게 아버지의 눈에 갖다 댑니다. 손가락 두 개로 아버지의 눈꺼풀을 엽니다. 아버지의 노란 눈이 보입니다. 아버지는 열이 나고 눈은 노랗고 어쩌다 깨어 있을 때는 소설에 대한 이야기를 하고 자꾸만 눈을 감습니다. 아빠 아빠 아버지 아버지 쳐다보고 있으면 아버지는 아버지인가 오히려 보고 있을수록 아무런 느낌이 없어집니다.

아버지가 말하는 소설은 속리산에서 빨래를 하는 할머니 이야기입니다. 혼수상태에 빠졌다 깨어났다 하는 아버지는 속리산에서 빨래를 하는 할머니 이야기를 하고 또 하고 그 할머니는 긴 역사를 말하고 그 할머니의 손녀는 또 다른 시간을 보는데 아버지는 이야기의 마지막에 꼭 너는 그것을 써야 해 말하고 다시 깊은 잠으로.

아버지는 정말 아버지일까요? 이 사람이 십몇 년 전에 어떤 여자와 아버지가 될 만한 일을 하고 어떤 여자는 나를 낳고 그리고 나는 시간이 흘러 이 자리에 앉아 그 남자를 깨우고 있는 걸까요? 아버지가 아버지가 맞다면 그렇다면 별수 없이 아버지이기는 합니다. 하지만 아무리 봐도 딸이라고 하는 내가 봐도 잠깐 정신을 놓으면 그러니까 무의식중에 무심결에 아버지를 보면 아 할아버지인가? 싶게 하는 이 늙은 남자가 정말 아버지일까요? 나는 다시 아버지를 바라보지만 아버지는 정말 할아버지라고 불려야 할 늙은 남자처럼 보이고 나이로 보아도 실제로 늙은 남자이고 여기서 이러고 있는 나는 몇 살 먹지도 않았습니다. 아빠 아빠 아버지 아버지 불러보아도 아니 불러볼수록 바라볼수록 헷갈리기만 합니다.

속리산의 할머니는 먼 옛날의 이야기를 시작하고 나는 고개를 끄덕이지만 아직 속리산을 모릅니다. 아버지 속리산은 어디야? 속리산은…… 그 할머니는…… 속리산의 할머니는 일제 강점기에 태어나 만주로 갔습니다. 아니면 조선 말기에 태어나 후에 만주에 갔습니다. 그게 아니면 언젠가 태어나 블라디보스토크에 갔습니다. 이것은 속리산 할머니의 이야기이므로 사실은 할머니는 한국전쟁 이후에 태어나 의외로 별 부침 없이 살았으며 할머니의 어머니가 들은 이야기를 오래도록 기억하는 것일지도 모릅니다. 할머니를 할머니라고 하고 할머니라고 믿기 시작하면 그 할머니는 2백 년을 살아도 이상할 게 없다고 모두들 생각하고 있으니까요.

아버지가 침대 같은 소파에 눕듯이 앉아 있던 날들은 언제 떠올려도 선명하다. 그날들은 여름 한낮처럼 선명하고 끝날 것 같지 않은 느낌이라 실제보다 길었던 것만 같다. 나는 요즘 소설 말고는 아무도 없는 방에 가만히 앉아 있다. 그러다 소설에게 소설을 설명하고 소설은 내게 질문하고 그러면 나는 다시 대답하는 시간을 보내고 있다. 그러나 문을 열고 나가면 침대 같은 소파가 있고 거기에는 아버지가 눕듯이 앉아 있을 것 같다. 그리고 나는 그 앞에 앉아 있지 아마? 아빠 아빠 아버지 아버지 자꾸 부르다 보면 아무 생각이 없어지고 슬픈 느낌도 반가운 마음도 없어지고 정말 이 할아버지가 아버지가 맞는 걸까 이런 생각을 하며 나는 앉아 있을 것이다. 그렇게 끝나지 않는 여름을 보내고 있을 것이다.

　나는 다시 책상에 앉아 있고 뒤를 돌아보면 침대가 있다. 침대를 이러저러한 것이라고 너는 방금 내가 잠을 잤던 곳이지만 언젠가 내가 들판을 헤맸던 꿈을 꾸었던 곳이라고 혹은 까슬까슬한 무명요가 커버처럼 덮여 있는 시원한 곳이라고 어떨 때는 그 위로 면으로 된 요를 깔고 솜이 들어간 이불을 깔고 두꺼운 이불을 펴놓으면 아주 따뜻한 곳이라고 누워 눈을 깜박이면 천장이 보이고 눈을 감으면 아주 많은 것들이 떠오르고 나는 침대에 대한 생각을 계속 이어나갈 수 있다. 침대는 이러저러한 것이며 이곳이며 저 먼 곳이며 하고 의자에 팔을 걸치고 책상 앞에 앉아 있지만 고개와 어깨는 침대로 향한 채로 침대에 대해 말을 한다.

　책상 위에는 커피가 있다. 나는 커피를 마시고 삶은 계란을 먹고 다시 커피를 마시고 그 옆에 있는 종이를 본다. 종이는 며칠 전에 쓴 소설이다. 소설은 이제 말라서 종이가 조금씩 울어 있었다. 창 너머로는 옆집이 보이고 자전거는 보이지 않지만 자전거가 지나가는 소리가 들렸다. 그리고 다시 나는 고개를 돌려 침대를 보았다. 침대는 자꾸 보고 싶은 곳이다. 그리고 침대 밑에는 많은 것이 있다. 하지만 그것에 관해서는 나중에 생각하고 침대는 자꾸 보고 싶은 곳이라고만 우선 다시 한 번 말을 하겠다. 나는 다 마른 소설을 들어 침대 밑에 두었다가 뭔가 아닌 것 같아 다시 책상 위에 두었다가 아니 아니야 결국에는 책상 서랍 안에 두었다. 소설을 처음 쓴 뒤로 며칠이 지났지만 아직 더 나아가지 못하고 있었다. 이전과 같이 손을 부들부들 떨며 스을 쓰기 위해 애쓰는 시간이었다. 그러다 소설을 소설하고 쓸 수 있었던 것처럼 더 쓸 수 있는 날이 올 것이라고 기다리고 있다. 이미 식은 커피를 한 모금 더 마시고 다시 물을 끓였다. 물이 끓는 동안 침대에 등을 기대고 문을 바라보다가 침대 밑으로 손을 뻗어 구두 상자를 꺼냈다. 구두 상자가 아주 많이 있었다. 구두 상자가 많다는 것은 구두도 많았다는 것인데 아버지가 죽고 남겨진 구두는 모두 팔아버렸다. 고모는이라고 말해도 누가 봐도 할머니인 고모는 아버지의 구두와 옷과 모자를 트럭에 싣고 가서 팔았다. 구두 상자에 구두가 없으므로 구두 상자는 비어 있을까? 내가 방금 꺼낸 구두 상자에는 말린 귤껍질이 가득 들어 있다. 그리고 또 다른 구두 상자에도 말린 귤껍질이 가득 들어 있다. 그리고 또 다른 구두 상자에도 그리고 또 다른. 나는 말린 귤껍질이 든 구두 상자를 발 옆에 두었다. 연하게 귤 향기가 올라오고 있었다. 하나를 꺼내 코 밑에 댔다. 그런다고 해도 여전히 희미한 귤 향기. 다시 손을 뻗어 구두 상자를 꺼냈다. 거기에는 담배가 가득 있었다. 라이터도 서너 개 있었다. 라이터로 말린 귤껍질 끝을 태워보았다. 겨울의 냄새가 났다. 타는 냄새와 귤냄새가 섞인 냄새는 겨울을 생각나게 했다. 담배를 들고 가스레인지로 가 불을 붙였다. 물은 아직 기다려야 했다. 담배를 피우고 귤껍질 하나를 꺼내 재를 떨고 물이 끓는 소리가 들리기를 기다렸다. 커피를 마시며 담배를 피울 것이다.

　속리산에서 빨래를 하는 할머니는 만주에서 독립군을 만나 그들을 도왔다고 하며 어떤 날에는 독립군의 일원으로 함께 말을 타며 전투에 참가했다고 하며 어느 날에는 장사를 해 돈을 벌어 자금을 댔다고 했다. 아무튼 돈에 밝은 사람이었는지 이후로도 돈을 많이 벌어 일본으로 갔다고도 하고 아니다 일본으로 가 돈을 많이 벌었다고 하고 그런 이야기를 들으면 속리산에서 빨래를 도무지 왜 하고 있는지 흰 무명천 같은 것을 계곡에서 왜 빨고 있는지 방망이로 두드리며 산속 초가집에서 살 것 같은 그 할머니는 돈에 밝은 사람일 것 같지가 않았다. 산속에서 빨래를 하는 할머니는 알고 있는 이야기를 하는 사람일까 들은 이야기를 들은 대로 들은 것에 가깝게 옮기는 사람일까 아니면 정말로 돈을 많이 벌었다가 나이가 들어 망

13

했든지 아니면 나이가 들어 다 귀찮아져서 속리산으로 들어온 것인지 알 수 없지만 속리산의 할머니는 계곡에서 빨래를 하고 있다. 오늘의 이야기가 끝나 내일의 이야기가 시작될 때에는 다시 빨래를 하고 있다.

속리산이 어디 있는지 이야기를 들을 때는 몰랐다. 어디 있는지 알게 된 지금에는 속리산 하고 쓰지 못하고 있다. 속리산으로 시작하는 이야기를 들을 때만 해도 응응 하며 고개를 끄덕이며 언제라도 그것을 쓸 수 있나 보다 했지만 여전히 나는 ㅅ을 쓸 수 있거나 쓰다 말거나 하고 있다. 오랜만에 집을 나섰다. 밖은 이미 따뜻해져 있었다. 겉옷을 팔에 걸치고 도서관을 향해 갔다. 도서관은 공원 안에 있었고 공원 안에는 벤치와 기념비와 노인들이 있었다. 노인들은 꽃나무 아래에 서서 사진을 찍었다. 두리번두리번 공원을 살펴보았다. 이 공원은 지역의 독립운동가를 기리기 위한 공원이었다. 기념비는 그 독립운동가의 두상이었고 그 외에도 그 사람이 쓴 일기 같은 것이 비로 새겨져 있었다. 꽃나무에는 작은 스피커가 달려 있었고 거기서는 음악이 흘러나왔다. 각각의 꽃나무에는 각자 다른 음악이 흘러나오고 있었고 음악은 꽃나무 아래에서만 들릴 정도의 크기로 흘러나왔다. 공원에서는 할 것이 몇 개 있었다. 그중 하나는 바둑 두는 사람을 찾는 것이다. 독립운동가의 기넘비 아래에는 방석이라고 해야 할지 아무튼 비닐로 된 뭔가를 깔고 바둑을 두는 할아버지가 있었고 그 사람은 혼자서 바둑을 두고 있었다. 손을 턱에 괴고 바둑판을 보고 있었다. 나는 공원을 나와 공원 앞 제과점에서 빵과 커피를 사서 다시 공원으로 돌아왔다. 할아버지는 여전히 자리를 옮기지 않고 바둑판을 보고 있었고 나는 꽃나무 아래 벤치에 앉아 커피와 빵을 먹으며 저 할아버지가 언제 돌을 옮기나 보고 있었다. 꽃나무에서는 클래식이 흘러나왔다. 꽃잎이 바람에 날렸고 나는 그것을 움직이지 않은 채 그대로 눈에 담으려 애쓰며 바라보았다. 그 할아버지는 손을 턱에 괸 채 여전히 바둑판을 바라보고 있기만 했다.

도서관에서는 한국의 아나키스트에 관한 책과 요리책을 빌렸다. 이 시간에는 사람이 별로 없나 봐. 책꽂이에 등을 기대고 큰 창으로 보이는 공원을 바라보았는데 그 할아버지가 천천히 턱에서 손을 떼 팔을 뻗는 것이 보였다. 그 사람은 돌 위에 손가락을 얹고는 다시 움직이지 않고 가만히 있었다. 나는 빌린 책을 가지고 집으로 돌아왔다.

나는 바둑을 두지 못하고 ㅅ으로 시작하는 것은 ㅅ에서 끝난 것일 뿐이었고 그것에 바둑판을 그려 오목을 두었다. 내가 반대의 역을 해보려 했지만 잘 되지 않았다. 그렇지만 반대의 역이라는 것이 있을 수가 없었고 그냥 혼잣말을 많이 하게 되기만 했다. 그래도 몇 번이나 하기는 했다. 조금 재미있었다. ㅅ으로 시작하는 것은 바둑판이 되었고 조금 있다가는 책상 위에 흘린 커피를 닦는 데 썼다. 나는 커피를 또 흘렸다. 아무 생각 없이 뜨거운 물을 확 부어버렸기 때문이었다. 다 닦고 나서는 신문지 위에 올려두었다. 그 위에는 또 신문지가 쌓일 것이다.

　그 사람은 돈을 많이 벌었다고 하는데 어째서 속리산에 있을까? 일본에서 큰 술집을 몇 개나 갖고 있었다고 아버지는 말했다. 그렇다면 망했다고 해도 도시에서 외롭고 쓸쓸하게 죽는 것이 어울릴 것이다. 망하지 않았다고 하면 외롭고 쓸쓸할 수는 있어도 속리산에 가지는 않을 것이고 가더라도 무명천 같은 것을 나무 방망이로 빨고 있지는 않을 것이고 아니 아니 정말 그 이전에 속리산에 가지 않을 것이다. 그렇다면 그 사람은 무얼 하며 살았을까, 매일같이 정해진 시간에 일어나 가볍게 아침을 먹고 씻고 단장을 하고 가게로 가 장부를 정리하고 커피 한 잔을 마시며 담배를 피운다. 속리산에 가기 싫어. 속리산에는 가지 않을 것이다. 어제 빌려온 책들을 들춰보다가 다시 물을 끓이고 차를 마실 준비를 한다. 아나키스트들은 북으로 많이 갔다. 요리책의 요리를 그 음식 하나하나의 조리 과정을 머릿속으로 그려보는 것에는 많은 힘과 집중력이 필요하다. 요즘 내가 하는 일 중 가장 머리를 써야 하는 일이다. 그리고 그 것을 실제로 내가 한다고 생각했을 때: 무엇을 사고 무엇을 사지 않을 것인가, 무엇을 포기하고 어떤 것을 원해야 하는가를 고려하여 머릿속으로 다시 만들어보기도 한다. 그러면 점점 배가 고파지고 나는 막 끓으려 하는 주전자의 물을 냄비에 부어 멸치를 넣고 국수를 만들 준비를 한다. 차 같은 것은 마시고 싶지 않아졌다. 나는 배가 고프니 차 대신 국수를 끓일 것이다.

아버지는 좋은 옷이 많았고 커피를 많이 마셨고 나에게 공손한 늙은 조카들은 아버지가 늘 양복을 맞춰 입고 호텔에서 커피를 마셨다고 했다. 옷과 구두 모자와 벨트는 몇 벌을 빼고는 이제 없다. 나는 거기에 아무런 불만이 없다. 오래된 이 집에서 나는 대부분 내 방에서만 머물렀고 내 방은 여관 같고 침대와 책상과 작은 서랍장만이 있다. 먼지처럼 침대 위에 책상에 붙어서 시간을 보낼 것이다. 아버지는……이라고 말하면 왠지 어떨 때는 웃음이 났고 그럴 때면 책상에 등을 기대고 서서 그 사람은…… 하고 말해보았는데 그게 어색하지도 않고 재미있고 좋았다. 그 사람은 명동에서 놀았고 명동 명동 하고 이야기도 많이 했고 좋은 것을 많이 했고 이제 남은 것은 별로 없지만 재밌는 것을 많이 했다고 하고 그렇다면 그런 이야기를 하는 것이 재밌었을 것이다. 춤을 추고 헤매고 쏘다니고 토하고 옷을 벗고 만지고 다시 춤을 추고 모든 설탕같이 끈적하고 단 맛만이 남은 것들을 이야기하는 것이 좋았을 텐데 왜 아무런 상관도 없는…… 분명 그 사람은 혁명이니 독립이니 일제 강점기에 청년으로 살았다고 해도 그런 것에 아무런 관심이 없이 또다시 팔짱을 끼고 어디 커피를 파나 하고 돌아다니는 것을 생각했을 텐데. ㅅ으로 시작하는 것을 왜냐면 이 집에는 그것이 엄청 많기 때문에 그것을 책상 위에 여러 개 깔고 뜨거운 냄비를 깔고 국수를 먹는다. 이렇게 살다가 사람들 앞에다 이걸 먹어 하고 내놓을 만한 국수 같은 것은 영영 못 만들게 될지 몰라 하는 생각이 들었다. 고모는 두어 달에 한 번씩 와 김치를 주고 멸치볶음과 김을 주고 사과를 주고 매일 아침에 사과 하나씩을 먹으라고 하고 감자와 양파를 썰어 만드는 야채수프 같은 것을 해주고 그걸 어떻게 만드는지 매번 설명을 하고 나는 그것을 우는 기분으로 숙제처럼 먹고 나는 떡볶이를 그래 떡볶이를 어서 오세요 드세요 하고 만들어서 먹어 먹어 하는 날이 올 것인가 그런 생각을 하면 곧 다시 야채수프를 먹어야만 하는 날들이 온다. 하지만 국수는 내가 만들어 먹는 국수는 맛이 있고 나는 아무렇게나 고개를 내밀고 있는 멸치까지 아 대부분의 집에서는 이 멸치를 미리 건져내겠지 아무튼 막 씹어서 다 먹는다. 책에는 다포리라는 것이 있었다. 내가 국수를 만들면 다포리는 포기하고 멸치와 다시마만을 선택하고 김치를 볶는 것과 계란 지단 만드는 것은 하겠지만 애호박을 양념을 해서 볶는 것은 관둬버리고 그리고 김은 필요 이상으로 넣고 후루룩후루룩 먹을 것이다. 국수를 다 먹고 배가 부르고 입은 이제 할 일이 없으니 나는 또 그 사람은 하고 말을 시작해보고 이번에는 왠지 웃음이 나와 흠흠 하고 가다듬고 다시 그 사람은 좋은 것을 많이 해보고 많은 여자들을 만나고 놀 만큼 놀다가 아 어쩐지 그런 인생이 저에게는 찾아오지 않을 것만 같고 그렇습니다 저는 일생 놀아본 적도 없는 열쇠점 할아버지나 전파상의 남자들 같은 얼굴을 하고 늙을 것 같고 아무튼 그 사람은 60살이 넘어 나를 낳게 됩니다. 낳는 것은 여자가 했지만 여자와는 곧 헤어집니다. 그 사람은 죽기 전에 그런 이야기를 하는 것이 좋았겠지만 엄마라든가 아내라든가 자신의 어린 시절이라든가 그런 이야기를 하는 게 맞겠지만 나는 이상하게 분한 것이 별로 없고 슬픈 것도 별로 없는 사람이 되어갔다.

차 같은 것은
아니야
차 같은 것은 아니야

차를

차를

그래

차를

　냄비를 설거지통에 넣고 차를 마시기 위해 물을 끓인다. 방금 전 차 같은 것은 마시고 싶지 않아졌다고 말한 것이 미안했다. 벽에 기대어 차 같은 것은이라고 했던 것을 미안해 말하고 무릎을 꿇고 손을 비비며 미안해 말하고 부엌에 냉장고에 열려 있는 문에 절을 하며 미안해 말했다. 이렇게 하는 절은 설날에 하는 절인지 장례식장에서 하는 절인지 나는 잠시 장례식장을 떠올리지만 나는 다시 고개를 절레절레 흔들며 차 같은 것을이라고 말해서 미안해 미안해 말하며 손을 비볐다. 목이 말라서 물이 끓기만 기다렸다.

　오늘은 소설을 쓸 수 있었다. 볼펜으로 소설 하고 썼다. 소설을 쓸 수 있던 날은 그것이 어떻게 되었는지 자기 전에 늘 되살려보려 하지만 잘 되지는 않는다. 오늘은 종이 한 장에 크게 소설 하고 써버려 새 종이에 다시 작게 소설 하고 썼다. 그리고 여전히 손에 힘이 들어간 채로 속리산을 쓰기 위해 ㅅ을 썼지만 여전히 ㅅ에서 멈추었다. 나는 그 사람이 속리산에 가는 것이 싫기 때문이다. 일본에서 술집을 몇 개나 운영하던 여장부였다는 그 사람이 속리산에서 빨래를 하는 것은 싫었다. 그렇다고 부자가 아닌 사람들이 속리산으로 가서 빨래를 하는 것이 좋다는 것이 아니고 속리산이 뭐 나쁜 것이 아니고 빨래는 모두가 해야 하는 것이다. 그렇지만…… 하고 생각하다 ㄱ를 쓸 수 없었다. 옷을 입고 빌린 책을 들고 도서관에 갔다. 나는 속리산이 싫었다.

공원 벤치에 앉아 몇 개 남지 않은 꽃잎을 보았다. 바람이 불어왔다. 머리를 벤치의 팔걸이에 기대고 누워 바둑을 두는 사람을 찾았는데 그 사람은 오늘도 턱에 손을 대고 고민을 하고 있었다. 누구에게 아무것도 배우지 못했다는 것이 어째서 곧 그 이유로 모든 것이 끝날 것처럼 여겨지는 것일까. 바둑을 배우지 못했소? 물으면 배우지 못한 채로 바둑을 모르는 채로 죽소 하고 대답하는 누군가가 내 어딘가에 있었다. 음식을 만드는 것을 배우지 못했소? 하면 다 큰 여자들이 하는 것을 아무것도 배우지 못한 채로 죽소 하고 그 누군가 대답하고 그러면 아무것도 배우지 못했고 그냥 가만히 있소? 하면 그냥 설렁설렁 우스운 표정이나 하면서 살다 죽소 했다. 그것은 ㅅ으로 시작하는 것을 어떨 때는 소설을 쓸 때도 어떻소 저떻소 그러네 저러네 이랬어 저랬어 하고 목소리를 내었다. 그 목소리는 너는 그래도 오목은 알지 하고 떠들고 나는 목이 아파 다시 일어나 앉는다. 목소리는 귀 어딘가에서 너는 노인의 목소리를 가지고 있소 하고 말하며 들어왔다 나왔다 하고 나는 이상한 표정을 하며 그렇소 그렇소 하고 입 밖으로 내어 말을 해봤다. 일과처럼 공원 앞 제과점에서 빵과 커피를 사서 돌아왔다. 꽃나무 아래 벤치에서 클래식을 들으며 빵과 커피를 먹고 바둑 두는 할아버지를 지켜보았다. 나는 정말 속리산에 가기 싫었다. 이것은 목소리가 아닌 나의 생각이다.

도서관에 책을 반납하고 집으로 왔다. 코가 간질거렸다. 얼굴이 살짝 따가웠다. 봄의 먼지가 붙었나 보다. 나는 집에서도 먼지처럼 있다. 먼지라는 것이 나와 친해져 같이 있었다. 바둑 두던 사람은 오늘은 한 번도 돌을 움직이지 않았다. 턱에 괸 손은 여전했다. 그 사람은 음…… 하고 말을 하나 아니면 아무 말이 없이 고민을 하나. 옷을 털고 편한 옷으로 갈아입고 손을 씻고 세수를 하고 침대에 누웠다. 침대에 누우면 천장이 보이고 잠이 들면 다른 것이 보일 거야. 이불 속으로 들어가 몸을 작게 만들었다. 그렇지만 다시 크게 만들 수도 있었다. 크다고 해도 원래대로지만 말이다. 침대의 밑에는 아주 많은 것들이 있고 구두 상자가 있고 말린 귤껍질이 담배와 라이터가 있고 오래된 잡지가 있고 그리고 또 많은 것들이 있다. 그렇소 그렇소 나도 잘 알고 있소. 나는 고개를 세차게 흔들었다.

이미 할아버지인 아버지는 할머니 할머니 하며 이야기를 했다. 정신이 들 때 갑작스럽게 이야기를 했다. 속리산의 할머니는 빨래를 하며 이야기를 한다. 길을 잃은 사람들 이야기를 한다. 어느 날은 만주의 혁명가 이야기를 하는데 그것이 할머니의 이야기 중 가장 길고 오래된 이야기다. 아버지의 목소리가 들리는 듯도 했다. 소설과 속리산은 둘 다 ㅅ으로 시작하고 아버지의 소설은 속리산의 할머니 이야기이니 아버지의 소설도 ㅅ으로 시작한다. 어디에선가 많은 페이지가 넘어간다. 나는 그것을 전부 들을 수 없었다. 조금 들을 수는 있었다. 자신의 소설이지만 자신도 모를 수 있어, 나는 아버지가 소설 속리산에 대해 ㅅ으로 시작하는 것에 대해 실은 잘 모를 수도 있다는 생각이 들었다. 나는 속리산도 쓰지 못하고 ㅅ으로 시작하며 끝내고 그 정도를 하고 있기 때문이다. 하지만 그렇게 생각하자마자 바람에 스르르 넘어가는 페이지들이 보였다. 페이지들은 넘어가고 다시 반대 방향으로 넘어가고 그러면 알고 모르고 알고 모르고라는 말 자체가 아주 우습고 부주의한 것으로 여겨졌다. 페이지는 어딘가에서 넘어가고 다시 앞으로 되돌아가고 다시 넘어가고 있다.

중환자실에서 잠을 자던 아버지는 며칠이 지난 후 천천히 좋아지다 3일쯤 지나 갑자기 호전되어 일인실로 옮겼다. 일인실에서 아버지는 운동도 하고 미음도 먹었다. 나는 수술복을 입고 마스크를 쓰고 장갑을 끼고 일인실에서 아버지의 속리산 이야기를 듣는다. 아 내가 써야 되는가 보구나 고개를 끄덕이며 놓치지 않으려고 잘 듣고 있다. 고개를 끄덕이며 생소한 것은 혼잣말로 중얼거리며 잊지 않으려 애썼다. 빠르게 회복된 아버지는 갑자기 다시 나빠졌다. 회복될 때보다 더 빠른 속도로 나빠졌다. 다시 중환자실에 들어간 아버지를 보았다. 그때처럼 아버지는 약물요법을 써서 매일 자고만 있었다. 그러다 일주일이 못 되어 아버지는 돌아가셨다. 그렇소 그렇소 하고 목소리가 말을 하기 전에 고개를 끄덕이며 말을 했다. 나는 말을 할 줄 안다. 아무 말도 못 하는 것은 아니고 아무것도 배우지 못한 것도 아니었는데 그것이 배우는 것인지 배울 수 있는 것인지를 확인하기가 무서운 것뿐이다.

여전히 이 집에는 소설이 ㅅ으로 시작하는 것들이 많이 있고 나는 나이 든 사람들이 하는 것을 하나도 제대로 배우지 못한 채로 나이가 들 것이다. 바둑을 모르오 배우지 못했소 밥은 맛이 이상해 소설은 어떻게 속리산 하고 쓰게 될까. 속리산은

50살이 되어도 못 가볼 것 같다. 그 전에 속리산 하고 쏠 수는 있을 것이다. 여름이 가도록 계속 해봐야지 점점 더 오래 그런 생각은 했다.

02

중환자실 뒤쪽 벽에는 지도가 붙어 있었다. 우경은 가만히 서서 그 지도를 바라보았다. 다른 환자 가족들은 순간순간이 아쉬워 손을 잡고 눈물을 흘리고 이야기를 하려고 시도하고 있었고 우경은 그런 시도를 하는 대신 지도를 유심히 바라보기만 했다. 커다란 세계 지도. 어느 나라의 어느 도시 그 도시 옆의 또 다른 나라들을 하나씩 천천히 바라보았다. 지도에는 환자들의 이름이 씌어져 있었다. 누군가는 일본과 중국에 있었고 대부분은 한국에. 유럽과 미국에 적힌 이름들도 보였다. 여러 군데 같은 이름이 적혀 있기도 했고 지도 바깥에 메모가 적혀 있기도 했다. 우경은 매일같이 이곳에 와 점점이 찍힌 환자의 이름들을 확인하고 그 이름들이 어떻게 흘러가는지 혹은 머무는지를 지켜본다. 혼수상태에 빠진 환자들이 어디를 헤매는지 지도로 확인시켜준다는 것을 우경은 중환자실에 와서야 알게 되었고 중환자실에 와보고야 알게 되는 것들은 그 외에도 여러 가지가 있었다. 오전과 오후에 각각 한 번씩 면회가 있고 면회 전에는 손을 깨끗이 씻은 걸로 모자라 손 세정제로 손을 문질러야 하고 환자의 가족임을 보여주는 명찰을 받아야 하고 그런 것들. 매일같이 병원에서 지내서 병원에 익숙해져버린 몸과 얼굴의 어머니 아내 딸 그렇게 많은 여자들. 가끔 양복을 입은 사람들이 엄숙한 얼굴로 인사를 하기도 했다. 아마도 남자 형제들이나 회사 동료들로 보이는 사람들. 그 외에도 더 많은 것들을 이야기할 수 있게 되었다. 우경은 마치 중환자실의 모든 것을 하나하나 자세히 놓치지 않으려는 듯이 매번 꼼꼼히 바라보았고 그러고 난 후에야 마지못한 느낌으로 병준에게 갔다.

병준을 보며 안녕 병준 너는 누워 있구나 오늘도 여전히 누워 있구나 그리고 너는 대체…… 우경은 마음속으로 하는 말인데도 말이 이어지지 않아 노려보듯 병준을 뚫어져라 바라보다 할 말도 없지만 그것보다 무언가 입 밖에 내고 손을 움직이고 하는 것이 그러니까 병준 앞에서 무언가를 한다는 것이 아직도 잘 되지가 않았다. 그렇게 답답한 마음으로 침대를 내려

27

다보다 다시 중환자실 문을 열고 나오는 것이다. 대체 대체. 사실 대체라는 말은 자신을 향한 말이기도 한데 대체 나는 무얼 보려고 매일같이 병원에 가는 것일까 스스로도 지겹다고 해야 할까 알 수 없네 싫달까 한숨이 나오며 넌더리가 나는 기분에 사로잡혔다. 우경은 그 모든 것을 알면서도 마치 오늘은 새로울 것이라 생각하며 어제의 심란함 같은 것은 접어둔 채로 다시 병원으로 향하는 것이다. 대체 나는 어째서. 병준을 위해 병준을 만나기 위해 아니 중환자실을 보기 위해 중환자실을 관찰하기 위해? 우경은 피곤한 몸과 복잡한 머리를 끌고 간신히 집으로 돌아와 씻으며 생각해보려 하지만 관둬버려 그런 생각 관둬라고 거울을 보며 냉정한 표정을 지으며 스스로가 말하고 있었다.

우경이 병준과 헤어진 것은 5년 전이고 완전히 연락이 끊긴 것은 3년 전의 일이었다. 병준은 가족과 연락을 끊었다고 해야 할까 가족에게서 연락 끊김을 당했다고 해야 할까 그때는 그게 그에게 상처를 줄까 봐 전전긍긍하느라 자세히 물어보지 않아 어느 쪽인지 잘 모르겠지만 지금 생각해보니 아무래도 후자 같았다. 어쨌거나 가족과 연락을 주고받지 않는 상태였다. 그래서 사고가 난 이후로 우경에게 연락이 온 것인가 본데 우경 역시도 병준과 연락이 끊긴 사람이라고 해야 할까 연락을 끊은 사람이라고 해야 할까였으므로 어떤 이유로 자신이었는지 아직도 알 수가 없었다. 아마 병준이 깨어나면 알 수 있겠지. 깨어날 수 있을지는 모르겠지만. 그러니까 우경은 매일같이 예전 애인인가…… 예전 애인이기는 하지만 너무 오랫동안 좋아하고 저주하고 괴롭히고 괴롭힘당해서 뭐가 뭔지 모르겠는 사람을 보러 매일 병원에 가는 것이었다. 그 감정들과 시간들은 대부분 사라져버렸는데도 어째서인가 매일같이 가는 것이다. 그렇게 매일을 곤두선 채로 면회 시간을 갖고 잔뜩 피곤해져서 집에 돌아와 빵에 꿀이나 잼을 발라 바나나나 해바라기씨 같은 걸 얹어 잘 씹지도 않은 채로 삼켜버리고는 맥주를 마시고 드러눕는다. 병원에서 보는 병준은 그저 환자 같고 사고당한 사람 같고 누워 있는 사람 의식이 없는 사람일 뿐이라서 아무런 느낌이 들지 않았다. 이 사람의 치사스러움과 무책임함과 그럼에도 조금 귀여웠던 점, 그런 조금 좋았다고 할 만한 것들을 다 이기고도 남을 이기적임 같은 것은 전혀 보이지가 않아서 정말로 아무런 성격이 없구나 지금 너는 정말 중환자실에 누워 있는 사람일 뿐이구나. 우경이 매번 실감하는 것은 그런 것들뿐이었다. 눈물도 나지 않았고 오히려 이 사람은 이제 누가 돌봐주는지 병원비는 누가 내는지 왜 아무도 찾아오지 않는 건지 그런 것들을 잠깐 생각해보다 말았다.

우경이 병준을 처음 만난 곳은 어느 밤의 낭독회였다. 커피와 술을 함께 파는 카페에서 열린 주목받는 젊은 남자 시인의 낭독회였다. 첫번째 시집을 낸 지 얼마 되지 않은 시인은 다소 긴장하고 있었지만 긴장 같은 것은 안 한다는 듯이 농담을 던지며 인사를 했다. 하지만 다소 긴장한 얼굴을 보여주는 것이 호감을 살 것임을 잘 알고 있는 그런 번들거리는 면이 보이는 뭐 그런 사람이었다. 그런 모습은 그 사람의 시에서도 잘 드러났는데 우경은 어째서인지 그때는 그것이 조금 좋을지도 모른다고 생각해서 낭독회에 가보았던 것이다. 자리에 앉아 음료를 주문하고 조용히 목소리를 기다렸다. 시인의 첫번째 시 낭독이 끝나고 사회를 보던 출판사 직원이 나와 시에 관한 이야기를 잠깐 하였다. 시에 관해 그날의 분위기에 관해 시인에 관해 시집에 관해. 사람들은 맥주를 마시며 눈을 빛내고 있었고 모든 것은 그럭저럭 좋다고 할 수 있었다. 시인이 두번째 시를 낭독하려고 할 때 누군가 갑자기 앞으로 나오기 전까지는 말이다. 긴 회색 티에 청바지를 입은 마른 남자는 천천히 앞으로 걸어 나왔다. 비틀비틀 앞으로 걸어 나온 그 사람은 주절주절 자기 이야기를 시작했다. 눈을 빛내는 아가씨들 사이를 비집고 나온 그 남자는 크게 위협적인 것은 아니었지만 순식간에 시인이고 뭐고 눈에 안 들어오게 만들어버렸다는 면에서는 위협적이었다. 저는 술에 취하지 않았습니다 앞으로도 취하지 않을 것입니다 저는 하얗고 종이 같습니다 아무 잘못이 없습니다 그런 말 그런 말을 하려고 하는데 누구보다 멀쩡하게 하고 싶은 것입니다. 남자는 그런 말을 중얼거리며 정중앙에 섰다. 시인은 보이지 않고 남자만이 보였고 사람들은 웅성거렸지만 실은 이 모든 상황을 즐거워하고 있다는 것을 잘 알고 있었다. 이 사람은 왜 시를 쓰는 걸까요 어떤 사람들이 시를 쓰는 걸까요 그런 정직한 이야기를 정직한 사람들이 합니까 시인들이 합니까 대체로 정직한 시인들이 하려고 합니까 나는 이곳의 핀 조명이 싫습니다 눈이 아픕니다 핀 조명이라니요 시인은 핀 조명을 받고 나는 핀 조명에 눈이 아프고 눈이 아프면 짜증이 나고 예민해지고 무엇보다 어지러워집니다 어질어질 이곳의 보드카 칵테일은 앱솔루트 보드카를 베이스로 쓰고 있습니까 뭐래도 상관없습니다 나는 맥주를 마시니까요. 출판사 직원은 일어서서 남자를 저지하려고 했다. 그는 출판사 직원을 보고 고개를 숙이며 곤란하게 해서 죄송합니다 미안합니다 미안합니다 곤란하게 하려는 마음은 없었습니다 공손히 인사를 하고 다시 뒤로 가서 앉았다. 시인의 낭독은 다시 이어졌지만 사람들은 이전처럼 쉽게 집중하지 못했다. 낭독회가 끝나고 사람들은 각자의 테이블로 흩어지거나 카페를 나갔다.

혼자 온 우경은 자연스럽게 그것이 어떻게 자연스러운 일이었을까 별로 자연스럽지는 않았을 것 같지만 아무튼 자연스럽게 그의 테이블로 가 앉았다. 그 사람은 수줍어 보였고 실제로도 수줍었고 우경은 속으로 귀여워 귀여워! 하고 마음속으로 소리를 질렀다. 하지만 그때도 마음 한 켠에서는 나는 왜 이런 사람들만 좋아하는 것일까 하고 불안하게 떨고 있기는 했지. 우경과 병준이 만나기 시작한 것은 그때부터였다. 그는 돈이 없어 우경과 함께 살았고 그러다 말도 안 하고 여행을 가버렸으며 여행에서 돌아와서는 역시 돈이 없어서 우경의 집에서 살았다. 평소 취해 있을 때가 많았고 여러 번 돈을 꿔 갔고 아니 사실 말하기도 전에 우경이 돈을 주었고 그와 비슷한 횟수로 다른 여자와 잤고 음 어쩌면 더 많이 잤을 수도 있고 뭐 그랬다 병준은.

지도에서 병준의 이름은 두 군데였다. 앞으로는 어떻게 될지 모르겠지만 아직까지는 오키나와와 부산 그 두 군데였다. 오키나와라. 그러고 보니 병준은 이전에 오키나와에 갔다 왔던 적이 있었다. 부산에 사는 친구에게 돈을 꿔서 오사카에 가는 배를 타고 갔다고 들었다. 그것도 한참 지난 후에야 알게 된 것이었지만 말이다. 병준은 아무렇지 않게 친구를 만나러 잠간 부산에 갔다 온다고 말하고 부산에서 배를 타고 오사카에 가버렸고 거기서 뭘 했는지는 모르겠지만 아마 여자들이 돈을 줬겠지? 오키나와에 갔다 왔다고 했다. 갈색 그을린 피부의 병준은 두 달 후엔가 웃으면서 돌아왔는데 우경은 화도 나지 않아서 멍한 상태로 웃으면서 밥을 해줬다. 뭔가 김치찌개 같은 걸 먹었다. 둘은 김치찌개와 계란말이와 그런 것들을 먹었다. 우경은 그날 밤에 먼저 잠든 병준을 보면서 맥주를 마셨는데 맥주를 두 캔쯤 비웠을 때에야 갑자기 화가 치밀기 시작해 병준을 침대에서 끌어내 때리기 시작했다. 책을 던지고 손에 잡히는 것들을 방에 던지며 소리를 질렀다. 만화영화에서처럼 갑자기 잠에서 깨 어? 어? 하는 표정으로 주변을 살피던 병준은 한참을 그대로 맞고 있었다. 그렇게 맞고 있다가 팔로 얼굴을 가리며 맞다가 더 이상 못 참겠는지 우경을 막기 시작했고 병준의 팔 힘이 세서 손목을 잡힌 우경은 빠져나갈 수 없었다. 분에 못 이겨 소리를 지르며 팔을 깨물고 얼굴을 깨물었다 힘껏. 아파 정말 아파 병준은 우경을 밀치며 정말 아파,라고 말했고 고개를 들어 이빨 자국이 선명한 병준의 얼굴을 보았는데 그게 왠지 불쌍하며 귀여웠기 때문에 우경은 더는 화를 낼 수가 없었다. 그 자리에는 멍이 들었는데 이빨 자국 모양의 멍이었다. 쳐다보기 부끄러워 고개를 돌리게 만드는 멍이었다.

오키나와가 많이 좋았던 걸까. 다정하게 오키나와가 좋았니? 라고 묻지도 못한 채 우경은 오키나와 오키나와 오키나와 혼잣말로 말해보기만 할 뿐이었다. 중환자실의 여자들은 가끔 우경에게 병준과 어떤 관계냐고 물었고 속으로는 다들 좀 이상한 여자라고 생각하고 있을 것이라는 것을 우경 역시 잘 알고 있었고 사실 겉으로도 시간 아깝게 왜 그러냐는 질문도 여러 번 받고 그래서인지 침대를 내려다보며 오키나와 오키나와 오키나와 말해도 여전히 이상한 여자로 볼 것이라는 것을 알아서인지 우경은 멍한 얼굴로 오키나와 오키나와 오키나와 오키나와 오키나와 여러 번 불러보아도 아무런 바람도 향기도 나지 않는 오키나와라는 말을 계속 해보았다. 오키나와 오키나와 오키나와 오키나와. 사실 병준이 가만히 누워 있는 것을 보면 이 사람은 그저 살덩어리 몸뚱이 어떤 생각을 가졌는지 어떻게 살았는지와 상관없이 그저 개체로서의 인간일 뿐이었다. 뭐야 뭐지 어떻게 그저 가만히 숨만 그것도 기계를 통해 숨만 겨우 쉬고 있는 건가. 뭐라고 설명할 수 없고 그저 인간이라고 부를 수밖에 없는 것일 수 있나 안타까워서 주저앉고 싶었다. 우경은 침대의 팔걸이를 힘을 주어 잡으며 작은 목소리로 다시 오키나와 오키나와 부르며 서 있고. 정말 이 사람이 그 사람이 맞는가 대체 이 사람이 누구지 아무런 성격도

능력도 추악함도 치졸함도 보이지 않았다. 그렇지만 너의 어딘가는 오키나와를 헤매고 있는 거야? 보이지 않지만 오키나와를 오키나와를 헤매고 있는 건가 보다. 웃지도 울지도 못한 얼굴로 오키나와…… 면회 시간이 끝나갈 즈음 다시 지도로 돌아가 점으로 표시된 오키나와의 지명 몇 개를 적었다. 왜 이제껏 오면서 이걸 적으려는 생각을 하지 못한 건가 잠시 후회가 되었고 그제야 시선을 부산 쪽으로 돌렸고 부산역 주변에 몇 개의 점이 찍혀 있는 것이 보였다. 우경은 기억해야지 생각하며 부산역 부산역 하고 중얼거리다 부산역 주변의 점이 찍힌 동네 이름을 써두었다. 오키나와와 부산의 작은 동네들이 흰 종이에 뒤섞여 있었다. 낯선 곳의 이름을 급히 써 내려가며 오키나와 오키나와 부르듯 속으로 여러 번 읽어보았지만 도무지 어떤 곳일지 그려지지 않았고 그곳은 모두 바다가 있는 곳이네 바다가 있는 곳이라고 생각할 뿐이었다.

우경은 집에 돌아가 오키나와와 관련된 것들을 찾아보았다. 책은 그리 많지 않았고 신혼여행이나 가족여행으로 다녀온 사람들의 여행기를 읽다 말다 했다. 아무래도 도쿄나 오사카 같은 곳보다 정보가 많지는 않았다. 좋은 곳에 있었네, 그때 나는 괴로웠는데 괴로워서 밥도 잘 못 먹었는데. 우경은 내일 퇴근

하는 길에 서점에서 관련 책을 한번 들춰봐야겠다 생각했다. 지도에서 부산역 부분을 확대해나가며 병원에서 찍어온 점의 위치를 확인하였다. 부산 정도면 주말에라도 가볼 수 있지 않으려나. 가서 뭐 할 수 있는 것은 없겠지만. 우경이 부산을 헤매어도 헤매고 또 헤매도 병준이 헤매는 부산과는 다른 곳일 테지만. 여전히 전혀 희망이 보이지 않는달까 크게 도움 될 것 없는 일에 매달리고 있었다. 병준을 사랑하지도 여태 기억하고 있던 것도 아닌데, 그렇다고 즐거운 일인 것도 아닌데도. 우경은 그런 생각을 하다 고개를 돌려 거울을 보았는데 상기된 자신의 얼굴이 보였다. 상기된 볼의 들뜬 얼굴의 어떤 사람. 나라고 말하면 나인가 하고 어색해하는 어떤 얼굴. 조금은 어두운 기운으로 살아가고 있는 것 같은, 누군가를 내려다보며 혼자 갖은 생각을 하며 들떠 있는 사람. 정말 즐겁지 않아? 웃음을 지우고 스스로 물었는데도 웃음을 지워도 어쩐지 조금은 즐거워 보이는 얼굴이었다. 그 얼굴을 싸늘한 표정으로 한동안 바라보았다. 그 얼굴은 자신이 지금 무얼 하는지 잊지 않게 해줄 것이다. 그걸 잊지 않은 채로 가보려고 하는 것이다.

병준은 부산여객터미널에서 시작하여 그 일대를 헤매고 있었다. 혹은 아직도 헤매고 있었다. 여러 번 찍혀 있는 곳은 국제시장인데 방금 전 찾아본 오키나와의 번화가 이름도 국제거리였고 이 역시 병준의 점이 찍혀 있는 곳이었다. 국제시장은 한국전쟁 이후 조금씩 물건을 내다 팔던 자리가 커진 것이었고 국제거리는 대형 쇼핑센터나 레스토랑이 즐비한 번화가이지만 시작은 국제시장과 비슷했다. 미군정하의 암시장이었던 곳과 그 옆의 상점가를 잇는 도로를 국제거리라고 부르기 시작했다. 정작 가보면 여행 책자에 나오는 이런 설명은 곧 잊어버리겠지만 종이 위의 두 점을 바라보며 병준은 국제를 헤매고 있어 생각했다. 두 바다가 있는 곳의 국제를 헤매고. 아니 헤매는 것이 아니라 그 두 곳에서 잘 지내고 있을지도 모르지 너는. 그곳에서 아주 잘 지내고 정말 잘 지내고 있는지도 모르지. 어떤 연결이 있는지 알 수 없는 그 두 곳에서 말이다. 미국이 지난 자리는 모두 국제인가 뭔가 international이라고 말할 수 없고 국제라고밖에 말할 수 없을 것 같은 이름이었다. 해외를 외국을 헤매는 것도 아니고 그보다 아주 좁은 두 국제 사이를 헤매고 있는가 본데 찾아보면 더 많은 국제들이 있겠지만 병준 너는 모르겠지 아마 정말 몰랐을 거야. 혹은 모든 국제는 하나의 국제여서 그냥 너는 어떤 국제라는 곳을 마치 종로를 혜화동을 산책하듯이 걷고 있는지도 모르겠네.

역시 즐거워하고 있었다. 우경은 다시 한 번 그런 자신이 느껴졌고 마음속에서 무언가가 빠르게 달려 나가고 있었다. 그 감각만을 차가운 눈으로 바라보았다. 빠르게 달려 나가는 마음을 말이다.

그날 밤 우경은 꿈을 꾸었다. 꿈에서 병준이 나왔고 꿈속의 병준은 우경이 마지막으로 본 병준보다 어려 보였다. 아니 처음 만났을 때보다도 어려 보이는 얼굴이었다. 알지 못하는 얼굴의 병준, 어리고 얌전한 얼굴의 병준. 우경이 만나기 전의 병준은 착한 얼굴을 하고 서 있었고 둘은 바닷가를 걸었다. 여기가 오키나와야? 우경은 묻지만 병준은 수줍어하며 그게…… 라고 말끝을 흐릴 뿐이었다. 꿈속의 우경은 모든 것을 알지만 그걸 딱히 이렇다 저렇다 말하지는 않았고 그저 뭐 이대로 걸어보지 하는 태도로 함께 바다를 걷고 있었다. 바닷가를 걷다 푸른 바닷속에서 헤엄을 쳤다. 물은 따뜻했고 우경은 물속에서 눈을 떠 한참 동안 앞을 바라보았지만 눈이 아프지도 따갑지도 않았다. 숨이 차지도 않았고 아주 자연스러웠다. 바다는 깨끗하고 아주 예쁜 푸른색이었고 고개를 숙이면 깊은 바닷속이 보였다. 우경은 아주 깊은 곳에 어느새 도달해 있었지만 그것이 무섭지 않았다. 발밑에는 커다랗고 녹이 슨 구 형태의 쇠로 된 무언가가 있었고 그것은 묘하게 깨끗한 바닷속과 어울리는 모습으로 보였다. 구 형태의 쇠 사이로 화려한 색의 작은 물고기들이 왔다 갔다 하며 움직이고 있었다. 우경은 버둥

거리지도 않고 편안한 자세와 마음으로 가만히 바닷속을 보고 있다. 병준 나는 숨이 차지 않아 나는 무섭지 않아 네가 나를 구하지 않아도 돼 하지만 나를 찾지 않는 너를 나는 오래도록…… 그런 생각이 들었던 것은 문득 바닷가 모래밭 위에 누워 있는 병준의 모습이 보였기 때문이었다. 평화로운 표정으로 모래밭에 누워 있던 사람 방금 전 옆에 있던 사람을 찾지 않네 너는. 우경은 푸른 에메랄드색 같은 예쁜 바닷속에서 편안하게 헤엄을 치면서도 순식간에 싸늘한 감정에 휩싸인다.

다음 장면에서 둘은 맨발로 아스팔트 길 같은 곳을 걸었다. 불어오는 바람을 맞으며 천천히 걷고 있다. 새벽이었고 덥지도 춥지도 않았다. 그러다 갑자기 비가 내리기 시작했고 둘은 검은 아스팔트 위를 달렸다. 벗은 발바닥에 아스팔트의 감촉이 그대로 전해졌다. 왼쪽에는 철조망이 보였고 철조망을 지나고 집들을 지나고 밝은 자판기와 자판기 자판기들을 지났다. 한참을 달리다 뒤를 돌아보니 멀리 큰 건물이 보였고 우경은 이게 어째서인가 빈 기지라는 것을 알고 있었다. 저기는 이전에 공군이 베이스캠프로 쓰던 곳이야 하고 알고 있었다. 다시 달리기를 시작하였고 불빛이 비치는 편의점에 들어가 비타민 워터와 요구르트를 들고 나왔다. 병준은 여전히 말없이 우경이 내미는 음료수를 웃으며 받기만 하였다. 우경은 목이 말랐는지 요구르트를 금세 비우고 병준이 다시 건네준 비타민 워터 역시 곧 다 마셔버렸다. 둘은 나란히 빗속을 뛰었다. 비는 그치다 다시 내리다 그치다 바람과 함께 세게 내리다를 반복했다. 멀리서 바다가 보이기 시작했고 우경은 다시 그의 손을 잡고 바다로 향했다. 바위들을 지나 어두운 발밑을 헤매며 바다로 향했다. 둘은 몇 번을 넘어질 뻔하다 실제로 넘어졌다. 한 명이 넘어지니 손을 잡고 있던 다른 사람도 넘어졌다. 바다 냄새 나, 넘어지며 우경은 혼잣말을 했고 병준은 고개를 끄덕였다. 바위에 앉아 가만히 바다 냄새를 맡다 우경은 다시 병준의 손을 잡고 일어났다. 20여 분을 넘어질 듯 넘어지며 바위 사이를 헤매다 바다에 도착했다. 밤바다였다. 밤바다야 외치며 바다로 뛰어들었지만 곧 조용해져서 발만 담그고 걸었다. 걷다가 모래밭으로 나와 누웠다. 모래는 죽은 소라 조개껍데기들과 섞여 부드럽다기보다는 거친 느낌이었는데도 우경과 병준은 곧 가만히 잠이 들었다. 이상하네 마치 고운 모래 위에서 잠이 들듯 아무 말 없이 이내 잠이 들었다. 내가 깊은 바닷속에 있을 때도 너는 이렇게 편안히 자고 있었지 우경은 문득 그것을 떠올렸다. 어째서 너는 깊은 바닷속에 있는 나를 찾지 않던 거야? 그걸 묻지 않지만 묻지 않는 대로 무언가 확인하고 싶다는 듯 병준의 얼굴을 내려다보았다. 소년 같은 얼굴의 병준이었다. 병준 너는. 우경은 마치 병원에서 병준을 내려다보던 때처럼 그렇게 모래밭 위에서 어린 병준의 얼굴을 내려다보았다. 너는 모르지 병준. 다른 시간이 찾아올 거야. 너는 몇년 후 크게 다치게 되고 나는 그때 너를 지금처럼 그저 내려다만 보다 집으로 돌아오게 되는데 그런 게 미래라면 미래는 정말 지겹지? 아니, 아닌가? 너는 언제나 모든 것을 맛보고 싶어했지? 엄청나게 아프고 싶어 그런데 그것을 이기고 살아나고 싶어 그 후에 어떻게 될지 모르지만 그런 것들을 겪어보게 될거야 아주 크게 망해보고 싶어 망할 것이 아무것도 없어 그렇지만 그런 것들 말이야 모든 것이 나를 스쳐도 나는 고개를 괴고 이런 표정을 하리라는 것을 직접 보고 싶어 그리고 어떨 때는 돈이 아주 많아야 해 그러다 손에서 빠져나가고……그 모든 시간들을 지나보고 싶어. 오래된 이야기들이 아직 귓가에 울리는 것 같았다. 우경은 꿈에서도 병준을 미워하는지 미워하지 않는지 알 수 없는 기분으로 병준을 내려다보았다. 어리고 착한 병준의 얼굴을 한참 동안 내려다보기만 했다.

우경은 잠에서 깼지만 쓸쓸한 기분에서 헤어나고 싶지 않아 눈을 뜨지 않았다. 어제 빨래한 이불에서는 세탁기에서 이불을 건조시킬 때 나는 옅은 기계 냄새가 났다. 창밖으로 차가 지나가는 소리가 났고 우경은 이불을 머리끝까지 덮었다. 병준이 꼭 살아나길 바라게 되는 날이 올까. 이전처럼 커다란 감정은 없지만 아주 아무런 마음도 없다고 할 수 없는 여전히 남아 있는 몇 가지 기억들. 그렇다고 나쁘게 되길 바라는 것은 아니고 잘 지내는 쪽이 좋다고 생각하지만 아주 간절히 바라는 마음은 생기지 않았다. 꼭 그렇게 되었으면 좋겠다고 바라게 되는 어떤 마음이 어딘가 있을 텐데 그게 만져지지 않았다. 이제 그만이라는 생각으로 자리에서 일어나 씻고 나갈 준비를 했다.

며칠이 지나 금요일 밤에야 시간을 내 부산에 갈 수 있었다. 의외로 아무런 의심도 없었다. 내가 지금 무얼 하고 있는 거지 같은 것. 특별한 기대도 없었고 우경은 그저 원래 부산에 가고 싶었던 것처럼 부산에 가기로 했던 것처럼 자연스럽게 부산에 가는 기차에 올랐다. 잠깐 졸다 잠에서 깨었을 때 문득 의외로 성실히 살고 있었던 것일까라는 생각이 들었는데 병준과의 만남도 그렇고 지금 부산에 가는 일 같은 것도 모두 친구라면 말릴 일들을 인생 전반에 걸쳐 해나가고 있었는데 거기에 큰 자학이나 반성 같은 것이 없었다. 크게 권할 만한 일이 아니라는 것은 알 수 있었지만 그래도 그런 식으로 살아가고 있다는 것에 후회가 없었다 언제나. 다른 일을 그럭저럭 해나가고 있으니까 그랬던 걸까 다른 일들은 성실히 해나가고 있으니까 어느 쪽이 어느 쪽에 힘을 주는지는 모르겠지만 밥을 먹고 회사를 다니고 돈을 벌고 또 한편으로는 병준 같은 애들과의 연애가 이어지고 주말에 부산에 간다. 어떤 것이나 성실히 하고 있다. 어쩌면 어느 쪽도 어느 쪽에 힘을 주고 있지 않는지도 모르겠지만 말이다.

우경은 작은 비즈니스호텔에 짐을 풀고 뭐 짐이랄 건 별로 없었지만 내려놓고 나왔다. 곧 여름이 시작되겠지만 아직은 서늘한 바람이 불었다. 편의점에서 맥주를 사 갈까 근처에서 간단히 마실까 마실 만한 곳이 있기는 할까 생각하며 걸었다. 길가에 포장마차가 보여 다가갔는데 통화를 하느라 정신없는 아저씨는 장사를 안 한다고 손을 내저어 거절했다. 왠지 오늘은 어딜 가도 거절당할 것 같네 생각하며 편의점으로 가 맥주와 음료수와 간식거리를 사서 방으로 돌아왔다. 우경은 씻고 가운을 입은 채로 텔레비전의 채널을 돌리며 맥주를 마셨다. 창으로 가운을 입은 자신이 얼핏 비쳤는데 또 그 얼굴이었다. 며칠 전 차가운 표정으로 지켜보게 되었던 그 얼굴이었다. 피곤했는지 곧 취해 잠이 들었고 잠이 들면서 또 바다를 보면 좋겠다고 잠시 생각하다 말았다. 꿈에서라도 바다는 좋았고 꿈에서는 모든 것이 생생하니까요.

침대의 시

침대가 되었기 때문일까
침대가 되었다는 것을 알아버렸기 때문일까
침대가 된 이후로 너무 많은 사람들이
내 위에서 죽어버렸다
처음은 교통사고 그다음은 후두암
이유를 알 수 없는 독감과 심장질환이 그 다음다음
폐에 물이 찬 사람들과
암이 온몸으로 퍼져나가는 사람들의 레이스
4층 옥상에서 떨어진 사람이 죽었을 때
4층에서 떨어져도 죽는구나 알았는데
지금 내 위에 누운 울산에서 온 48세 최○○는
죽을까 죽지 않을까
죽지 않을 수는 없지
나조차 죽는다

최○○ 아내의 시

엉엉 남편이 웁니다
당신 왜 울어?
침대가 나를 협박한다
침대가 당신을?
<u>흐그흐극그흐그극그흑흑</u>
침대가 뭐라고 뭐라고 그랬는데?
<u>흐그흐그극그흑극그흑그극</u>
말해봐 말해봐 뭐라 한 건데?
누가 죽었고 그다음엔 누가 죽었고 죽었고 그리고 너는
너는?
다음 말은 못 들었다
못 들었다고?
흡흡흡 흐윽
너는 산다 너는 산다 이랬다 내가 들었다
정말?
정말이다
남편이 울음을 그칩니다
그러고 보니 왠지 들은 것도 같습니다

11세 여자애의 시

아빠가 침대에서 일어나 도망을 갑니다
울었어 울면서 문고리를 잡았습니다
침대가 나를 협박해 협박한다
협박 협박 어려운 발음을 자꾸 말했다
처음에 어떻게 죽었고 그리고 그리고 또
죽었고 쉬지 않고 죽었다
죽었고 죽었고 이것도 어려운 발음
각박 협박 객사 착각 같은 어려운 발음
나는 쉬운 말을 했다
아빠 침대는 말을 못해
나는 잘 들어
그러니까 침대는 말을 못한다는 말
침대 침대 무서워 무서워
침대도 침대도 무서워해 무서워해
아빠 도와 해를 붙이면 반대말이 돼
쉬운 말이 돼 안 무서운 말이
아빠의 손을 떼어내 침대로 데리고 와
도 해 도 해 도 해
소리를 지르며 보낸 하루

03

그전에 내가 머물던 곳은 온통 여름이었다. 거기에는 내가 좋아하는 사람들이 모두 모여 있었다. 많이 바보같이 웃으며 즐거워했다. 거기서 나는 내가 만나보고 싶었던 사람들을 만날 수 있었다. 누구도 화내지 않았고 나도 남들을 화나게 하지 않았다. 함께 커피도 마시고 산책도 했다. 담배도 피우고 술도 마시고 여자도 만나고 좋은 것도 했다. 그 생각을 하니 웃음이 나와서 웃었다.

"어? 웃으시네요? 무슨 좋은 일 있으세요?"

초록색 옷을 입은 간호사가 웃으며 물었다. 나는 고개를 끄덕였다. 아직도 그때 생각을 하고 있는 것이다.

"무슨 좋은 일이었는데요?"

나는 고개를 흔들었고 간호사는 에이 비밀이구나 하고 지나
갔다. 응 비밀. 이건 비밀. 매일 햇볕이 비추어 나는 그 밑에서
눕거나 뒹굴었지만 부끄러움이 없었다. 그렇지만 모든 것을
말할 수는 없어. 비밀이라고 할 수 있겠다. 거기에는 까만 나무
로 된 간판을 단 술집이 있었다. 간판에는 더블린이라고 새겨
져 있었다. 나는 언제나 아주 위대한 모든 것은 더블린에서 나
왔다는 것을 알고 있었다. 그곳이든 이곳이든 그걸 알고 있었
다. 그 사실을 내가 자랑스러워하거나 절을 하거나 더블린 더
블린 외치며 술을 마시거나 탁자를 탁 하고 치며 더블린 하고
다시 외치거나 더블린이라고 바닥에 반복해서 쓰고 그걸 기
어서 지우거나 핥아서 지우거나 오오 더블린 나의 더블린 하
고 주정을 부렸던 것은 아니다. 나는 어떤 것도 그렇게 깊이 믿
지 못했고 그것이 나를 이토록 뻔뻔하고도 우아하게 살고 있
게 하는 것이다. 나는 그 더블린에 들어가서 술을 마셔본 적은
없지만 지나가면서 몇 번 보기는 했다. 어째서인가 전혀 들어
가보고 싶다는 생각이 들지 않았던 것이다. 그저 그 앞을 걸으
며 더블린이군 하며 더 눈을 두지 않고 나는 길을 가고 싶었던
것이다. 내 길이라는 것이 있다면 말이다. 어느 날엔가는 그 술
집 안에 카프카가 앉아 있었다. 어째서 카프카인가 그래 카프
카야 저기는 더블린이 아니라 더블린이라는 이름의 술집이니

더블린이라는 이름에 카프카가 앉아 있어도 그것은 아주 당연한 일이야. 고개를 돌려 그를 보았을 때 카프카는 혼자 흑백 화면 속에 종이처럼 앉아 흑맥주를 마시고 있었다. 그 한 번이 다였다. 카프카는 다시 오지 않았다. 세르게이 파라자노프도 와카마츠 코지와 박인환도 그 술집 손님이었는데 이 사람들 모두 술 마시면서 한국어로 떠들었다. 박인환이 한국어로 떠드는 것을 나는 정말로 듣고 싶었는데 그때는 들을 수 있었다. 이렇게 말하면 거기가 죽은 사람들만 오는 곳이라고 생각하겠지만 그것은 아니다. 거기에는 살아 있는 다른 아는 얼굴들도 많이 있었다. 그 사람이라든가 그 감독이나 배우 또 무언가를 하는 누구누구들. 누구의 얼굴도 카프카보다 뚜렷하지 않을 뿐이었고 그렇다면 누가 카프카보다 박인환보다 뚜렷할 수 있겠는가.

그곳에서 또 가장 선명하게 기억나는 것은 다카하시 겐이치로와 리처드 브라우티건과 함께 카페에서 커피를 마시며 이야기를 한 것이었다. 겐이치로와 브라우티건과는 같이 커피도 마시고 술도 먹고 싶었다. 늘 그랬다. 그리고 실제로 그곳에서 다 했다. 셋이서 아주 신나게 놀았다. 지금에 와서는 아주 자세히 기억나지는 않지만 순간순간 들떠 있던 것은 생생하다.

부산 중앙동의 한 노천카페에서 우리 셋은 에스프레소를 시켜놓고 이야기를 했다. 브라우티건은 나는 에스프레소 안 좋아하는데 괜히 시켰네 내가 이걸 왜 시켰나 두 손을 들고 으쓱하는 정말 미국인 같은 제스처를 했다. 정말 미국인이니까. 그러고는 다시 레모네이드를 시켜서 냠냠 마셨다. 정말 맛있어 아이 맛있어 하면서 마셨다. 나와 겐이치로는 에스프레소를 가볍게 홀짝이며 브라우티건이 레모네이드를 행복하게 마시는 것을 지켜보았다.

"쿨에이드 위노!"

그리고 우리 셋은 껄껄거리며 웃었다. 내 기억으로 우리는 한참을 떠들었고 하루가 멀다 하고 그 노천카페에서 만나 여고생처럼 배가 아플 정도로 웃으면서 놀았는데 무슨 이야기를 했는지는 기억나는 게 없다 도무지. 그냥 웃고 떠들고 브라우티건은 매일 커피 음료를 시켰다가 내가 왜 그랬는지 모르겠네 하고 다시 레모네이드를 시켰다. 우리 셋이 왜 부산 그것도 중앙동에서 떠드는지는 알 길이 없지만 아니 그곳의 핵심적인 일부분이 왜 부산 중앙동인지는 알 수 없지만 그 모든 것은 자연스럽고 즐겁고 여름에 어울렸다. 내가 좋아하는 여름에.

그런데 왜 우리가 실제로 한국어로 떠들던 카페가 부산에 있는가 하는 이유를 방금 생각해봤는데 그건 아마 부산에서 본 현수막 때문인 것 같다. 부산에 처음 갔을 때 그때는 몇 년 전인가 그렇다 몇 년 전 오래전의 부산역에는 〈한국의 샌프란시스코 부산에 오신 것을 환영합니다〉라는 현수막이 걸려 있었다. 부산은 샌프란시스코인가 그러면 샌프란시스코의 노스 비치에 브라우티건이 살았던 때가 있었지 그러면 부산은 샌프란시스코이고 그러니까 나는 서울에 살았고 겐이치로는 도쿄에 살았겠지만 죽은 브라우티건이 있는 곳에 가는 것도 좋아. 그것이 친교이고 사교이고 그것을 넘어선 마음이야. 그러니 샌프란시스코로 갈 수 있다 우리는. 앞서 말한 그 몇 년 전 나는 부산은 이런 외국 같은 동네인가 하고 느껴졌는데 이유는 당연히도 그 현수막 때문이었다. 현수막과 어쩐지 넓게 보이던 역 광장 때문에. 조금 외국 같고 알 수 없고 거대하게 그렇게 부산이 파도처럼 밀려왔다. 상투적인 이 표현을 거부할 수 없을 만큼 커다랗게 파도처럼 말이다. 그렇게 그 현수막은 시간을 두고 생각날 만큼 의외로 굉장히 강렬했던 것이다. 샌프란시스코와 부산의 공통점은 각자의 나라에서 제2의 도시 비슷한 대접을 받는다는 거고 그렇게 생각해도 되나 미국의 LA라든가 워싱턴이라든가는 그러면 화를 내나 아무튼 조금 그렇게 느껴진다는 거고 또 바닷가라는 거고 그리고는 글쎄. 어쨌거나 한국은 어떤 식으로든 미국이 되고 싶은 것이다 의식적으로 무의식적으로 아니 그저 의식적으로 명백하게. 이 이야기를 하면 브라우티건은 듣는 듯 마는 듯 레모네이드를 빨대로 빨아 마시는 데 집중하고 있을 것이고 그 장면이 그려지자 아 이 이야기를 했어야 했는데! 하고 후회가 되어 고개를 숙였다. 내 이야기를 듣거나 말거나 하는 장면이 나는 보고 싶었다. 그런 작고 건조하게 굴러가는 휴지 조각 같은 시간들이 말이다.

"좋은 일이 있는데 말 안 해주신대."

아까 그 간호사가 나를 가리키며 긴 머리의 간호사에게 설명하고 있다.

"정말요? 뭔데요? 저만 알려주세요."

긴 머리의 간호사가 먼저 다가왔고 나는 부끄러워 자리에 누워버렸다. 초록색 옷을 입은 간호사는 성악가 같은 목소리에 풍부한 표정을 가졌고 긴 머리의 간호사는 다정한 목소리에 의외로 무표정이었는데 내가 쳐다보면 그때 한 번 씩 웃었다. 둘은 자주 붙어 다녔고 지금도 붙어 있고 두 명의 간호사는 커다란 목소리와 빙글거리는 표정으로 동시에 알려주세요 알려주세요 하고 다가왔다. 내가 자리에 누워 눈을 감아버리자 두 간호사는 에이 에이 하며 재밌어 하는 얼굴로 지나갔다. 또 물어보면 어쩌지 나는 맛있는 것 재밌는 것 그렇지만 비밀 하고 화이트보드에 써주면 되나 고민했다. 눈을 껌벅였다. 그렇게 눕고 나니 잠이 와서 자버렸다.

그때 내가 쓰던 침대는 지금처럼 알루미늄인지 철인지 여
튼 금속 재질이 아니라 나무로 된 것이었다. 나무로 된 긴 침대
에 네 개의 적당한 기둥이 솟아 있었다. 침대보는 짙은 빨강이
었고 그 위에 붉은 계통의 체크무늬 담요가 깔려 있었다. 그걸
덮고 잤다. 나는 좋은 꿈을 꾸었다. 매일 밤 커다랗고 조용하
고 편안한 꿈을 꾸었다. 그래서 그게 꿈인지 몰랐다. 자는 내내
꿈을 꾸었지만 아침이 되면 잘 잤구나 했다. 나는 몇 시에 자서
몇 시에 일어났는지는 기억나지 않지만 적당한 시간에 잠이
들어 어느 시간엔가 자연스럽게 눈을 떴다. 일어나서는 즐거
운 일을 하다가 다시 잠이 들었다. 나는 매일같이 좋은 꿈을 꾸
었다.

겐이치로와 브라우티건과는 크리스마스도 함께 보냈다. 우
리는 내내 여름이었는데 그날은 이상하게 아주 추웠다. 그리
고 그 하루는 크리스마스였다. 다음 날 다시 여름이 찾아오기
는 했지만 그날은 아주 춥고 싸락눈이 오고 그래서 따뜻한 걸
먹고 술을 마시고 계속 흔들흔들거리며 놀다 잠이 들었다. 돌
이켜 생각하니 그것이 그곳의 법칙이었을지 모른다. 여름의
시간을 살다 정해진 날짜가 오면 하루 추워진다. 그때를 위해

전날 자기 전에 겨울의 기분을 상상하고 코트를 준비하고 크리스마스를 위한 기도를 드린다.

우리는 주머니에 손을 넣고 고개를 15도쯤 숙이고 거리를 걸었다. 그 길은 8, 90년대의 모든 번화가였다. 우리는 8, 90년대의 모든 번화가를 가로지르고 그 번화가는 명동이나 압구정 같은 화려한 곳은 아니었다. 그때 우리는 부산 광복동 길을 걸었는데 한참을 걷다 뒤를 돌아보니 그곳은 대구의 동성로거나 광주의 충장로였다. 광주우체국을 지나 이어지는 충장로 길을 걷고 있는데 다음 골목은 대구백화점을 향해 있었다. 우리가 아직 광복동을 걷고 있을 때 우리 셋은 아무 말 없이 그날은 이상하지 우리는 아무 말이 없었네. 대개 아무 말이 없기는 했지만 자연스럽게 부산호텔 쪽으로 방향을 틀었다. 우리는 작은 술집으로 들어가, 정말로 작고 천장이 낮아서 고개를 숙이고 들어가야 하는 술집이었는데 거기서 튀긴 닭에다 맥주를 마셨다. 브라우티건은 주인에게 마요네즈를 더 달라고 해서 닭을 마요네즈에 푹 담가서 먹었다. 나는 뭔가를, 탁자 위에 놓인 조미료를 뿌려 먹었고 겐이치로도 그렇게 먹었다. 튀긴 닭을 다 먹자 오뎅에다 데운 술을 마셨고 그쯤 되자 다들 조금씩 취해 있었다. 술집 안의 다른 사람들도 그렇게 가끔 떠들며 술을 마시고 있었다. 그 사람들 모두 추운 하루를 아주 자연스럽게 받아들이면서 모두 조금씩 슬픈 얼굴로 웃으며 술을 마셨다. 그 것이 겨울의 얼굴인 것처럼.

"춥다는 것은 무엇입니까?"

"그것은 비밀과 함께 죽어가는 것입니다."

술집 안의 누군가가 한 말이었는데 나는 이 사실을 언제 어디서가 되든 누구에게라도 꼭 알려주고 싶어서 취한 와중에도 속으로 여러 번 되뇌었다. 춥다는 것은 비밀과 함께 죽어가는 것 춥다는 것은 비밀과 함께 죽어가는 것. 우리는 살짝 비틀거리며 술집을 나와 추운 밤거리를 걸었다. 밤거리를 걷다가 왜인지 알 수 없지만 갑자기 와플을 사 먹었고 이 와플은 한국에 들어온 지 얼마 되지 않은 와플입니다. 사람들은 모두 이게 무얼까 이게 무어예요 묻고 파는 사람은 와플이라는 것입니다 미국 사람들이 먹는 거예요 말했다. 생크림과 사과잼이 발린 와플을 먹고 눈앞에 보이는 백화점에 가자고 소리를 질렀다. 우리는 소리를 지르며 백화점 안으로 들어갔다. 그러고선 백화점 건물 꼭대기에 있는 놀이공원에서 볼 수 있는 보통의 회전목마보다 두세 배쯤 높이 올라가는 천장이 높은 회전목마를 탔다. 마치 어떤 일이 일어나도 상관없다는 듯한 혹은 어떤 일이 일어나기를 바라는 회전목마 같았어요. 그곳에는 우리뿐이었다. 아무도 없지만 목마도 다람쥐도 기차도 다들 열심히 돌고 있는 그곳에서 우리는 회전목마를 타고 또 탔다. 그곳은 대체로 80년대 말이었다고 보면 되는데 그때의 풍경은 밤이니까 밤처럼 적당히 어두웠고 번화가니까 번화가라고 부를 수 있을 정도로 화려했다. 그 적당한 풍경을 돌아가는 회전목마에서 보았다. 높고 높게 올라가는 회전목마에서.

그다음은 아마 동성로의 지하 카페였다고 기억하는데 안이 온통 검었다. 테이블과 의자 정도가 짙은 갈색이었고 바닥과 천장과 벽은 온통 검은색이었다. 클래식과 샹송이 번갈아가며 흘러나오고 있었다. 테이블마다 촛불이 켜져 있었고 여자들은 모두 검고 긴 생머리였다. 카페 안에는 커플 한 쌍이 껴안고 있었고 주인 친구로 보이는 여자 한 명이 테이블에 앉아 주인과 이야기를 하고 있었다. 우리 셋은 진한 커피를 시켰고 테이블 위에 있는 커다란 성냥갑에서 성냥을 꺼내 쌓기 시작했다. 아주 높게 여러 개를 쌓았다. 점점 정신이 맑아지고 성냥은 높아졌다. 소파에 기대어 성냥을 보면 왠지 어지러웠다. 성냥은 일정하게 올라가다 가끔 한쪽 방향으로 기울어졌고 다시 일정하게 올라갔다 그리고 다시. 보고 있자니 어지러웠고 점점 더 어지러워졌다.

"이것은 몹시 한국이다."

브라우티건이 성냥을 가리키며 말했다. 그 손가락은 한국은 이렇게 작고 어지러운 것 하고 말하고 있었다. 다정한 표정이었다. 온 얼굴이 다정한 표정이어서 그 얼굴이 사진처럼 찰칵하고 찍혀 머리에 박혔다.

"혹은 이것은 정말로 한국이다."

덧붙였다.

우리는 그렇게 새벽이 될 때까지 성냥을 쌓다 나와 흔들흔들거리며 각자의 숙소로 돌아갔다. 각자 잠을 잘 곳으로. 내가 자는 곳은 집이었지만 그 장면에서는 모두 숙소로 돌아가고 있었다. 침대 여러 개가 놓인 게스트하우스 아니면 혼자 자는 침대와 거울이 있는 작은 방이었다. 그것이 88년이거나 89년의 크리스마스였다.

나는 이 모든 것을 다 이야기할 수가 없어서 외우고 또 외웠던 한 가지만을 말해준다. 추운 게 무언지 알아? 그것은 비밀과 함께 죽어가는 것입니다. 긴 머리의 간호사는 귀를 기울이고 들어주었다. 그러면 그건 어떤 비밀인데요? 사소하지 않은 비밀 아주 중요한 비밀. 간호사의 눈은 잠시 슬퍼졌으나 다시 예전처럼 웃었다. 활짝 웃으며 그렇구나 몰랐네 추운 게 그런 거구나 나 이제 앞으로도 많이 알려줘야 해 모르는 게 있으면 이렇게 알려주세요. 나의 손을 잡았다. 이 간호사는 힘이 세다 손을 꽉 잡네 하고 생각하다 다시 누웠다. 오래 자서 잠이 오지 않았다. 그렇지 올 리가 없지. 천장을 바라보며 내가 품고 있는 사소하지 않은 아주 중요한 비밀들을 떠올렸다. 그 모든 비밀들. 비밀들 하고 떠올리자 곧 잠이 들었다. 그게 내가 가진 비밀인가 이상해 정말.

여러 번 접어 만든 동서남북 같은 형태였다. 동서남북보다는 종이와 종이 사이의 공간이 넓었다. 그곳이 그랬다. 이 세계인 듯하지만 곧 다른 면을 보여주었다. 내내 여름이다 어느 하루는 크리스마스였던 것처럼.

이전에 내가 썼던 소설에서, 그 소설은 끝이 나지 않았고 영영 끝이 나지 않을 것 같지만 아무튼 그런 쓰다 만 소설이 있다. 그 소설에서도 그곳처럼 나와 겐이치로, 브라우티건이 등장한다. 우리 셋은 부산이 아니라 진짜 샌프란시스코 노스 비치의 베이커리 카페에 앉아 이야기를 나눈다. 그때 브라우티건은 권총으로 자살하는 것이 어떤가에 대해 나와 겐이치로에게 이야기해주었다. 엄청나게 큰 소리를 들었다고 느끼는 순간 머리통이 박살 나 있어. 아프지 않아? 죽는 것은 다 아프지 않을까? 한 번 죽어봤다고 죽는 것에 대해 자신 있게 말할 수는 없지만. 그런 이야기를 브라우티건이 해주었다. 겐이치로는 쓸쓸하게 웃었다.

그런 이야기를 나눈 베이커리 카페는 창이 넓었고 그 넓은 창으로 햇살이 쏟아져 내리고 있었고 누군가 카메라로 우리를 찍는다면 그 사진에 '한가한 오후의 대화' 같은 제목을 붙일 것이다. 죽음이란 한가한 오후 쏟아지는 햇살에 반대되는, 제일 먼 거리에 위치한 어떤 것은 아닐 것이다. 죽음이 날씨와 장소를 가리는 것은 아니니까. 하지만 어울리는 것도 아니지. 우리는 쏟아지는 햇살 안에서 권총 자살에 대해 말하고 부서진 머리통 당겨진 방아쇠를 말했다. 왜냐면 쏟아지는 햇살에 어울리는 대화, 즉 이것에 어울리는 저것 그런 것은 막상 말하려드니 전혀 아는 것이 없었기 때문이었다.

동서남북의 겉면에는 동서남북이라고 쓰잖아? 그리고 그 안에는 꽃별천지 뭐 이런 걸 쓰지? 그런데 내가 있던 그곳에는 아무 이름도 붙어 있지 않아서 이곳이 어디일까 이곳의 이름은 무엇일까 곰곰이 생각해야만 했다. 발을 디디면 금세 다른 쪽 면으로 바뀌어버리는 이곳은. 어디부터 어디까지가 그곳인데 그곳은 어떤 곳이었더라 이렇게. 하지만 색종이로 만든 동서남북에도 사람들은 지옥을 적어 넣고 어디에나 가장 축축하고 어두운 곳을 생각해둔다. 꽃나라도 별나라도 천국도 지옥도 무엇인지 모르기는 마찬가지지만 어딘가에 지옥 같은 것을 꼭 이름 붙여둔다. 내가 있던 그곳도 어디인지 모르지만 분명히 어둡고 축축한 곳으로 정해진 곳이 있을 것이다. 나는 여름의 날들을 보내며 햇볕 아래에서 웃고 눕고 뒹굴었지만 말이다. 가만히 생각하면 그랬다. 꽃나라도 꽃이 펼쳐진 들판과 영원히 지속되는 한낮도 떠올리다 보면 왠지 불길한 기분이 들었고 별이 반짝이고 은하수가 펼쳐질 게 분명한 별나라도 생각하면 우울한 정서를 숨길 수 없었다. 그에 비해 지옥은 많이 불러본 이름 같았다. 그런 생각을 하다 다시 잠이 들었다. 이토록 쉽게 잠이 드는 것이 정말로 나의 비밀이 아닌가 하는 생각조차 할 수 없이 금세 잠이 들면서 말이다.

부산을 찾을 수 없던 날이 있었다. 그날은 어느 날 갑자기 찾아왔다. 잠에서 깨어나 길을 걸으면 부산 중앙동이나 광복동이 나타났고 그 길들을 걷다가 어느 골목인가를 돌면 노천카페가 나타났던 날들이 그곳에서 이어졌다. 그 노천카페에는 겐이치로와 브라우티건이 있었는데 그것은 내가 찾으려고 애를 쓰던 것이 아니었다. 그 어느 날에 나는 잠에서 깨어나 주스를 마시고 빵을 먹고 그것이 어디서 왔는지 알 수 없지만 늘 내 앞에 차려져 있던 간단한 음식을 먹고 길을 나섰다. 그런데 아무리 걷고 또 걸어도 부산은 나타나지 않고 내가 가던 거리와 골목도 보이지 않았다. 이어진 것은 철조망이 쳐진 공터와 넓은 도로였다. 날씨는 이전보다 더 뜨거워졌고 하늘은 더 높고 선명해졌다. 거기에는 아는 얼굴이 없었고 인사를 할 수 있는 모르는 얼굴도 없었다. 나는 햇볕에 달궈진 그 길을 별수 없이 걷고 또 걸었다. 길을 한참 걷다 보니 주유소가 나타났다. 주유소는 텅 비어 있었고 나는 주유소를 향해 다가갔다.

04

우경은 어느 순간엔가 잠에서 깨 눈을 떴다. 알람을 들으며 간신히 눈을 뜬 것도 아니고 어느 순간 갑자기 눈이 뜨였고 그대로 몸을 일으켜 시계를 보았다. 지난밤에는 술을 마시고 자서인가 피곤해서인가 조금도 깨지 않고 깊은 잠에 빠져 있었다. 소형 냉장고에서 생수를 꺼내 마시고 침대 옆 화장대의 거울을 보았다. 왜인지 윤기가 나는 얼굴 속에 선명한 날카로움이 보였고 그것이 자신을 계속하게 하고 있음을 알았다. 무엇인지 알 수 없지만 하고 있는 것을 계속하도록 계속계속 이어지도록. 왠지 허기가 져 가운을 벗고 청바지에 티셔츠와 가디건을 걸치고 호텔 조식을 먹으러 내려갔다. 엘리베이터 속 사람들도 다들 잠이 묻어 있는 얼굴이었다. 빵과 밥이 함께 있는 뷔

페식 조식이었고 아직 이른 시간이어서인지 식당은 한산했다. 우경은 밥 조금과 빵 한 장을 구워 자리로 돌아왔다. 뜨거운 된장국을 마시며 어디를 가보지 여객터미널에서 계속해서 걸어나가볼까 아니면 그 반대로 백화점에서 여객터미널 방향으로 걸어가볼까 생각했다. 혹은 아무것도 하지 않고 호텔 방에 있어볼까 버스를 타고 해운대로 가 하루 종일 바다만 보다 돌아와버릴까 밥알을 씹으며 그런 생각들을 하다 말았다. 방으로 돌아와 대충 씻고 화장을 했다. 창밖에는 아직 안개가 보였다. 우경은 이제 곧 사라질 안개를 잠시 보다가 방을 나왔다.

호텔 로비에는 일본인 관광객들이 체크인을 하러 들어오고 있었고 당신들 중에 오키나와 갔다 온 사람 있어? 있겠지 생각하며 밖으로 나갔다. 속으로만 한 말이었지만 왠지 우경은 그 말을 아무렇지 않게 입 밖에 내버릴 수도 있을 것 같았다. 누군가 오키나와라는 말에 고개를 돌릴 것이고 우경은 그 얼굴에 대고 아무것도 할 수 있는 것이 없다는 것을 알았다. 굳은 두 얼굴이 잠깐 마주 보고 고개를 돌릴 것이다. 햇볕은 선명했고 눈을 찌푸리며 여객터미널을 향해 갔다. 정박된 배와 터미널이라는 말과 터미널로 향하는 방향을 알려주는 팻말과 점점 분명해지는 바다 냄새가 이곳이 어딘가로 가버릴 수 있는 곳임을 말해주고 있었고 병준 나는 너로 인해 시작했지만 결국에 아주 다른 것을 해버릴 수도 있겠네 그렇다면 그것이 어떤 것일지 전혀 알 수 없지만 나는 너에게 고마워해야 할까. 정작 지금은 아무런 마음이라는 것이, 아니 지금 자신의 마음이라는 것이 어떤 모양과 이름을 하고 있는지 우경 자신조차 알 수 없는 상태였지만 말이다.

커다란 짐을 들고 오가는 사람들을 바라보며 우경은 여객터미널 안 카페에서 커피를 마셨다. 마르고 머리가 긴 남자가 커피를 주었고 가져다준 커피는 꽤 진해서 한 모금을 넘기자 정신이 들었다. 이제야 정말로 잠이 깬 것 같았다. 오늘 아침 창밖 안개 같았던 머릿속이 잠시지만 선명해졌다. 배를 타기를 기다리는 하나의 무리가 결국에 모든 필요한 준비를 마치고 짐을 끌고 저 너머로 들어가는 것과 어디서 왔는지 알 수 없지만 역시나 커다란 짐을 끌고 시끄럽게 떠들며 밀려오는 무리들을 보았다. 아 저 사람은 지금 약을 먹고 있다 그리고 딸에게 전화를 하고 그의 일행은 티켓을 확인하며 멍하게 손에 든 것을 바라보고 있다. 그렇게 보고 있던 눈에 익숙해진 이들이 어느 시간이 되면 어딘가 저 너머로 사라져버리고 그러고 나면 또 다른 무리들이 또다시 밀려왔다. 우경은 자기 혼자서 몰래 친근해져버린 사람들이 몇 번이나 저 너머로 향하는 것을 바라보았다

터미널을 나오자 우경은 왠지 허기가 져 식당을 찾았다. 집중하여 사람들을 봤기 때문인가 가만히 앉아만 있었는데도 무언가 일을 하고 난 듯한 피로가 몰려왔다. 허기진 기분이었어. 실제로 필요한 것보다 많은 것들을 먹어버릴 수 있을 것 같았고 우경은 정말 꼭 그럴 것이라고 생각하며 걸었다. 길을 건너자 나온 작은 식당에 들어가 생선조림을 시켰다. 식당에는 우경뿐이었는데도 음식은 천천히 나왔고 그럭저럭 맛있는 음식들을 몇 번 씹지도 않고 삼켰다. 우경은 밥을 먹다 멀리 문밖을 보았는데 지나가는 사람이 한 명도 보이지 않았다. 다 먹을 때까지 몇 번이고 볼 것이다 몇 명이 지나갈까 오늘은 낯선 사람들에게서 눈을 떼지 않게 되는 날인가 무언가 그렇게 정해진 날이었다. 그렇게 정해진 날이라고 스스로 정했다. 그때부터 천천히 음식을 먹기 시작했다. 어떤 아저씨가 지나갔지 일이 없는 표정으로. 아무 일도 없고 있더라도 사소하고 신경 쓰지 않아도 될 그런 일뿐이라는 얼굴로. 그러고는 없는 사람들. 아무도 지나가지 않는 길과 골목, 우경 자신의 눈앞. 우경은 남은 음식을 천천히 비우고 일어났다.

이어지는 길들을 걸었다. 보이는 모든 골목에 들어갔다. 우경은 스스로가 정말로 무얼 하고 있는지는 모르겠지만 계속해서 걷는 것에 아무런 의심이 없었다. 낡은 건물에 가만히 손을 대면 숨이 차고 입이 마른 자신이 느껴진다. 힘이 없고 목이 마르고 오래된 건물보다 숨이 약해 보이는 나약한 사람으로 자신을 알게 된다. 그러나 실제로 움직인 거리는 기분보다 짧을 것이다. 모르는 길을 걸을 때 흔히 하는 착각일 것이다. 먼 길을 긴 시간 동안 헤매고 있다는 착각일 것이다. 우경은 어느 골목 작은 갈래 하나 놓치지 않겠다는 듯이 샅샅이 헤치며 걸었다. 뭐 샅샅이 헤칠 것은 없었다. 이곳은 풀밭이 아니고 숲도 아니고 우경은 사람이 별로 없는 구도심 골목을 걷고 있는 것일 뿐이다. 식당 안에서 유일하게 본 지나가는 아저씨는 어느 골목에선가 다시 마주쳤다. 여전히 별일이 없는 얼굴로 그것은 그러나 잘 지내고 있다는 얼굴 같은 것은 아니고요, 그저 일이 없는 것이지 할 일이 할 수 있는 일이. 우경은 몇 걸음 더 옮긴 뒤에야 아까 그 아저씨의 얼굴을 마주치고서 자신이 놀랐다는 것을 기억해냈다. 그 사람은 내 얼굴에서 무얼 볼지 모르겠는데 무서운 얼굴을 한 여자라고 생각할지도 몰라 우경은 뒤늦게야 놀란 가슴으로 그런 생각을 했다. 뒤돌아보니 그 사람은 멀리서 봤을 때보다 좀더 늙어 보였고 마주쳤을 때는 가벼운 술냄새가 났던 것이 기억났다. 낮이라 많이 마실 수 없었나 낮이어도 상관없이 많이 마시는 사람보다 생활적인 사람이겠지 그런 생각을 하다 우경은 걸음을 멈추고 슈퍼로 들어가 물과 캔커피를 사서 마셨다. 이 골목을, 이 사람 없고 일 없는 표정의 골목을 벗어나고 싶지 않은 것처럼 골목들을 걸었는데 이제는 횡단보도에서 길을 건너기로 했다.

길을 건너 방향을 바꿔 올라가니 아주 가느다란 레일이 보였다. 처음에는 이걸 뭐라고 해야 할까 가느다란 금속선이라고 해야 할까 싶을 정도로 가늘고 눈에 띄지 않았다. 이 레일과 함께 그저 철거가 안 된 물건인지 열차 신호를 알려주는 기계가 레일 위에 서 있었다. 신호가 들리고 자동차와 사람들의 진입을 막고 잠시 후 열차가 지나가며 이전과 비슷한 정도의 시간이 흐르면 다시 올라가는 그것. 이 레일 위로 정말 열차가 지나가는 것인가, 그럴 리 없다고 생각하며 문 닫힌 식당 두 개를 보았다. 나란히 서 있는 식당 둘. 하나는 막걸리 같은 것을 팔았고 하나는 메뉴가 일본어로 씌어진 일본 음식점이었다. 그러나 요즘 많이 보이는 그런 일본 음식점이 아니라 조금 낡고 오래된 느낌의 식당으로 요즘 많이 생기거나 말거나 나는 20년 가까이 여기 있었지 그런 느낌이었다. 한참을 서 있어도 열차는 지나가지 않고 당연하지 나는 또 무엇을 기다리는 것인가 우경은 당연히 아니라고 생각하는 일을 왠지 눈으로 보고 싶은 기분이 들었다. 이 레일 위를 지나는 열차라면 보통 열차가 아니라 트램 같은 거여야 하지 않나 싶었고 이건 아마 무

언가의 흔적이기만 하겠지 생각하며 천천히 걸어 내려와 걸어
가던 방향으로 계속 걸으려 했지만 왠지 발이 떨어지지 않아
그저 서 있었다.

우경은 병준이 하려고 했던 게 뭐였나 그런 생각을 잠시 했
다. 레일 뒤에서 정말 열차가 지나가는가 기다리며 정말로는
오지 않을 것을 알면서 서 있었다. 멀리서 여름 냄새가 나는 바
람을 맞고 있었다. 우경은 욕심은 없지만 왜인지 화가 있고 그
래서 화가 났고 머릿속은 늘 복잡했지만 단순한 행동들을 했
다. 먹고 마시고 자고 다음 날 일을 하러 갔고 그 옆에서 가만
히 누워 있거나 앉아 있던 병준은 무얼 하고 있었나. 내가 없
는 사이 뭘 하며 지냈을까 우경은 이제는 정말로 희미해져버
린 병준과 함께 살던 때의 모습을 떠올려보았다. 병준은 시였
는지 소설이었는지 무언가를 가끔 썼고 그중 어떤 것들은 보
여주기도 했다. 병준이 쓴 것들은 천천히 어딘가로 향해 가게
하는 것들이었다. 천천히 향하게 한 곳에서 새로운 장면을 볼
수 있게 하는. 어쨌든 무언가를 계속하게 하는 것은 다른 종류
의 일인 것 같은데 그걸 위해서는 의자의 방향 정도는 바꿔야
하는 것 아닌가 의자의 방향 정도는 바꿀 수 있는 용기 그러니
까 앉은 자리의. 그러나 너는 어땠지 그건 정말로 기억을 더듬
어 애써 생각해내야 하는 것인데 그렇게 애를 쓰려고 하다 보

면 누워 있는 네가 생각이 났지. 누워 있는 병준, 어색하고 말을 걸기 힘들고 기도도 하기 힘든 병준. 우경은 한참을 그렇게 열차도 오지 않고 신호도 바뀌지 않고 누군가 말을 걸지도 않는 곳에서 서 있기만 했다. 서서 가만히 있기만 했다.

우경은 가끔 가방 속 생수를 꺼내 마시며 걸었고 점점 지나는 사람들은 많아졌다. 호텔 몇 개와 식당들과 식당들은 회를 팔거나 고기를 팔거나 맥줏집이었고 우경은 문득 모든 것이 먹고 싶었다. 하루 종일 허기진 날인가 허기진 기분으로 호텔 조식을 먹고 들어오는 배와 나가는 배와 사람들을 한참을 보다가 허기져 눈에 보이는 식당에 들어가 밥을 먹고 문밖에는 누가 있나 누가 이 골목을 지나고 있나를 쳐다보다 문을 열고 나선 곳을 걷고 또 걸었다. 호텔이 있는 골목을 지나자 사람들이 갑자기 많아졌는데 그게 너무 어색한 일처럼 여겨졌다. 골목을 걷던 것은 고작 몇 시간의 일이었는데 우경은 마치 늘 사람 드문 곳에 있던 것처럼 어색해하고 곤란해했다. 가게마다 음악이 흘러나왔고 거리의 사람들은 사람들로 바빠했고 그러다 국제시장의 팻말을 보았는데 부산의 국제시장과 오키나와의 국제거리와 그리고 모든 국제들, 우경은 며칠 전의 생각이 다시 났다. 전혀 다른 곳 같지 않을 것 같은 모든 국제들의 길과 역 상점과 풍경, 바람과 그런 것들. 실제로는 다들 제각기 다른 표정이겠지만 말이다.

　아직 저녁도 되지 않았는데 지쳐버린 우경은 편의점에서 다시 생수 한 병을 사서 왔던 길로 되돌아 걸었다. 몇 시간 전까지 걷고 있던 골목들로. 다시 낮 시간을 보냈던 골목으로 갔다. 우경은 한참을 서 있던 그 레일로 다시 가보았는데 여전히 열차는 지나가지 않았고 그사이 식당 문은 열려 있었다. 허기진 기분이었지만 무엇이 먹고 싶은지는 모르겠고 우경은 잠시 멈칫하다 막걸리를 파는 식당으로 들어갔다. 식당이라기보다 술집 같아 보였는데 파전 김치전 같은 게 메뉴에 보였고 뭐래도 상관없지 않나 하는 생각으로 들어갔다. 주인아주머니는 웃으며 어서 오라고 자리를 안내해주었고 왠지 들어서면서부터 누군가 심드렁한 표정으로 주문을 받을 거라 생각하고 있어서인가 우경은 조금은 놀란 마음으로 자리에 앉았다. 그러니까 무뚝뚝한 표정으로 들어왔다 다시 나간대도 전혀 바뀌지 않을 얼굴로 누군가 서 있을 것이라고 생각했던 것이다. 우경을 쳐다보지도 않고 물과 컵을 갖다 주고 등을 보이며 가버리는, 멀리서 이거 주세요 하면 대답도 없이 한참 후 음식을 갖다 주는 그런 사람 말이다. 그런 사람이었대도 실망하지 않았을 것이고 지금 친절한 사람을 만났다고 해서 아주 기쁜 것도 아니었다. 잠시 놀랐을 뿐이었고 음 아냐 마음이 조금 편안해지기는 했다. 조금 편해진 마음으로 우경은 김치찌개와 파전을 달라하고 이건 혼자서 다 먹을 수 없다고 찌개는 2인분이라고 그런 이야기를 듣고 그렇지만 먹을 수 있어요 주세요 고집을 부려 주문을 했다. 왜 그랬는지 모르겠다. 후회할 거야라고 속으로 생각했다. 시키지도 않는 짓을 하네 왜 평소 같지 않은 행동을 하는 거야 하고 말했다.

식당 안에는 혼자 술을 먹는 할아버지가 있었고 그 사람은 고개를 숙인 채 막걸리를 마시고 있었다. 아무것도 씌어져 있거나 그려져 있지 않은 낡은 아이보리색 테이블 위에 마치 무언가 씌어져 있는 것처럼 테이블만 쳐다보며 막걸리를 마시고 있었다. 풋고추와 양파만 안주로 된장에 찍어 먹으며 가끔 고개를 더 숙이며 무언가 들리지 않는 말들을 중얼거렸다. 할아버지는 풋고추와 양파만 안주로 먹는데 그것조차 가끔씩 입에 대었는데 우경은 세 명은 먹을 것 같은 음식들을 시켜놓고 음식을 기다리고 있었다. 돼지 같고 멍청한 여자애라고 돈을 함부로 쓰는 철모르는 어린애라고 생각할 거야. 우경은 손에 든 생수를 마시며 식당 안을 둘러보았다. 메뉴판 위에는 그림들이 하나씩 걸려 있었는데 왜 대체 식당에 그림들이 하나씩 걸려 있나 생각하며 자세히 들여다보았다. 그림들은 유화였고 잘은 모르지만 모두 나쁘지 않았다 정말로. 특히 그중 하나는 아주 좋다는 생각도 들었다. 단순한 정물이었는데 색이 남달랐다. 가만히 들여다보게 만드는 그림들이었다. 식당에 그림이 걸려 있는 것도 드문 경우 같은데 걸려 있다고 해도 조잡한 호랑이 그림 같은 것이나 자수로 새긴 백두산 같은 것 외에는 상상하기 힘들었다. 그런데 이 막걸리집에는 유화로 된 정물화가 걸려 있었다. 그것도 아주 훌륭해 보이는.

"이덕자의 그림이다. 이덕자는 도쿄로 유학을 갔다가 한국에 돌아와 많은 그림을 그렸다. 도쿄에서도 그림을 많이 그렸다고 하는데 귀국하며 들고 오지 못한 것인지 아니면 알려지지 않은 것인지 아니면 보여주지 않은 것인지."

할아버지는 여전히 고개를 테이블로 향한 채 이야기를 하고 있었고 도쿄를 토오꾜오에 가깝게 아니 그저 토오쿄오로 발음하고 있었고 무얼 발음할 때든 고개는 드는 법이 없었다. 아주머니는 휴대용 가스레인지를 들고 오셨고 몇 가지 밑반찬을 이어서 갖다 주셨다. 저 그림 이야기야, 아주머니는 뒤돌아서며 말했고 우경은 다시 그림을 바라보았다. 이덕자의 그림. 이덕자의 그림, 처음 들어보는 이덕자라는 사람의 그림. 끓고 있는 김치찌개가 불 위에 올라갔고 먹어도 돼요 이야기를 들었지만 어쩐지 쉽게 숟가락이 가지 않아 콩나물이나 오뎅 반찬 같은 것을 집어 먹었다. 날씬하고 민첩해 보이는 단발 파마머리의 아주머니는 할아버지에게도 콩나물 반찬과 미역나물 반찬을 갖다 주었다.

"이덕자는 부산에서도 아주 조용했다. 조용한 사람이었는데 붉은색을 잘 썼다."

김치찌개를 뜰 수가 없잖아. 간신히 한두 숟가락을 먹고 아주머니에게 말해 그릇을 달라고 했다. 우경은 김치찌개를 떠서 할아버지에게 드리고 그대로 선 채 좀더 가까이서 그림을 보았다. 테이블 위의 모과와 물병이 놓여 있는 그림, 앉아 있는 남자의 뒷모습을 그린 그림을 천천히 보았다. 아주머니는 걸린 그림들이 몇십 년 전부터 하나씩 할아버지가 술값 대신 맡긴 그림들이라고 했다. 맡기고 찾아갔다가 다시 맡기고 이제는 찾지 않고 매일 와서 그림을 본다고 했다. 찾았대도 매일 술을 마시는 것은 바뀌지 않았겠지만. 그래서 곧 다시 맡겨야 했을 테지만. 좋은 그림이라고 하는데 할아버지가 맨날 오니까는 어디 팔아버릴 수가 있나, 아무이도 못 팔게 하고 참 골치다. 아주머니는 파전을 갖다 주시고 우경은 어째서 허기진 마음을 자꾸만 음식을 시키는 것으로 채우려 했던가 생각하며 여전히 부끄러운 마음을 지울 수 없었다. 그 전에 어째서 실제보다 허기진 마음으로 나는 배가 고프고 목이 마르고 무언가를 입에 넣지 않으면 안 된다고 순간순간 그런 기분에 사로잡혀 있나. 우경은 부끄러운 마음에 자꾸 다른 곳을 못 보고 그림만 쳐다보았다. 파전은 맛있고 그 전에 김치찌개도 맛있었지 맛있는 것을 많이도 시켰다. 남는 반찬 그릇에 파전을 잘라서 다시 할아버지에게 드리고 할아버지는 고개를 끄덕끄덕하고 나는 술을 마시지 않을 건데요 그럴 생각은 하나도 없었는데요 하지만 어째서인가 우경은 고민하지도 않고 아무렇지도 않게 맥주를 시켜버리고 다시 원래의 자리로 돌아와 앉았다. 왠지 병준은 이런 상황을 좋아했겠지 할아버지에게 말은 별로 걸지도 않을 거면서 벽을 보며 그림 좋네 그림이 좋은데, 이덕자의 그림이라, 하고 말했을 것이다.

"부산은 사람들이 많았는데 어떤 사람들은 친구들이 모두 북으로 갔지만 다른 사람들은 다 부산으로 왔으니까 아주 많았다. 전쟁 때 다들 모여들어서 많은 이야기들을 했는데 이덕자는 아주 조용했다. 이덕자는 다방에서 그 애가 약을 먹고 죽었을 때도 옆에 있었는데 그 애는 시를, 허무한 시를 쓰던 시인 애였는데 한참 후에야 거기 있었다고 말했다. 조용한 이덕자. 조용하던 이덕자."

할아버지는 표준어를 쓰고 있었고 김치찌개 국물만 조금 떠서 마셨다. 붉은 얼굴의 할아버지, 키가 작고 몸이 작은 할아버지는 어째서 아직까지 부산을 떠나지 못한 거지 하지만 어째서라고 하면 우리는 아주 많은 이유들을 말할 수 있을 것임을 알고 있다. 이덕자는 아주…… 하고 이야기는 이어지고 할아버지가 앉은 의자 옆에는 낡은 베레모가 놓여 있다. 붉고 둥근 얼굴의 할아버지는 역시나 둥근 주먹을 테이블 위에 올려놓고 있었고 그 모습은 크고 작은 감자들이 테이블 위에 할아버지 목 위에 올라와 있는 것처럼 얼핏 그렇게 보이기도 했다. 우경은 뒤를 돌아 자신이 들어왔던 문을 보았다. 여전히 점심때처럼 지나가는 사람은 보이지 않고, 이것은 여전히일까 우연히일까 생각하다 우경은 문이 바라보이는 쪽으로 자리를 옮겼다. 할아버지와 우경은 같은 방향을 보고 아주머니는 맥주와 잔을 갖다 주시고 우경은 맥주를 따라 천천히 한 모금 마신다. 어느 것이 이덕자의 그림이고 어느 것이 아닌지 알 수 없지만 식당에 걸려 있는 그림은 석 점이었고 모두 꽤 좋아 보이는 원목 액자 안에 걸려 있었다. 이덕자의 그림은 훌륭하지만 이덕자는 조용하고 깨끗하지만 누구도 이덕자를 알 수 없게 되었다. 이덕자는 죽고 이덕자는 너무 조용했으니까. 같은 이야기를 여러 번 듣고 또 듣고 맥주 한 잔을 다 마시고 새로 한 잔을 더 따라도 이 앞을 지나는 사람의 움직임은 보이지 않는다. 멀리서 누군가 뭐라고 외치는 소리가 들리기는 했고 또 웃는 소리도 들렸다. 우경은 그림을 다시 보고 그림을 다시 보는 척을 하며 할아버지를 보았다. 그 사람은 어느새 막걸리 한 병을 더 시켰는데 우경이 준 파전은 한입 먹고 그만이었다.

"이덕자는 아파서 죽었다. 그렇지 않았으면 그림을 좋은 그림을 그렸을 것이야. 나는 부산으로 피난 왔다가 부산에 계속 부산에 여기저기 있는데 이덕자는 아파서 죽어버렸지. 막걸리를 계속 마시는데……"

상대를 가볍게 때리며 쿡쿡쿡 웃는 사람이 지나가는 소리가 들렸다. 서너 명이 웃으며 이야기를 하고 있었다. 그 사람들은 지나가고 우경은 여전히 열차가 지나가는 것을 보지도 듣지도 못했다. 할아버지는 이덕자의 이야기 말고도 다른 이야기를 하였는데 부산에 관한 것들 그림에 관한 것 그림에 관한 아주 확실한 것. 할아버지는 조용히 이야기했고 가만히 술을 마시고 있었지만 어쩐지 친구와 함께라면 그림을 아무것도 몰라! 그림이 뭔지도 모르는 애들이 설치고 있어! 소리칠지도 몰랐다. 그러나 오늘은 혼자서 술을 얌전히 마시고 있었고 우경은 문을 쳐다보는 듯 고개를 향하고는 가끔 할아버지를 보았다. 모든 것을 겪은 사람이 갖는 감정을 보았다. 가끔 권태로움이 보였고 그것은 곧 사라졌지만 다시 나타났다. 가만히 들여다보았다. 모든 것을 겪은 사람이 권태롭게 드러내는 모든 것에 관한 경멸을. 매일 취해 있는 사람이 보여주는 날카로움과 어디에도 발을 들여놓지 않은 사람의 선명함을 보았다.

맥주 한 병을 천천히 비웠다. 우경은 자신이 모든 것을 너무 많이 먹었다는 것을 아주 잘 알았고 그런 자신을 오늘 하루 세 번 정도 가볍게 질책했다. 차가운 물을 한 잔 마시고 계산을 했다. 계산을 하며 이덕자의 그림을 다시 보았다. 붉은색을 잘 쓰던 이덕자의 그림을.

바람이 뜨거운 볼을 식혀주었다. 조금은 차가운 바람을 맞으며 호텔로 향했다. 내일 저곳에 간대도 할아버지는 있을 것 같고 거기에는 아무런 감정이 없다. 그렇겠군 하며 쓸쓸하게 웃거나 하는 것이 아니다. 우경은 그것이 아주 당연하고 평평하게 바로 그렇게 믿어졌다. 내일 저녁에는 부산을 떠나야 했고 아마도 매일같이 이덕자의 그림을 보는 사람을 가끔 생각할 것이다. 부산으로 피난 와 부산을 떠나지 않은 사람들을 잠시 생각해볼 것이지만 그들 모두 이덕자를 알고 있지는 않겠지, 이덕자의 그림을 식당에 맡기고 술을 마시는 사람은 없겠지. 일본에서 유학하던 이덕자, 서울에서 대학을 다니던 남자들, 다방에서 죽은 시인과 그의 친구들 모두 이덕자의 그림을 식당에 맡기고 매일 술을 마시지는 않겠지. 호텔로 돌아가는 길은 의외로 짧았고 알게 된 모든 길은 조금은 가벼운 길이 되는 건가 역시 그런 건가. 시간은 10시가 조금 넘어 있었고 우경은 평소보다 이른 시간에 잠이 들게 될 것 같았다.

우경은 호텔 앞 편의점에서 맥주를 몇 캔 샀다. 음료수와 생수도 함께. 우경은 붉어진 얼굴이 부끄러워 얼른 계산하고 나가고 싶었다. 씻고 나면 어쩌면 마시고 싶어질지 모르니까 그때를 위해 사는 거야 그런 생각을 하며 빠른 걸음으로 호텔 방으로 들어왔다. 침대에 몸을 던지듯 쓰러지며 하나씩 누운 채로 벗어나갔다. 이덕자의 그림은 누가 또 가지고 있을까 식당에 걸려 있는 것들이 유일한 것들일까. 셔츠가, 얇은 민소매 티셔츠와 양말과 바지와 속옷이 침대 밑으로 떨어졌다. 벗은 몸에 닿은 이불이 서늘했다. 간신히 몸을 일으켜 샤워를 하러 갔다. 씻고 욕조에 몸을 담그고 눈을 깜박이며 다리를 주물렀다. 병준은 부산에서 머물다가 배를 타고 오사카로 갔댔지. 병준의 친구는 장사를 하는 사람이라고 했다. 만날 수 없겠고 아무런 기대도 없지만 우경은 어쩐지 그 친구는 병준을 자신보다는 좋아할 것이라는 생각이 들었다. 아무런 의혹 없이 병준을 걱정하고 진심으로 안타까워할 것이다. 혹은 어쩌면 존재하지 않는 사람일지도 모른다. 어떤 또 다른 여자일지도 모르고 병준에게 하루 이틀 술을 사주고 얼마쯤 가볍게 빌려줄 수 있는 여자일지도 모른다. 우경은…… 글쎄 병준을 계기로 부산에 오기는 했지만 그저 걸음이 향하는 곳으로 가고 있을 뿐이었고 그게 어딘가로 닿을 것이라는 기대도 없었다. 병준이 있었다면 이덕자의 그림을 같이 볼 수 있었을 텐데 그리고 이덕자의 그림을 보며 술을 마시는 시간이라면 우경은 병준을 아무런 미움 없이 조금의 의혹도 없이 좋아할 것이라고 생각했다. 그 짧은 시간 동안에는 말이다. 그리고 우경과 병준은 작은 몸의 할아버지가 하는 이야기를 서로 맞춰보며 이해했겠지. 우경은 그런 생각들을 하며 씻고 나와 생수를 마시고 맥주를 마시고 잠이 들었다. 누우니 다리가 땅기는 느낌이 들었고 그럴 수밖에 중얼거리며 잠이 들었다.

우경에게는 왜 가져왔는지 모르겠지만 어디를 가든지 혹시나 하는 이유로 가져오는 원피스들이 있고 부산에 가면서 그중 하나를 챙겼으며 오늘은 바로 그걸 입었다. 누구를 만나게 되거나 하는 일이 전혀 없다는 것을 알면서도 왠지 모르게 가져오게 되는 조금은 신경 쓴 듯한 옷을 입었다. 늦잠을 자버렸고 씻고 얼른 짐을 빼서 체크아웃을 했다. 신발이 조금 아쉽네 하는 생각을 잠깐 했다. 엘리베이터 안에 흐릿하게 비친 모습을 보고서 말이다. 우경은 호텔을 나오며 편의점에서 생수와 빨대를 꽂아 먹는 우유가 든 커피를 샀다. 여기에 와서 생수를 몇 병 샀는지 생각해봐, 세 병이겠지 세 병이나 되었네. 커피가

목을 넘어가 차갑게 몸 안을 지나고 있는 것이 느껴졌고 우경은 어깨에 멘 가방을 추스르며 빠른 걸음으로 걸어 나갔다. 햇볕은 적당히 반짝이고 있었고 공기는 상쾌했다. 그제야 우경은 이틀간 병원에 들르지 못했다는 것이 기억났는데 하루 사이에도 사람들의 상태는 크게 달라졌고 환자의 가족들은 그래서 하루에 두 번씩 면회를 했다. 우경은 아주 얇은 끈 같은 것을 생각했다. 이대로 병준에게 들르지 않는다면 병준과 나의 연결점은 금세 사라지겠지. 아주 간단하게 말이다. 가끔 생각하겠지, 그 후로 병준은 어떻게 되었을까 병준은 퇴원을 했을까 그런 것들을 우경은 생각했다. 한참 후에야 병준이 우경을 찾아오거나 혹은 서로가 우연히 만나는 일이 생기지 않는 한 병준에 관해서는 알 수 있는 방법이 사라질 것이다. 아주 쉽고 간단하게. 그리고 오랜 시간이 흐른 후 아주 쓸쓸한 기분으로 병준을 기억할 것이다. 그건 지금의 자신도 지금의 자신이 손잡고 있는 많은 것들도 그랬다. 매일 누군가에게 연락을 받고 전화를 걸고 이메일을 확인하고 거기서 또 연결된 각종 연락 수단들은 의외로 마음먹으면 간단하게 아무것도 아닌 것이 될 것이다. 텅 빈 계정들이 누추하게 남아 있겠지. 아니면 그조차 간단히 지워버릴 수 있을 것이다. 그러고는 지금 당장 눈앞에 보이는 고시원에 들어가 방을 구하고 근처를 돌아다니며 일자리를 구해 부산에서 살아간다면 마치 오래전부터 그랬던 것처럼 그렇게 또 살아갈 수 있을 것이다. 우경은 그 생각을 하던 그 순간에는 아주 강렬하게 그것을 원하게 되었지만 고개를 돌려 길을 걸으니 그 강렬했던 마음은 뒤통수에 간신히 붙어 있는 정도로만 남게 되었다.

커피는 달고 단 것은 싫지만 먹으며 걷다 보니 잠이 깨고 몸 안에 긴장감이 돌았다. 가벼운 긴장감이. 우경은 길을 걷다가 보이는 서점에서 오키나와 여행서를 샀다. 아직 이른 시간이라 국제시장에 가는 길은 그리 붐비지 않았다. 어제와는 달리 한산한 느낌마저 들었다. 대학 때 친구와 와본 적이 있었지 뭔가 부산에 갔다 경주에 갔다 서울로 돌아오는 여행이었나. 그때보다 뭔가 이런저런 음식점이나 카페가 많이 생겼고 사실 어디를 가도 그것은 마찬가지였겠지. 우경은 서점에서 나와 좀더 걷다가 의자가 편해 보이는 곳으로 들어가 샌드위치와 따뜻한 커피를 시켰다. 그리고 방금 사온 책을 펼쳤는데 어째서 이전에는 서점에서 이 책 저 책 둘러보면서도 사지 않다가 갑자기 부산에 와서 사버린 건가 그런 생각을 하며 책장을 넘겼다. 햇볕은 점점 선명해진 채로 카페 창으로 들어왔다. 오키나와는 아열대기후라고 말했다. 습기가 많고 아주 날씨가 선명하다가 갑자기 태풍이 치고 그러다 다시 쨍쨍한 날씨라고 했다. 무거운 공기, 여름 장마 전의 무거운 공기의 감각이 갑자기 훅 하고 느껴졌다. 햇볕이 선명하게 들어오는 환한 날씨의 한낮에 말이다. 여름이 곧 다가올 부산 시내의 카페에서 말이다. 그것은 우경 자신이 알고 있는 것과 얼마나 다를까, 오키나와의 무거운 공기는 내가 알고 있는 무거운 공기와 얼마나 다르며 오키나와의 선명한 하늘은 또 내가 아는 것과…… 고개를 돌려 따뜻한 커피를 보자 어쩐지 어울리지 않는 무언가를 시켰구나 하는 생각이 들었고 하지만 어울리는 것을 시켜본 적이 드무네 대체로 절반의 내가 후회하고 후회할 것들을 시키며 살았다는 생각이 들었다. 어제는 2인분의 김치찌개와 파전을 혼자 먹을 생각으로 시켰지. 이덕자의 그림을 보는 할아버지에게 나눠드렸지만 할아버지는 별로 먹지도 않으셨다. 남아 있는 찌개와 파전을 보며 식당을 나왔는데 음식만 제대로 시켜도 음식만 제대로 시킬 수 있다면 하지만 그것은 너무 어렵고 바라지조차 않는 그럴 수 없는 굉장한 일처럼 여겨졌다. 우경은 샌드위치를 먹고 의자에 기대어 날이 좋군, 느슨한 자세로 앉았다. 감각의 어느 부분인가는 마음의 어딘가는 오키나와라는 곳을 스스로 상상해서 그곳에 놓아둬버린 것 같았다. 이렇겠지 저렇겠지 무의식중에 적당히 만들어놓은 뜨거운 햇볕과 무거운 공기의 어떤 공간을. 커피를 다 마시자 몸을 일으켜 시장으로 향했다. 부산도 한여름이면 지금보다 더 뜨거워질 거야 생각했다.

우경이 시장에서 산 것은 여름 원피스 하나 티셔츠 하나 긴 팔 셔츠와 복숭아뼈까지 오는 가죽 워커 그리고 그 모든 것을 담을 수 있는 얇고 큰 나일론 가방으로 모든 것은 다 중고품이다. 어떤 가게에서는 평일 오후라서인지 사람이 아무도 없어서 우경은 가게 주인과 길게 이야기를 나눴다. 이야기가 길어지자 그 사람은 잠깐 기다려보라며 우경에게 맞은편 가게에서 복숭아를 간 주스도 사다 주었다. 맛있는 주스였는데 이 사람은 음식을 잘 고르는 사람인가 음식을 잘 고르는 사람이니까 옷 가게를 할 수도 있는 것일 거야 그럼 옷도 잘 고를 테니까 생각했고 거기까지 생각이 미치자 어떻게든 자신도 음식을 잘 고른다는 것을 음식을 고르는 것이 아주 나쁘지만은 않고 때때로 훌륭하다는 것을 증명해야만 할 것 같았다. 그 사람과는 옷 이야기를 했는데 가게를 나설 무렵 겨울의 부산은 온도는 낮지 않지만 겨울바람이 불기 때문에 두꺼운 스카프 같은 게 꼭 필요하다고 했다. 마치 헤어지는 인사처럼 그런 말을 했고 아직 초여름이었지만 고개를 끄덕이며 아 정말 그렇겠다! 이런 대답을 하며 이제 가보겠다고 말하고 가게를 나왔다. 어째서 부산의 겨울바람 이야기를 갑자기 한 걸까. 겨울 코트 이야기를 하다 한 이야기였나. 가게 위치를 다시 확인하고 언제 다시 가볼 수 있을까 생각하며 우경은 다시 걷기 시작했다. 어제는 골목을 골목골목을 헤맸고 오늘은 헌 옷을 파는 골목을 헤매고 헤매다 어묵과 젓갈을 파는 골목으로 들어갔다가 전구를 파는 골목으로 향했으며 그러다 다시 어묵을 파는 골목으로 돌아왔다가 헌 책을 파는 골목으로 향했다.

그렇게 헤매고 다니는 중에 갈색으로 된 국제시장 표지판을 보았는데 이 시장이 생길 무렵에, 그때는 시장의 모습도 아니었겠지만 이덕자가 부산에 있었고 이덕자의 그림을 보는 할아버지가 있었고 그리고 또 많은 이들이 부산에 있었다. 누군가는 부산에서 죽어버렸고 누군가는 다른 곳에서 죽었고 누군가는 부산을 떠났으며 몇몇은 아직 부산에 남아 매일 술을 마신다. 술을 마시고 취하고 가지고 있는 그림을 술집에 맡긴 채 그 그림을 보러 매일 술집에 간다.

부산에서 생수는 세 병을 샀지, 모두 편의점에서 산 것들이다. 그럼 커피는 몇 번을 마신 걸까 세 번인가 네 번인가 생각하면서 우경은 골목 입구의 카페로 들어갔다. 비가 오지 않았고 흐리지도 않았고 무덥지도 않았고 끈적거리지도 않았다. 이런 날은 한 해에 며칠 되지 않겠지. 이런 며칠 안 되는 귀하고 적당한 날씨의 날이 지나면 무더운 날들이 이어질 것이다. 들어선 카페 안에 로스팅 기계와 신경 쓴 듯한 스피커가 있었다. 스피커에 신경 쓴 듯한 곳은 대부분 어쩐지 무거운 분위기였지만 이곳은 그렇지는 않았다. 적당히 가벼운 분위기였다. 우경은 다시 아메리카노를 시켰고 그것은 그날의 두번째 아메리카노였고 뜨거운 것이었다. 이제 곧 뜨거운 음료를 마시고 싶지 않아질지도 모른다.

부산에 온 이후로 그러니까 어제오늘 우경은 병준이 헤매고 있을 법한 곳들을 걸었다. 중환자실 지도에서 적어온 동네들을 일부러 확인해가며 가보지는 않았지만 말이다. 어째서인가 부산까지 오면서도 대충 휙 보고 그 이후로는 펴보지도 않았다. 하지만 병준은 우경을 걸어가게 하고 있었다. 좀더 먼 곳으로. 그 먼 곳은 전적으로 거리에 의한 것은 아니었다. 그럼 무엇인가.

지도에는 많은 점들이 있었지. 환자의 수에 비해 지나치게 많은 수의 점들이. 지금 그들이 어디를 헤매는지 아는 것이 도움이 될지도 모른다는 생각으로 그 많은 점들을 표시를 해둔 것이겠지? 환자의 가족들은 거기가 어디인지 신경 쓸 겨를도 없을 테지만. 병준의 부산은 실제의 부산과 다르고 실제의 부산은 우경이 걷는 곳과 또 조금은 다를지도 모른다고 실제의 부산 같은 것을 누가 판단해줄 수 있을지 모르겠지만 그런 생각이 잠시 들었고 어딘가의 모든 부산을 찾으면 거기에 병준이 있을 수도 있겠지만 어딘가의 부산에서 우경은 병준에게 무슨 이야기를 할 수 있을까. 그곳의 부산에서 우리는 조금 다른 사람으로 이야기라는 것이 잘 되는 사람으로 살고 있을까. 그런 생각을 하며 창밖을 보지만 여기가 부산이라는 실감은 왠지 별로 들지 않고 어디의 부산이든 병준이 헤매고 있을지 모르는 그러니까 중환자실에 누워 있는 병준의 무의식이 헤매고 있는 부산이든 모두가 말하는 부산이든 그 밖의 부산이든 어떤 부산 어느 어디 부산이라는 실감이 들지 않았다.

카페에는 우경 혼자뿐이었고 커피는 맛있었고 지도를 생각하다 보니 왠지 무서운 얼굴이 되었는데 무언가에 몰입할 때 나오는 그런 무서운 얼굴이었다. 눈에 힘이 들어가 있는 그런. 그런 얼굴로 카페의 주인과 눈이 마주쳤는데 그 사람이 멈칫했던 것을 보았다. 우경은 갑자기 웃으며 아 제가 뭔가 생각하고 있어서요, 말했는데 그 사람은 별말도 없이 아 하고 말았다. 괜한 말을 했다는 생각이 들었다. 저 사람도 아무래도 상관없다고 생각하는 사람일지도 몰랐다.

"아무렇지도 않았는데요."

"인상을 자주 써서요. 다른 생각을 하면요."

"아."

"커피 맛있어요."

역시나 아무 말이 없고 괜한 말들 그저 그런 말들 하나 마나 한 말들 입에 발린 말들 시시한 말들을 안 할 수 없을까 생각하지만 글쎄. 커피가 맛이 있었다는 말이 그 정도로 괜한 말은 아니지만 우경은 정말로 맛이 있었으나 그저 괜한 말로 들리게 말을 했으니 결국에는 하나 마나 한 말이 되었다고 생각했다. 그런 말을 안 하고 살 수는 없겠지 우경에게는 긴장감이라는 것이 섬세함이라는 것이 좀 부족했고 그런 것에 훈련이 덜 된 사람이었고 그러니까 병준과 그런 식으로 함께 살았던 것일까. 어쨌거나 우경은 지금에서야 그런 생각이 들었는데 하나 마나 한 말들과 낭비되는 말들로부터 무언가를 지키고 싶다면 말이 되지 않는 말 이상한 주제와 결말 없는 말과 어젯밤 꿈 이야기 같은 것을 마구 말하는 것이 좋다는 생각이 말이다. 입을 다물고 싶지만 입을 다물 수 없다면 아무 말이나 해버리는 것이 더 좋다고 우경은 생각했다. 어딘가에 윤기를 내기 위해 하는 말들로부터 보호받고 싶다면 말이다. 하지만 그런 말들로부터 보호할 수 있는 것은 무엇인가 대체. 나 자신, 나의 마음과 기분 그런 것인가. 아니 아니 우경은 스스로의 기분을 보호하고 싶은 것이 아니고 오히려 자신의 기분을 위험한 곳에 내던지고 싶은 마음이었고 무언가를 잃고 싶지 않다면 그것은 이상한 말 그 자체뿐일 것이라고 생각했다. 이상한 말을 마구 함으로써 이상한 말을 보호하고 싶었다. 그저 그런 말 하나 마나 한 말 당신에게 사회적인 인간으로 보이기 위해 하는 말 모든 제스처와 같은 말로부터 말이다.

우경은 커피를 한 잔 더 시키고 우경보다 어려 보이는 주인은 무표정으로 주문을 받는다. 그 사람은 커피를 내리며, 제가 더 인상을 써서요 듣든 말든 상관없다는 듯이 흘리듯이 말을 하고 정말로 인상을 쓰네 한 번도 웃지 않았어 하고 우경은 생각했다. 문득 우경은 이상한 말 외에 내가 지키고 싶은 것이 있나 대체 무얼 지키고 싶어 하기는 하나 하는 생각이 들었다. 생각해보면 분명 몇 개인가 있겠지만 요즘의 자신은 맞고 다쳐도 또한 스스로 몹시 우스워져도 아니 스스로 몹시 우스워지는 방향을 꼭 선택하여 그것을 선택하는 것이 어떤 것인지 보려고 하는 듯했다. 그러니까 자신의 기분을 위험한 곳에 내던지고 내던진다는 분명한 의식을 가진 채 내던지고 내던져진 결과를 본다. 눈을 떼지 않고 그대로 본다. 정작 그 길은 별거 없겠지, 하지만 하고 나서 별거 없다고 말하면 뭐가 별게 아니야 확실히 선택을 하는 것에는 무언가 약간의 것이라도 있기는 하지 하고 알게 될 것이다. 그러니 자신의 우스움에서 고개를 돌리지 않는다. 아무튼 병준은 우경을 계속 걸어가게 하는데 그것은 굳이 말하자면 그런 것이었다. 선택을 하게 하는 것 선택을 하는 자신을 보는 것 말이다.

남은 기차 시간은 두 시간 반이었고 걸어가면 한 시간쯤은 사라지겠지. 창밖으로 우경의 모습이 반사되어 보였다. 우경은 다시 또 의식적으로 창밖으로 지나가는 사람들을 보는데 세 사람이 동시에 지나가고 그 셋은 모두 여자였다. 그리고 남자와 여자가 손을 잡고 그 뒤를 같은 방향으로 지나갔다. 창에 비친 자신의 모습을 얼굴을 바라보았는데 우경은 자신의 눈을 피하지 않고 보았는데 아무런 나르시시즘도 없이 또한 부끄러움이나 자학도 없이 그렇게 자신을 잠시 보았다. 그렇게 바라본 자신은 또 조금 무서운 얼굴을 하고 있었고 등 뒤에서 조금 인상 쓰고 있는 주인이 보였고 그 사람은 우경에게 커피가 나왔다고 말을 했다. 이것이 몇 번째의 커피인가 하면 네번째인가 다섯번째인가 그럴 것이다. 아마. 이것이 마지막 커피일까 부산에서의, 그러나 우경은 그것을 늘 잘 알 수 없었다.

부산역으로 가는 길은 어쩐지 쓸쓸했다. 주위는 어두워졌고 멀리서 짙은 주황색의 노을이 보였다. 그 색이 정말로 선명했다. 아직은 서늘한 바람이 불어왔고 정말로 이제 곧 이런 적당한 날씨의 날들은 가버릴 것이다. 병원에서 자고 있을 병준을 생각했다. 둘 사이의 연결은 정말로 간단히 사라질 수 있다, 그 사실이 어쩐지 우경을 계속해서 들뜨게 했고 그 흥분은 무엇인가 나에게도 선택할 수 있는 것이 분명하게 있다, 내가 없애버릴 수 있는 것이 있다라는 것 이외에는 없었다. 우경은 올 때보다 늘어난 짐을 어깨에 메고 천천히 부산역으로 걸어갔다. 하늘이 정말 붉다고 생각하면서 말이다.

05

주유소에는 아무도 없었다. 모두 쉬는 건가 생각하며 사무실로도 가보았는데 그곳에도 아무도 없었다. 아무도 없는 사무실 책상 위에 물방울이 맺힌 컵이 놓여 있었고 컵 안에 들어 있는 것은 아이스커피였다. 만든 지 얼마 되지 않은 아이스커피. 나는 그것을 마셨고 왠지 마시는 수밖에 없는 느낌이었다. 아무도 없는 주유소에 아무것도 놓이지 않은 책상에 유일하게 놓은 아이스커피는 그 자체로 무언가 속임수 같은 느낌이었지만 말이다. 사무실 안은 쾌적하고 단정했다. 주유소 사무실이라고 생각하기 힘들 정도였다. 면으로 된 회색 커버를 씌운 소파에 원목으로 된 잘 만들어진 테이블이 있었고 테이블 뒤에는 같은 재료로 만들어진 책꽂이가 있었다. 책꽂이에 꽂혀 있는 책이 무엇이었냐면…… 커피는 진하게 탄 인스턴트 커피에 얼음을 넣어 만든 것이었다. 맛이 있네 맛이 있어 나는 목이 말랐나 보다 혹은 언제부터 얼마나 멀어졌는지 알 수 없지만 여름의 부산과 멀어졌는데 그럼에도 이곳 역시 여름의 주유소였으므로 여름이니 마셔야 한다 아이스커피를, 하고 생각했다. 디자인회사 사무실처럼 꾸며진 사무실에 앉아 열린 문으로 보이는 주유기를 보았고 주유기는 비스듬히 꺾여 들어오는 햇볕에 드러나 있었고 그래선가 주유기에 씌어진 글자들은 잘 보이지 않았다. 눈이 부셔. 그런 이야기가 있지 않아? 다른 세계에 가면 그 세계의 음식을 먹으면 안 된다는. 음식을 먹어버리면 영영 돌아갈 수 없다거나 시간이 아주 다르게 흘러버린다거나 그런 이야기. 아이스커피는 놀라운 맛이 아니었고 아주 보통의 아이스커피였고 이걸 마셔서 내가 여름의 부산에 부산 중앙동 노천카페에 돌아가지 못한다면 그것은 정말로 비현실적일 거야 생각했다. 커피를 마시며 건조하게 잘 말려져 빳빳한 느낌의 커버에 등을 기대고 있었는데 누군가 갑자기 들어와 여기서 무얼 하나 묻는다거나 왜 그 커피를 마시나 물어도 왠지 아무런 걱정이 되지 않을 것 같았다.

신발을 벗고 그러고 보니 나는 신발을 신고 있었는데 바닥은 얇은 카펫이 깔려 있었다. 신고 있던 여름 샌들을 벗고 소파에 누웠다. 다리를 펴기엔 비좁아 조금 웅크리고 누워 테이블을 바라보다 조금 남긴 아이스커피에 다시 물방울이 맺히는 것을 보았다. 여름의 부산에 하루 있던 크리스마스 날, 그때 내 옷장에는 코트가 한 벌 걸려 있었다. 언제 누가 가져다 두었는지 알 수 없지만 나를 위해 꼭 맞는 그런 코트가 걸려 있었다. 여기는 여름의 어디일까 여기에도 겨울이 있다면 그때 나는 어디서 코트를 구할 수 있을까 어디에 그런 코트가 걸려 있나. 그런 생각을 하다 잠시 잠이 들었는데 잠에서 깼을 때는 눈앞에 어떤 사람이 있었다. 나를 보고 의아한 표정을 짓고 있었다. 머리가 길고 얼굴이 하얗고 조금 둔해 보이는 표정의 여자였다.

"커피를 마셔버렸네?"

"있길래요. 미안합니다."

"웅, 하지만 나도 만들어놓고 잊어버렸으니까 할 수 없지."

나는 몸을 일으키고 여자는 소파에 앉고 우리는 나란히 소파에 앉아 있고 나는 왠지 염치없어 보이지만 이젠 완전히 녹아버린 커피를 다 마셔버린다. 여자는 일어서서 다시 아이스커피를 만든다. 책꽂이 옆에는 지금 생각해보니 냉장고가 있었고 그 위에는 컵과 전기포트가 있었던 것이었다. 물은 금방 끓고 커피는 많이 넣고 뜨겁고 진한 커피에 얼음이 들어갔을 때 얼음은 챵가랑챠챵 이런 소리를 내. 그 사람은 두 잔의 커피를 만들고 나는 한 잔을 받는다. 그 사람은 쿠키도 갖다 주고 뭔가 더 필요한 게 없냐고 물어보기도 했다. 나는 고마워요 말하고 여기가 어디인지 묻는데 그 사람은 흐음 하면서 자신 없는 얼굴로 다시 묻는다.

"어디서 온 거야?"

"어 최근에 있던 곳은 부산인데 여름의 부산."

"여기는 국제역인데 그냥 국제라고 하지. 이 근방은 다."

"아."

"음."

"그런데."

"무슨 말인지 모르는 거지?"

"아. 네."

"글쎄 근데 나도 알게 된 것이지만 늘 무슨 말인지 잘 알 수는 없었어. 하지만 이 부근을 그렇게 말하는 것은 알지."

그런 말을 하며 우리는 커피를 마시고 그 사람은 자기 이름이 도미라고 했다. 생선 이름인데 생선이라기보다 큰 개나 곰의 느낌이 있었다. 키가 크고 말랐는데도 말이다. 어쩌면 도미라는 생선도 아주 클지 몰라. 큰 개나 곰 정도로 말이야. 도미와 나는 소파에 기대어 여기는 말이야, 그런데 전에는 있지, 이런 이야기들을 했다. 누구도 정확히 확신을 갖고 말할 수 없는 많은 곳들. 우리는 무서운 것도 걱정하는 것도 없이 이것은 이 커피는 요전에 나는 말야 요전에 그런 것 마셨는데 말했다 모든 것을.

커피를 다 마시자 도미는 일어서서 나에게 이리로 내려오라는 손짓을 했다. 도미를 따라 계단을 내려갔다. 계단은 꽤 길었다. 몇 번 구부러진 데다 어두워서 긴장을 해서인지 나중에 생각해보니 실제 계단 길이보다 훨씬 긴 느낌으로 내려갔다. 도미의 슬리퍼가 척척 하고 계단을 내려갈 때마다 소리가 났다. 그 소리를 들으며 어딘가로 멀어지고 있다는 느낌이 들었다. 어둠 속에서 도미의 슬리퍼 소리만 들으며 말이다.

계단의 끝에 이르자 어째서인지 적당한 정도의 밝기가 되었고 약간은 어두운 느낌이었지만 그럭저럭 뭔가를 보고 말하기에 나쁘지 않았다. 그곳에는 역시나 사무실과 같은 회색 커버의 소파가 여러 개 놓여 있었고 사무실과 같은 테이블과 책꽂이가 있었다. 그 공간은 고등학교 강당 정도의 넓이와 비슷할까 아니면 그보다는 작은가. 나는 다시 동서남북을 생각했는데 생각하지 않을 수 없었는데 마주한 엄지와 검지만을 움직여 어느 장소인가로 움직였다. 어딘가의 이곳인가 저곳인가 깨닫기 전에 넘어온 어딘가에 또다시 앉아 있다. 나는 어디가 꽃나라인지 별나라인지 적어두지 않았고 누구도 어디가 어디라고 적어두지 않았고 그러나 미끄러지듯 엄지와 검지만을 움직여 어딘가에 닿아 있다. 도미와 나는 또다시 소파에 앉았고 이곳이 역이라면 나는 정말로 다시 어딘가로 갈 수 있는 거야, 정다운 곳으로 가볼 수 있는 거야 생각했다. 이곳으로 가겠습니다 말하고 그곳으로 갈 수 있는 것인가. 의지를 가지고 선택을 할 수 있는가.

"넌 어디서 왔는데?"

"난 여름의 시장에서 왔지."

"겨울에서 온 사람은 없네. 우리는 다 여름에서 왔네."

"응. 그런데 하루는 겨울을 보았지."

"나도 그랬는데. 딱 하루뿐이었지."

도미는 도미가 본 겨울에 대해 말해주었다. 빳빳하게 말린 회색 커버의 소파에 기대어 이야기를 들었다. 도미의 겨울은 바람이 부는 철제 계단에서 시작했다. 철제 계단에 도미와 도미의 친구는 서서 겨울이 된 풍경을 바라보고 있다. 머리카락이 바람에 흩날렸다. 도미가 겨울에 대해 이야기를 시작한 지 얼마 되지 않았을 때 어째서인지 나는 또 스르륵 잠이 들었고 이 소파는 정말로 잠이 들게 만드네 하고 생각하며 그렇게 또 잠이 들어버렸다.

눈을 떴을 때 옆에는 초록색 옷을 입은 간호사가 있었고 그 옆에는 도미가, 아니 역시나 머리가 긴 간호사가 있었다.

"방금 전까지 친구분이 있다 가셨는데."

"아, 여자분?"

둘은 호흡이 잘 맞는 짝으로, 늘 그러는 것처럼 준비한 대사를 읊듯이 이야기를 주고받고 있었다. 어떤 친구일까 잠시 생각했고 내게 친구가 있나도 생각했고 바닥에 엎드려 함께 누워 있던 사람들은 언제나 있었던 것 같지만 취해 있던 사람들도 있었지만 어딘가에 또한 지금도 누운 사람들은 함께하지만 매일 같이 있지만 아무튼 친구란 누구 말하는 거야. 나는 화이트 보드에 친구?라고 쓰고 두 간호사는 역시나 순서에 맞게 차례로 '매일 오는 친구' — '여자분' — '모르세요?' — '모르시나' — '아니야' — '그러게 모를 리는 없겠지' 말하고 다른 침대로 가버렸다.

도미의 겨울은 철제 계단에서 시작하고 그러나 그 역시 하루 있던 겨울이었다. 간신히 힘을 내 '도미' '겨울' 하고 화이트보드에 쓴다. 나는 내가 절대로 잊지 않으려 외우고 또 외웠던 말을 다시 한 번 떠올리고 그것은 춥다는 것은 비밀과 함께 죽어가는 것입니다. 춥다는 것은 비밀과 함께 죽어가는 것. 춥다는

것은 비밀과 함께 죽어가는 것. 춥다는 것은 바로 비밀과 함께 죽어가는 것. 나의 겨울 하루에 나와 브라우티건과 겐이치로는 80년대 말의 지방 도시의 번화가를 헤매고 웃고 떠들었고 그날은 바람이 부는 추운 날이었는데 그 밤의 마지막은 동성로의 한 카페에서 성냥을 쌓아 올리는 것이었다. 거기에 남자들과 여자들이 있었는데 그 사람들 중 누군가는 비밀을 말하지 못한 채로 비밀인 채로 입을 다물고 죽어간 것일까. 도미의 겨울에 대해 끝까지 듣고 나면 나는 또 누군가 비밀을 품은 채 입을 다물고 죽어갔음을 알게 되는가 생각했다. 한 번만 겪게 되는 추운 하루, 누군가 비밀을 품은 채 죽는가 죽어버리나. 그것이 추운 날의 비밀인가 춥다는 것은 바로 비밀과 함께 죽어간다는 것. 춥다는 것은 비밀과 함께 죽어가는 것.

다시 도미를 만난 것은 며칠 후의 일로 실제로 며칠 후인지 아니면 아주 짧거나 좀더 긴 시간이었는지도 모르겠다. 도미는 처음 만났을 때처럼 소파에서 자고 있는 나를 의아한 표정으로 보고 있었고 나는 일어나 말한다. 겨울의 이야기를 기억하고 있어, 네가 겨울 이야기를 하려고 했잖아 나는 계단과 하루 있는 겨울 이야기를 알고 있어.

도미는 잠깐만, 이라고 말하며 계단을 올라갔다. 도미의 슬리퍼 소리가 다시 들렸다. 착착착 하는 소리가. 도미는 또다시 아이스커피와 쿠키를 가져왔고 나는 쟁반을 받아 테이블에 놓았다. 이게 몇 번째의 아이스커피지 두번 아니 세번째지. 도미는 이마에 맺힌 땀을 닦았는데 날이 더워지나 점점 여름의 가운데로 가고 있는 건가. 도미는 태양이 뜨거워 말했고 그 말을 하는 도미에게서 여름 한낮의 냄새가 났다. 빳빳하게 말린 빨래 냄새 같은 것.

우리는 아이스커피를 마시고 도미는 철제 계단에 서서 뜨거운 빵을 먹었다고 했다. 바나나 향이 나는 빵을 친구들과 함께 먹었어. 그리고 우리는 두꺼운 털실로 짠 목도리 같은 것을 모두 하고 있었는데 누군가 전에 챙겨주었지. 여기는 바다가 있으니까 바닷바람이 아주 세. 꼭 목도리가 필요하지, 라면서 목에 감아주었지. 그리고 우리는 시장을 돌아다니는데 사람들은 모두 겨울옷을 입고 있다. 시장의 한쪽 부분은 과일 같은 것을 팔았고 다른 한쪽에서는 옷이나 양말 같은 것을 팔았고 가끔 커피를 파는 작은 찻집도 있었는데 아주 무더운 여름날에도 매번 파라솔 아래에서 뜨거운 커피를 마시며 신문을 보던 할아버지가 있었는데 그 할아버지는 셔츠를 입고 있었다. 겨울의 그날에 그 할아버지는 코트를 입고 윤기가 나는 회색 머플러를 매고 커피를 마시며 신문을 읽고 있었는데 나는 겨울의 시장에서 다른 무엇보다 그 할아버지가 기억이 난다. 그 할아버지를 지나자 큰길이 나왔고 나는 큰길에 늘어선 많은 가게들을 지나치고 많은 가게들을 지나쳤다는 생각이 들었을 때 옆에서 함께 걷던 친구들이 모두 사라지고 그 친구들은 가게 안에 들어가 즐겁게 무언가를 구경하는 얼굴로 잠시 눈앞에 나타났다가 사라졌다. 너희들은 무얼 그렇게 즐겁게 구경하고 있니 고르고 있니 다시 고개를 돌려 앞으로 향해 걸었는데 거리에는 모두 겨울옷을 입은 사람들이 즐겁게 웃고 떠들며 지나가고 있었다. 그러면 나도 무언가를 보며 즐거워해야 하지 않을까 물론 나 역시 그날의 기분은 그럭저럭 좋았지만 모두들 마치 백화점 광고처럼 환하게 웃고 있었다. 나도 보이는 어느 가게인가로 들어가보았는데 거기의 사람들은 모두 벽에 걸린 그림이나 꽂혀 있는 책을 유심히 들여다보고 있었고 주인은 어떤 중요해 보이는 사람과 계속 이야기를 하고 있었다. 마치 내가 들어가는 것만으로 방해가 되는 느낌이라 천천히 다시 문을 열고 나왔다.

도미는 이야기를 하며 쿠키와 커피를 번갈아가며 먹고 마시고 모두의 겨울은 어쩐지 다들 즐거워하는 느낌인가 생각했다. 크리스마스라는 것은 그런 것인가, 도미의 겨울 하루도 크리스마스였는지 어떤지는 모르겠지만 분명 크리스마스겠지.

도미는 다시 쿠키를 먹고 또 커피를 한 모금 마시고 다시 이야기를 이어간다. 나는 이번에도 잠이 들어버릴 것 같았지만 안돼 도미의 겨울 하루 이야기는 들어야 해 생각하며 나도 쿠키를 먹고 또 먹고 그런 식으로 손을 움직이며 잠을 쫓았다. 소파의 문제일까, 도미의 이야기의 문제일까 도미의 이야기가 아주 졸린 건 아니었고 잠이 오지 않는 소파란 없을 것이다. 어느 엄숙한 가게를 나온 도미는 다시 걷고 또 걸었고 그때 누군가 뒤에서 얘, 너는 어디를 가고 있니 길을 잃은 거니 하고 물었다. 아니요 저는 그저 가고 있는 대로 또 가고 있어요 어디를 가고 있는 게 아니에요, 그런 대답을 도미는 하고 왠지 빠른 걸음이 되어 눈에 보이는 골목으로 들어갔다. 들어간 골목은 작은 집들이 이어진 주택가였고 도미는 왜인지 익숙하게 어느 집의 벨을 눌렀다. 문이 열리는 소리가 들리고 도미는 방으로 들어간다. 방에는 넓은 창이 있었고 하루뿐이라도 겨울이었기 때문인지 두꺼운 이불이 있었고 사람은 아무도 없었다. 도미는 방으로 들어가 앉았다. 그 방 안에는 미닫이문이 있었다. 즉 커다란 방의 가운데를 막아놓고 보통 때는 두 개로 쓰고 넓게 써야 할 때는 미닫이문을 다 열어놓고 원래의 크기대로 쓰는 것이다. 도미는 가만히 방 한가운데에 얌전히 앉아 있었다. 왜 거기에 앉아 있는지 그런 것은 알 수 없지만 그것이 불안하거

나 걱정되는 것은 아니었고 그렇다고 들뜨거나 기대되는 것도
아니었다. 그런 마음으로 앉아 있었다. 그렇게 한참을 앉아 있
었는데 어디선가 무슨 소리가 들리는 듯도 하고 그 소리는 분
명히 들리는 큰 소리는 아니고 들렸던 것 같기도 아닌 것 같기
도 한 그런 확실하지 않은 소리였다. 도미는 문득 무슨 결심인
가가 생겨 무릎으로 한 걸음씩 걸어 나가 미닫이문 앞에 왔다.
미닫이문에 귀를 대고 기울이다가 살짝 문을 열었는데 거기에
서 도미는 무엇인가를 보았다. 도미는 그곳에서 커다란 물고
기가 누워 있는 것을 보았다. 물고기가 놓여 있는 것이라고 생
각할 수도 있었겠지만 그것은 놓여 있는 것이 아니라 누워 있
는 것이었고 커다란 물고기는 누운 채로 죽어가고 있었다. 물
고기의 눈은 탁하고 기분이 나쁠 것 같지만 그 물고기는 맑은
눈을 한 채로 죽어가고 있었고 물고기에게서는 어째서인가 비
린내도 어떤 냄새도 나지 않았다. 단지 그 커다란 물고기는 방
에 누워 죽어가고 있었고 눈동자를 움직여 도미를 바라보고
있었다. 너의 이름은 도미, 나는 그것을 알고 있고 아는 채로
죽어가고 있다. 물고기는 그렇게 눈으로 말하고 있었고 도미
는 그것을 이해할 수 있었다. 도미는 물고기의 눈을 보았다. 물
고기도 도미를 보고 있다. 도미는 무릎을 굽히고 선 채로 아주
오랜 시간 동안 그 자리에 있었다. 그 자리에서 누워 있는 물고

기가 죽어가는 것을 보았다. 그것이 하루 있었던 여름 시장의 겨울이었다. 도미가 기억하는 하루 있던 겨울이었다.

"그 물고기가 도미였니?"

"아니 그 물고기는 분명히 물고기였지만 조금 그림 같은 느낌이었어. 입체감이 아주 조금 적은 그런 느낌."

"그래서 네 이름이 도미니?"

"아니 그런 것 아냐."

"아."

"안 믿고 있구나. 나는 기분이 상할지도 모를 말을 하고서."

"놀리려는 게 아니었어."

"……"

"미안해. 하지만 놀리는 게 아니었어. 나는 네 이름이 좋아 도미야."

"응. 알았어. 나도 도미야라고 불리는 게 좋지. 그걸 좋아해."

도미와 나는 국제에 있지만 혹은 국제역에 있지만 아직 아무도 마주치지 못하였고 도미는 그간 누군가를 만난 듯하지만 지금은 나와 도미뿐이다. 내가 아는 국제는 나하의 국제거리와 부산의 국제시장인데 나하의 국제거리에는 평화의 길이라는 것이 있고 그 주변에는 큰 시장이 있다. 두 시장 가운데 어디가 더 클까 국제시장 쪽일 텐데 어디에 또 다른 국제가 그리고 새로운 시장이 있을까. 도미는 어느 시장에서 겨울을 시작한 걸까.

우리는 지하에 있지만 어쩐지 밖은 여전히 밝다는 것을 당연히 알고 있었다. 그것을 직접 보기 위해 어두운 계단을 올랐다. 지난번에 내려올 때보다 조금 더 짧아진 느낌이었다. 사무실 문을 열고 역시나 회색 소파에 앉았고 주유소를 향한 문으로는 강렬한 햇빛이 들어오고 있었다. 주유기를 잡고 있는 사람도 주유를 하러 오는 사람도 없었고 긴 철조망만이 끝도 보이지 않게 이어져 있었다. 철조망 너머로는 선명한 초록색의 잔디가 깔려 있었다. 그때 누군가 지나가는 것이 보였는데 이어폰을 낀 백인 남자가 거친 숨을 내쉬며 뛰어가고 있었고 그 모습을 보았다고 생각한 순간 그는 사라졌다. 아주 빠르게 뛰어가는 사람이었다. 그리고 나는 아무 소리도 들리지 않는다는 느낌이 들었는데 그것은 너무 큰 소리를 들었기 때문이었다. 지금은 아무 소리도 들리지 않네 이상하게 그런 생각을 했고 시간이 지나 무언가가 눈앞을 나는 것을 보고 아 너무 큰 소리가 들렸던 건가 생각했다. 그것은 전투기였나 비행기였나 어쨌거나 아주 가까이서 커다란 모습을 드러내며 날고 있었다. 큰 소리가 지나가고 한참이 지나도록 아무 소리도 들리지 않

104

왔다. 작은 소리가 들리는 감각이 돌아오지 않았고 한참 후에야 아주 작은 소리들 슬리퍼로 모래를 차거나 땀이 난 손바닥을 바지에 문지르거나 하는 소리들을 다시 들을 수 있었다.

다시 계단을 내려갔을 때 도미는 턱을 괴고 앉아 있었고 나는 그 옆에 앉는다. 나는 방금 본 것들을 말했다. 어떤 사람이 아주 빠르게 뛰어갔지. 그 사람을 보았다고 생각했는데 금세 사라져버리고 말았으며 하늘 위가 아니라 건물 위를 나는 비행기인가 전투기인가 이름 모를 나는 것을 보았지. 아주 큰 소리가 들렸기 때문에 아무 소리도 들리지 않는다고 생각했고 누군가 뛰어가면서 소리를 뺏어간 것 같은 느낌이었다. 태양이 뜨거웠고 이제는 내가 아이스커피를 만들까 생각을 하다가 너무 많이 마시는 건가 싶어서 그냥 내려왔어. 우리는 잠시 이대로 누군가 들어올 때까지 아니 그것은 긴 시간이 될지도 모르므로 누군가 들어오는 것을 잠시 기다리며 소파에 기대어 있자.

도미는 턱을 괸 채로 고개를 끄덕이고 우리는 한참을 앉아 있었다. 계단을 올라가면 태양은 뜨거웠으나 이곳은 지하였으므로 잘 알 수 없었고 1층을 향해 나 있는 좁은 창을 통해 조금 알아차릴 수 있는 정도였다. 그런데도 왜인지 우리는 밖이 밝다는 것을 태양이 뜨겁다는 것을 햇볕이 내리쬐고 있다는 것을 잘 알고 있었고 동시에 바람은 어디선가 불어왔고 약하게 부는 바람을 맞으며 나와 도미는 그렇게 앉아 있었다.

새로운 누군가를 만난 것은 다음 날의 일이었다. 도미는 어째서인지 보이지 않고 나는 주유소로 올라가 그늘 쪽에 앉아 지나는 것들을 보고 있었는데 지나는 것이라고는 부는 바람뿐이었다. 도미 없이 혼자 아이스커피를 마시는 것이 어쩐지 잘못 같기도 했는데 그렇지만 콧등에도 땀이 나고 목이 말라 큰 컵을 찾아 만들어 마셨다. 누가 얼음을 얼려놓는 것일까 도미가? 생각하며 얼음통에 물을 부어 얼려두었다. 뜨거운 커피에 얼음을 넣으면 챵가랑카랑 이런 소리가 나고 그 소리를 듣기 위해 가만히 기다렸다. 컵을 들고 다시 주유소에 나왔을 때 트럭 한 대가 주유소 안으로 들어오고 있었다. 그 사람은 익숙하게 트럭을 세우고 나와 주유기를 들고 자신이 주유를 했다. 말없이 그 모든 것이 자연스러웠다. 혼자서 주유를 하고 카드를 내고 나는 또 카드를 받아 계산을 하고 영수증과 카드를 돌려주고 그 모든 것들.

"사람이 바뀌었네?"

"아. 그게 저는 온 지 얼마 안 돼서 잘 몰라요."

"응."

"네."

남자는 다시 트럭으로 돌아가려고 등을 돌리고 나는 남자를 세웠고 이전에 있던 사람은 누구인지 묻지만 그 사람도 기억하는 것이 별로 없었다. 남자는 술을 마신 것처럼 붉은 얼굴에 반팔 티셔츠를 입은 오십대 정도로 보였고 나는 또 무엇을 물어야 하나 고민하다 다급하게 묻는다.

"저, 그런데 부산은 어떻게 가나요?"

"부산이 어디지?"

"부산은…… 그게 저도 여기저기 걷다가 와서 설명을 잘 못 하겠어요."

"글쎄 나도 처음 듣는 곳이네. 부산이라."

남자는 부산이 어디인지 모르고 어디서 온지도 모르는 나를 아주 딱한 사람으로 보았고 정말로 궁금한 것은 여기가 어디인가 하는 것이었는데 여기가 어디냐고까지 물어버리면 나는 정말 아주 딱한 사람이 될 것이라 쉽게 말이 나오지 않았다. 도미에게는 그런 것을 묻기가 쉬웠는데 도미가 좀처럼 놀라거나 하지 않아서 그랬는지도 모르겠다. 남자는 턱을 긁으며 목이 마른데 한 모금만 마실 수 있느냐고 컵을 가리켰고 나는 기꺼이 컵을 건네며 어렵게 물었다 여기가 어디인지를. 남자는 남은 커피를 벌컥벌컥 마시더니 본인은 일이 바쁘다고 나중에 한가할 때 들르라고 했다. 그리고 다시 트럭을 타고 떠났다.

　도미가 다시 돌아온 것은 저녁때였다. 이곳에서 처음 보는
저녁이었다. 나는 소파에서 자는 건가 생각하고 있었는데 도
미가 또다시 처음처럼 자신을 따라오라고 손짓했다. 나는 도
미를 따라 주유소를 나왔다. 도미와 나는 습기를 머금은 무거
운 바람이 부는 밤거리를 걸었다. 어디로 가는 걸까 철조망을
따라 걷다가 불빛이 환해지는 곳이 보였는데 거기에는 커다란
유리가 있는 가게가 있었고 가까이서 보니 카스테라라고 씌어
져 있었다. 카스테라 가게를 끼고 좀더 걸으니 5층 높이의 건
물이 여러 개 들어서 있는 골목이 나왔고 도미는 그중 세번째
건물로 들어갔다. 도미는 열쇠를 주며 2층이 네가 묵을 곳이야
말하며 계단을 올라갔다. 어둠 속에서 더듬거리며 문을 열었
다. 열쇠를 넣었다 뺐다 몇 번을 해서 열 수 있었다. 왼쪽 벽을
짚어 불을 찾았고 불을 켜자 정면에 베란다가 보였다. 베란다
와 거실 거실에는 좌식 테이블 왼쪽에는 방이 보였고 불을 켠
벽 쪽에 화장실이 있었다. 안쪽의 방은 꽤 컸는데 가운데에 미
닫이문이 있어 때에 따라 두 개의 방으로 나눠 쓸 수도 있었다.
도미가 물고기가 죽은 것을 보던 방처럼 말이다. 왠지 피곤해
져 좁은 욕조에 몸을 담그고 한참을 있다가 나와 냉장고에 있

는 술을 꺼내와 베란다로 갔다. 등을 기댈 수 있는 의자에 앉아 술을 마시며 어디선가 무슨 소리가 들리나 옆집의 불은 꺼져 있고 대각선 방향의 집은 켜져 있고 바람은 불고 그렇게 술을 마셨다.

베란다에는 몇 개의 얇은 나무 표지판이 보였는데 두 개가 베란다 바닥에 세워져 있었고 나머지는 뽑혀 바닥에 버려져 있었다. 어두워서 잘 보이지 않는 버려진 표지판을 들고 와 읽으려고 해보았다. 독한 술은 금세 취하게 하고 나는 표지판을 몇 번이고 읽으려 했지만 잘 되지 않았다. 그것은 연도와 소유자의 이름이 적혀 있는 듯했고 그 뒤에 몇 줄의 설명이 있었지만 그것은 읽을 수가 없었다. 버려진 표지판은 모두 같은 시기이거나 겹치는 시기가 있었고 각기 다른 소유주의 이름이 적혀 있었고 소유주가 바뀔 때마다 표지판의 모양도 조금씩 바뀌었다. 손에 술병을 쥔 채 잠이 들었다. 나는 얼핏 간호사 둘을 보았던 것도 같지만 마치 꿈처럼 곧 사라져버렸다.

초인종 소리를 듣고 잠에서 깼는데 문밖에는 도미가 있었고 도미를 잠시 기다리게 한 후 얼른 씻고 나왔다. 우리는 주유소로 향하는데 결국 우리가 지금 하는 일은 주유소에서 일을 하는 걸까, 역이 역처럼 운영되기를 기다리며 기다리는 것을 하는 걸까. 저 멀리서 10년도 넘게 그 자리에 그렇게 낡아가고 있는 것처럼 보이는 클럽 간판이 보였다. 여자들이 치마를 들고 웃고 있는 그림이 페인트로 그려져 있었다. 나와 도미는 또다시 아무 소리도 들리지 않는 순간을 맞고 그 전에 도미가 있잖아 하고 말을 걸었지만 이내 아무 소리도 들리지 않아 우리는 답답한 표정으로 잠시만 하는 입 모양을 하고는 계속 걷는다. 주유소에 도착해서도 여전히 아무 소리도 들리지 않았고 나는 손짓으로 내가 할게라고 말하며 아이스커피를 만드는데 뜨거운 커피에 얼음을 넣어도 챠가랑챠랑 하는 소리는 잘 들리지 않고 나는 컵에 귀를 대었다. 아주 간신히 들렸다.

소파에 앉아 기다렸다. 작은 소리가 들리게 되는 순간을 기다렸다.

멀리서 트럭 한 대가 다가오는 소리가 들렸을 때 그제야 비로소 소리들이 들리기 시작했다는 것을 알 수 있었다. 트럭이 오는 소리와 경차가 오는 소리와 승용차가 오는 소리 그 전부를 구별할 수는 없지만 트럭은 알 수 있었고 나는 어제 말을 막듯이 한가할 때 온다는 그 말을 정말 그 아저씨가 지키는 건가 생각이 들었다.

"얼굴을 보니 어제 술을 마셨구만."

"오늘도 마실 것 같은데."

"커피도 팔어?"

"안으로 오세요."

커피를 한 잔 더 만들어드리고 나는 여기가 어디인지 아무 의미도 없는 것처럼 묻는데 그게 그것을 묻는 것이 부끄러워서만은 아니었다. 이제 내가 매일 걷고 사람을 만나던 부산이 정말로 희미하게 느껴졌고 먼 지난 일처럼 느껴졌기 때문이었다. 몇 가지 생생한 것은 남아 있었지만 나 역시도 정말로 부산이 어땠는지 대부분 잊어버렸다.

여기는 어딘가, 국제라는 이야기를 들었는데 실은 오키나와 아닌가. 나는 사실 다른 곳을 찾으러 왔는데 내가 찾는 곳은 모든 문이 합해진 곳이라고 해야 할까. 하나의 문이 합해진 곳이라고 해야 할까, 그 애는 말했지. 침대에 실려 중환자실로 들어갈 때 중환자실의 문은 파리의 개선문 뉴욕의 톨게이트 베를린 장벽의 가운데를 앞서 말한 파리의 개선문 양식으로 파낸 것과 같았어. 그 문이 어디 있나 찾고 있었는데 찾으며 걷다 보니 여기는 오키나와 아닌가. 그런 문은 찾을 수 없었고 어디서도 나는 이 주변을 그저 왔다 갔다 하고 있지. 어느 동굴에서는 많은 사람들이 동굴의 입구에서 나갈까 말까를 울며 설득하고 소리 지르고 몸으로 막고 그렇게 고민하는 것을 보았는데 그

111

런 동굴의 입구도 문이라고 할 수 있는 걸까.

　아저씨는 금세 커피를 다 마셔버리고 나는 이곳이 오키나와라는 것을 어떻게 알았느냐고 물었는데. 어제처럼 턱을 긁으며 누구에게 들었더라, 저절로 알게 된 건가. 이곳은 부산에서 그리 멀지 않은 국제는 국제의 안에 있을까 국제의 밖에 있을까 국제를 포함하는 것인지 국제를 배제하는 것인지 그곳에 존재하는 오키나와는. 어떻게 알게 된 것일까. 아저씨는 커피를 잘 마셨다고 손을 흔들며 나갔고 트럭이 사라지는 것을 보다가 다시 또 아무것도 들리지 않는 시간이 소리가 사라지는 시간이 찾아왔음을 알게 되었다.

중환자실 보호자 대기실의 의자는

　중환자실 보호자 대기실의 의자는 한글을 읽게 된 이후에야 자신이 무엇인지 알았는데 자신이 무엇인지 알았다고 해서 크게 달라질 것이 없다는 것은 사람이나 의자나 다를 것이 없었지만 그럼에도 자신이 무엇인가 크게 착각하고 있었다는 데서 오는 충격은 있게 마련이어서 한동안 무기력하고 우울했지만 그가 우울하거나 기쁘거나 중환자실 보호자 대기실은 늘 정신이 없어서 그것도 극적으로 정신이 없다고 말할 수밖에 없는 곳이었는데 자세히 설명하자면 누군가 통곡을 하는 와중에 누군가 저녁에는 무엇을 먹을까 함께 컵라면을? 지하 식당에서 짜장면을? 아니 시누이가 갖다 준 김치찌개를 데워 먹자 이야기하고 또 누군가는 환자의 상태가 나아져 기쁜 마음으로 병실을 옮길 준비를 하고 있는 곳이어서 의자든 사람이든 텔레비전이든 잡지든 우울에 몰입할 수가 없었다. 아마 나약한 의자였다면 심하게 우울해했을 것이다. 우울에 몰입할 수 없다는 것이 우울의 이유일 수 있으니 말이다. 그건 그렇고 중환자실 보호자 대기실의 의자가 자신을 무엇이라 생각했는지는 나중에 들을 수 있었는데 그것은 그 역시 확신을 가지고 있는 부분은 아니었지만 대략 중년 여성 기숙학교의 휴게실 의자 정도로 생각하고 있었다고 했다. 매일같이 중년 여성들이 모여 있고 그 중년 여성들은 추리닝 같은 것을 입은 채로 그것도 일주일 내내 같은 옷을 입을 때가 많았는데 휴게실의 온도는 어느 때나 땀이 나지도 춥지도 않은 온도라 일주일 내내 같은 옷을 입는다고 문제가 될 것은 없었고 중년 여성들은 기숙사생들처럼 옷이 많아 보이지도 않았고 그런 모든 상황들이 늘 대개 비슷한 옷을 입게 했고 그뿐 아니라 마치 기숙사생들처럼 컵에 든 칫솔을 들고 왔다 갔다 하고 서로 모여 떠들고 그러다 울고 그러다 웃고 또다시 밥을 먹는 이야기를 하고 가족 이야기를 했기 때문에 모든 상황이 중환자실 보호자 대기실의 의자가 자신을 중년 여성 기숙학교의 휴게실 의자로 추측하며 살아왔다고 해도 무리는 아니다. 더구나 가끔 중년 여성의 딸이나 아들 일가친척들이 휴게실을 방문했고 때때로 몇 안 되는 중년 남성과 중년 여성이 같이 밥을 먹고 이야기를 하는 와중에 저 둘은 무슨 사이일까 우리는 무슨 사이일까 질문하게 되는 사이로 발전하게 되는 경우도 생겼는데 그들이 머무는 휴게실은 그러라고 만든 곳이니까 중환자실 보호자 대기실의 의자는 이곳은 정말로 휴게실인가 보다 나는 휴게실의 의자인가 보다 생각하며 살아왔던 것이다. 줄곧 그랬다고 한다. 내가 중환자실 보호자 대기실의 의자의 이야기에 관심을 갖게 된 이유는 그의 이야기가 나의 이야기와 같다는 데 있는데 나와 의자 즉 우리의 이야기는 아마도 내 앞의 내 옆의 또 그 옆 사람들의 이야기와 같을 것이며 침대에 누워 있는 우리 모두는 가끔 이곳이 중환자실이라고 생각하지만 대개는 그렇게 생각할 수가 없고 그렇다면 어디일까 생각해보지만 우리가 한글을 알고 누군가는 영어도 다른 것도 알고 있음에도 이곳이 어디인지 그걸 아는 게 어렵기만 하고 하루에 두 번 우리를 보러 오는 중년 여성들은 이곳이 중환자실이라고 인내심을 갖고 가르쳐주지만 나는 그 말에 강한 불신을 갖고 있으며 아마 다른 이들도 딱히 진심으로 믿고 있지는 않기 때문에 우리보다 먼저 자기 자신을 깨달은 중환자실 보호자 대기실의 의자에 관심을 갖게 될 수밖에 없는 것인데 여기까지 생각이 미치면 저 문 너머에 중환자실 보호자 대기실이 있으면 이곳은 정말로 중환자실이 맞는 건가 믿을 수밖에 없는 건가 하는 생각이 들어버린다. 중환자실 보호자 대기실의 의자는 중환자실 보호자 대기실의 의자가 맞는가. 나는 다시 처음으로 돌아가 중환자실 보호자 대기실의 의자가 실은 중환자실 보호자 대기실의 의자가 아니었던 것이 아닐까 그가 한글을 배웠으나 그것은 한글이 아니고 한글이었다 해도 표지판은 장난이었으며 그 장난을 친 사람들은 추리닝을 입은 채로 자기 자신을 깔고 앉고 매일 저

녁 높고 도무지 떨어질 줄 모르는 바로 중년 여성들 아닌가 추측해본다. 이렇게 결론을 내리자 눈앞의 중년 여성들 특히 바로 내 앞에서 내 손을 잡고 있는 중년 여성이 누구인가 믿을 수 없다 믿지 않겠다 들어도 못 들은 척하겠다 하고 눈을 감아버렸다.

중환자실 보호자 대기실의 의자는 다시

중환자실 보호자 대기실의 의자에 관한 이야기 다시. 중환자
실 보호자 대기실의 의자는 매일 밤 꿈을 꾸는데 맨 처음에는
그것이 악몽인 줄 알고 아 악몽이다라고 괴로워하며 하루하루
를 보냈지만 점차 시간이 흘러 꿈을 정면으로 바라볼 수 있는
나이가 되자 아 이것은 악몽도 아니고 좋은 꿈도 아니고 이도
저도 아니고 그저 꿈이구나라고 덤덤하게 받아들일 수 있게
되었다. 중환자실 보호자 대기실의 의자가 꾸는 꿈은 중환자
실 보호자들의 공통적인 무의식이라 할 수도 있는데 그게 뭘
까 그게 뭔지 천천히 문을 열고 들어가면 거기에는 검은 옷 입
은 사람들이 울거나 술을 마시거나 육개장을 먹거나 하는 밥
상과 돗자리 바닥이 보인다. 장소가 눈에 익어갈 때쯤에야 거
기서 그러고 있는 그 한 사람 한 사람의 표정이 분명하게 중환
자실 보호자 대기실의 의자의 눈 속에 박혔고 그래서인가 꿈
을 꾸는 내내 괴로웠다고 한다. 중환자실 안의 보호자들은 울
거나 웃거나 너무나 지쳐버려 종이처럼 펄럭거리며 걸어 다
닐 때에도 마음속 어딘가에서는 저게 무엇이지 저기가 어디지
저 검은 옷 입은 사람들이 우글우글거리는 곳에 가게 되면 어
떡하지 저 문을 열 수야 없지만 열면 안 되지만 만약에 문을 열

었는데 아무도 없고 나와 내 가족밖에 없다 직장동료동기동창 아무도 없다 그러면 어떡하나 하고 무의식중에 고민하게 되는데 그 고민이 머무는 장소를 1-A라고 하고 그와 가장 먼 장소를 100-Z라고 하면 중환자실 보호자들의 마음은 때때로 1-A 부근에 머무르지만 정신과 머리와 의지는 100-Z에 검은 옷의 장소와 가장 먼 곳에 머물러 둘의 간극이 너무 넓어 어느 날 덜 커덩 그 사이로 굴러 떨어지면 그곳은 어디인가 이름 붙어 있지 않은 검고 축축한 곳인데 그곳은 1-A도 아니고 어디도 아닌데 검고 어두워 이름 붙일 수 없는 그런 곳이라 보호자들이 그곳에 빠져버리면 눈앞에 보호자들이 보이더라도 실제로는 없는 사람이 되어 주변 사람들이 아무리 구하고자 하여도 찾기가 어렵다고 하는데 실제로 그곳에서 빠져나와도 그사이 사람은 너무 지쳐 물기가 없어진 배추라든가 배추라든가 배추라든가 같아져버려 그게 배추일까 사람일까 가끔 묻는데 물어도 눈에 보이는 사람은 정말로 사람인데 그걸 알면서도 정말로 배추 같아 아니 배추 같아져버려 배추일까 사람일까 자꾸 묻게 됩니다.

여기까지 이야기하던 중환자실 보호자 대기실의 의자는 아 그런데 이 모든 것이 내가 아니라 내 위에 앉아 있는 사람들의 것이라는 것을 깨달아 이제는 영화 보듯이 보고 있지만 그럼에도 가끔 아주 드물게 이름 붙일 수 없는 곳에 빠진 사람의 무의식이 하나 둘 셋 넷 하고 늘어나면 나 역시 모든 것이 허약해져 그곳에 덜커덕 빠지게 되는데 지금 나는 제정신으로 살아가지만 그런데 어떻게 그 모든 것을 잘 알고 있을까 그런 생각이 들 때면 나는 내가 서 있는 발밑을 의심할 수밖에 없고 여기가 어디인가 여기가 어디일까 그러면 무서워 무서워져 아래를 내려다볼 수가 없다 그러니까 발밑이. 자꾸만.

어디가 어디인지 모르는 사람들과

　여기가 어디인지 발을 디디고 서 있는 곳이 어디인지 모르
는 사람들은 의외로 곳곳에 점처럼 박혀 있다. 자기가 어디인
지 어디라고 부르는지 자기 자신 위에 발을 딛고 있는 사람들
을 보며 어디일까 나는 무어라 부르는 곳일까 그리하여 나는
무엇일까 고민에 고민을 거듭하는 장소 역시 잊을 만하면 나
타나고는 한다. 어느 쪽이 더 많을까. 여기가 어디인지 모르
는 것과 자기가 누구인지 모르는 것은 한배에 탄 질문들이어
서 그 둘은 서로를 훔쳐보고는 하지만. 부산의 국제시장은 도
떼기 시장으로도 알려져 있지만 그 전의 이름은 자유시장이었
다. 광복 후 한국전쟁 전 그 시기 시장의 공식 이름은 자유시장
으로 어째서 자유인가 우리에게는 자유가 왔으므로 오지 않은
자유를 혹은 만져본 적 없는 자유라는 말이 높은 곳에 있기 때
문인가. 오키나와 국제거리의 한 축을 담당하는 길은 헤이와
도리로 그것은 평화의 길입니다. 평화가 없었으므로 평화라는
말은 간신히 말할 수 있으며 아껴야 하므로 그곳에는 비둘기
가 표지로 있습니다. 평화와 자유를 이름 붙인 그곳은 국제가
되거나 국제를 포함하게 되었다. 국제라는 말을 여러 번 말해
보아도 국제는 국제가 아니므로 국제인가 국제가 아니므로 꼭

국제여야만 하는 것인지 국제 자신이 국제를 국제라고 부르는 것을 생각하면 거기에는 어떤 구멍이 있어서 누구를 빠뜨리는 것이지 머리를 흔든다. 지도를 펼치면 그 지도는 큰 지도일 때도 작은 지도일 때도 있겠지만 너가 국제이니 하고 어떤 점들을 찍으면 지도는 자기가 자기 몸을 착착 접어 도망가고는 한다. 혹은 스스로 구겨져 나는 종이란다라고 말하며 테이블 위를 굴러 사라져버린다. 국제시장의 시작은 일본인들이 전쟁 패배 후 자국으로 돌아가기 전 가재도구를 내다놓은 것이었다. 일본식 주택은 일본식 건물은 부산 곳곳에 아직 남아 있고 그런 집들에 들어앉아 나는 고급 축음기지 나는 전화기이고요 테이블과 의자예요라고 살던 물건들은 하나하나 부산의 한 거리에 모여 팔린다. 그곳의 이름은 이후 자유시장이 되었고 자유라는 말은 어쩐지 생생한 느낌을 주는 말이다. 광활한 땅과 싱싱한 물 같은 것이 생각나는 말이다 자유자유 하면 말이다. 전쟁이 나고 피난민들은 몰려오고 시장의 한 다방에서 어떤 시인은 약을 먹고 죽었다. 그곳에는 많은 시인과 시인과 시인들이 있었다고 했다. 많은 시인들이 있던 다방들은 전쟁 직후까지 성업이었고 거기에는 정말로 많은 시인들이 있었다고 하는데 지금은 위치를 알 수조차 없는 곳이 많다고 한다. 지도에 점을 찍을 수 없는 곳들에서 많은 사람들이 울고 토하고 거기에는 음악과 커피와 담배가 아주 귀했지만 있었다고는 한다. 여기가 어디인지 어디가 어디인지 나의 발밑은 무엇인지 그걸 무어라 부르나 모르는 이들은 지도 위에 점처럼 퍼져 있고 그러니까 중환자실 대기실의 의자가 자신이 무언지 모르는 것은 그것은 아주 당연한 것까지는 아니지만 그럴 수도 있는 있을 법한 일이 아닌가 하는 생각이 다시 들 수 밖에 없는데. 중환자실 대기실의 의자는 끊임없이 묻고 그 너머의 중환자실의 침대 역시 자기 자리를 물으며 그 위의 환자는 의심하고 또 의심하는 것이 하루하루의 일이었다.

06

저녁이 되고 나와 도미는 마치 퇴근을 하듯이 주유소를 나와 각자의 방으로 향했다. 안녕 잘 들어가 잘 자 그런 말을 하고서 나는 계단을 오른다. 처음 이곳에 왔을 때는 어둠 속을 더듬거리며 방을 찾고 화장실을 찾고 하느라 방이 어떻게 생겼는지 천장은 어떤지 제대로 보지 못했다. 나의 집에 온 다음 날에야 천천히 집을 살펴볼 수 있었다. 어째서 그 전날에는 불을 켜고 찬찬히 살펴볼 생각을 못 하고 술에 취해 잠이 들어버렸을까. 술에 취해 볼 수 있는 것들이 있었지. 술을 마시지 않았더라면 베란다에는 안 나갔을 것이다.

우선 나의 방은 그럭저럭 넓지만 보통은 미닫이문을 닫아놓고 쓴다. 그렇게 방이 마치 두 개인 것처럼 쓰다가 환기를 시킬

123

때나 더울 때 미닫이문을 열고 창문도 열고 드러누워 있는다. 내가 잠을 자는 방은 현관을 기준으로 오른쪽 방이고 왼쪽 방에서는 다른 것을 한다. 무언가 생각을 한다든가 혼잣말을 한다든가 일기를 써볼까 한다든가 그런 것들을 한다.

왼쪽 방의 벽지는 해바라기인데 가끔 해바라기가 입체적인 형태로 그러니까 이런 것을 양각이라고 하지 그런 형태로 활짝 피어 있다. 나는 해바라기를 아주 좋아하고 늘 좋아했는데 미닫이문을 열자 해바라기가 활짝 피어 있었고 그날은 해가 선명한 아침이었고 해바라기에 햇볕이 비치고 그 해바라기는 평면적이지 않고 꽃잎과 가운데 갈색 부분이 올록볼록하게 나와 있었다. 그 장면을 가만히 서서 바라보았다. 문턱을 밟고 서서 꽃밭을 보는 기분으로 벽을 보았다. 아주 분명하고 조금 무서운 해바라기였다. 아름답고 무엇보다 선명한 해바라기였다. 어릴 때부터 이런 방을 원했던 것이 아닐까 어째서 이제야 이런 방이 있음을 이런 벽지가 가능함을 알게 된 걸까. 아주 때늦은 것이다. 한참을 그렇게 바라보다가 도미가 나를 부르러 벨을 눌렀을 때에야 방문을 닫고 나올 수 있었다.

이상하게 주유소에서 집으로 돌아올 때면 불을 잘 켜지도 않고 더듬더듬 화장실을 찾고 씻고 욕조에 몸을 담그고 누가 채워 넣은 건지 늘 차 있는 냉장고에서 술을 꺼내 베란다에서 술을 마신다. 술을 마시다 가끔 이 공간의 소유주 이름을 그 한자를 그 영어를 읽어보려고 노력하다가 만다. 불을 켜고 문을 열면 해바라기가 활짝 피어 있을까. 해바라기는 어느 때고 시들지 않고 활짝 피어 있었다.

다음 날 입에서 나는 술냄새를 지우려 생수를 벌컥벌컥 마시며 다시 문을 열면 해바라기는 여전히 활짝 피어 있고 그 방에는 해바라기와 함께 드문드문 유채꽃이 피어 있는데 나는 해바라기만큼은 아니지만 유채꽃도 정말 좋아하는데 어떻게 집주인은 내가 좋아하는 꽃들을 알고 벽지로 써주는 걸까. 아니 그보다는 벽들이 나를 알아서 꽃을 피우는 것 같았다. 방 안에 꽃들이 피어 있는 것을 본 이후로 어쩐지 혼잣말을 하거나 이걸 할까 저걸 할까 하는 생각들을 하기가 어색해졌다. 드러누워 꽃을 보거나 일어서서 꽃을 보았다. 꽃 외에 다른 것에 관심을 두면 안 될 것처럼 꽃이 빈틈없이 피어 있었고 문을 열자마자 와 하고 꽃을 바라보기만 해야 할 것 같았다.

어느 날 밤에는 자다가 일어나 미닫이문을 열고 왼쪽 방으로 들어갔는데 피어 있는 꽃들이 보이지 않는 평범한 벽지의 단정한 방이었다. 그 방 한쪽에는 왠지 책을 읽기 좋아 보이는 갈색 책상과 의자가 있었다. 천장은 오른쪽 방보다 약간 높아 보였고 여태까지 보이지 않던 커다란 창이 보였다. 높아진 천장을 자세히 살펴보았는데 어딘가로 사라진 듯했던 해바라기가 그곳에 있었다. 해바라기 그대로의 모습은 아니었고 해바라기의 삐죽삐죽한 형태를 따서 천장 가운데가 높았으며 그 가운데를 중심으로 크고 작은 해바라기의 형태가 모여 있었다. 일곱 개 아니 여덟 개가. 해바라기는 어디에나 피어 있구나 그런 생각을 하며 다시 잠을 자러 갔다.

그러고 보니 도미는 매일 나를 깨우러 오고 나를 챙겨주는데 도미네 집에는 가본 적이 없네 하는 생각이 들었던 어느 아침 내가 먼저 도미의 현관을 두드렸다. 도미는 역시나 놀라지도 않고 무심한 얼굴로 문을 열어주었고 도미의 집은 내가 사는 곳과 거의 똑같았다. 나는 혹시 몰라 하는 생각으로 방으로 들어가 닫혀 있는 미닫이문을 열었는데 그곳에는 수많은 물고기들이 헤엄치고 있었다. 그렇게 보이는 벽지가 발라져 있었다. 문을 연 순간에는 그럼에도 물고기들이 정말로 유유히 헤엄치는 것으로 보였다. 도미는 하루만 있던 겨울 그날에도 물고기가 죽는 것을 보았고 이름도 물고기의 이름이며 벽지도 물고기들이구나라고 생각했다. 뒤를 돌아보았을 때 도미가 안 가니 물었고 우리는 매일 하는 것처럼 다시 주유소로 향했다.

여느 때처럼 주유소 사무실에서 철조망을 바라보았다. 철조망은 늘 언제나 바뀌지 않는 철조망이었고 그 너머는 선명한 녹색이었고 그 둘은 변함없었다. 그럼에도 아무 생각 없이 그 둘을 바라보고 있으면 시간은 갔고 한낮의 태양도 저무는 때가 왔고 한낮의 태양이 어떻게 저무는가를 볼 수도 있었다. 단지 철조망만을 바라보는 것으로 말이다. 혹은 그런 날도 있었다. 아무 소리도 들리지 않는 때부터 작은 소리가 들리기 시작하는 때의 숫자를 세는 것이다. 아무 소리도 들리지 않다가 서서히 작은 소리가 들리기 시작하는 때를 하나의 세트로 숫자를 세는 것이다. 어떤 날은 한 세트도 없을 때도 있었고 또 어떤 날은 열 세트가 넘어서야 낮이 끝났다. 언제 보아도 철조망은 끝없이 이어질 것 같았고 나는 저것이 정말 끝없이 이어지나 이어지지 않나 확인할 만큼 적극적이거나 그것을 위해 의자에서 엉덩이를 뗄 만큼의 마음이 있는 사람이 아니었고 대신 이어진다면 얼마나? 멈춘다면 어디서? 어디서 어떻게 멈추는 것이 좋은가…… 그런 것만은 끊임없이 생각할 수 있는 사람이었으므로 그것에 관해 생각하려 했으나 문득 아주 지겨운 것을 시작해보고 싶다는 생각이 들었고 그 생각이 들자 쉽게 일어날 수 있었다.

끝없이 이어진 것처럼 보이는 철조망은 정말로 끝이 없나 보군 나는 걷고 또 걸었고 하늘은 선명한 하늘색이었다. 저런 하늘색을 무어라 하겠지 아쿠아 블루라거나 뭐 그런 말이 있겠지. 나는 순간 부산이라는 이름마저 잊은 것처럼 중앙동과 광복동의 거리들을 잊은 것처럼 느껴졌고 그럼에도 나의 친구들은 거기서 계속 커피를 마시겠지 레모네이드를 마시겠지 하는 생각이 잠시 들었으나 곧 내가 떠나는 것으로 그 거리들은 스스로 몸을 접어 사라졌을 것임을 확실히 알 수 있었다. 모든 것은 내가 길을 잘못 드는 것으로 가볍게 날아가버렸을 것이고 어느 때고 그것은 마찬가지일 것이다. 나의 많은 시간이 그래왔으며 그러므로 그들은 어딘가로 사라졌을 것이다 길을 떠났을 것이다. 그런 확신은 사라지지 않았고 나는 부산으로 돌아가고 싶어 어떻게 돌아가나요 그런 것을 묻고 싶어 주유소에 머물렀지만 이제는 그것이 이미 사라졌음을 알고 있었고 그것이 슬프지도 아무렇지도 않았다. 눈앞으로는 또다시 뛰어가는 빠른 사람이 보였다가 사라졌고 철조망과 풀밭은 변하지 않고 이어졌지만 그 반대편의 풍경은 집들이 보이거나 버스 정류장이 보이거나 했다. 버스 정류장으로 가 가만히 앉아 있었다. 버스가 오는 것을 기다리기보다는 그저 잠시 앉아 있었다. 버스가 가는 곳은 버스가 오는 곳은 알 수 없는 한자들의 조합이었고 어느 버스인가를 타고 주유소 근처에 내린다면 나는 그 주유소가 적어도 어디 근처인지는 알 수 있게 되겠지.

그런 생각을 하고 있을 때 버스가 아니라 익숙한 트럭이 한 대 지나갔고 그 트럭은 서서히 멈추었다. 아이스커피를 달라고 했던 아저씨는 웃으며 문을 열고 나왔다. 여전히 빨간 얼굴이네 생각했는데 매일 술을 마시나 원래 빨간 사람인가 그런 생각을 하고 있느라 웃으며 인사하는 아저씨에게 어색하게 네네 하며 인사를 하려는 모양도 못 내고 나란히 앉았다. 너는 주유소를 관둔 것이냐 물었고 너는 어디를 가려고 하는 것이냐 묻고 그래서 계속 걸을 것이냐 물었다. 주유소는 관두고 말 것도 없지만 관둔 것은 아니었고 어디를 가는 것은 아니고 그저 걷는 것이고 곧 돌아갈 것이다 말하고 그러면 나는 또 당신은 어디를 가느냐 묻지만 이 사람은 나는 언제나 같은 곳을 가려고 하지만 그곳은 찾을 수가 없어서 찾을 수가 없겠지만 계속 갑니다 말했다. 그곳은 어떤 문이었지요? 파리의 개선문과 베를린 장벽과 뉴욕의 톨게이트를 앞서 말한 파리의 개선문 양식으로 파낸 혹은 열어젖힌 문. 그곳으로 환자의 침대는 들어갔다는 것이지요 혼자서 속으로 말한다. 내가 찾는 곳은 지금 내가 찾는 곳은 광화문 로열빌딩 지하 화장실 문과 광주극장 검안석의 문과 그 둘을 합한 것보다 가려면 갈 수 있지만 왠지 비밀스러운 그런 문입니다 하고 아저씨는 말하고 나는 그런 문이라면 그런 문이라면 환자의 침대는 복도와 복도와 계단과 계단과 그리고 다시 복도를 밀면서 가고 있나 그곳은 어디인가요 또 속으로 말하고 겉으로는 고개를 *끄덕끄덕끄덕끄덕* 그런 문이군요 말하고 만다.

"당신은 부산이라는 곳을 찾는다고 했지?"

"부산이라는 곳을 찾는다고 했지요."

"부산을 찾으려고 했어?"

"찾으려고 하지 않았고 찾으려고 하지 않아서인지 내가 있던 부산만은 사라졌어요. 나는 거기서 하려고 했던 것들이 있었는데 이제는 할 수 없어요."

"나는 계속 찾으려는 것을 찾으려고 하는데 찾으려고 해도 자꾸 숨어버리네."

"찾으면 어떻게 할 것인가요?"

"찾는다면 환자의 침대를 내가 밀며 가야지."

"무겁겠네요."

"바퀴가 있으니까. 그런대로 할 수 있지."

아저씨는 처음 보았을 때처럼 웃으며 내 어깨를 두드리며 트럭으로 간다. 나는 그것을 지켜보고 어쩐지 문은 트럭 뒤에 있어요 문은 트럭 화물칸에 있어요 실제로 보이지도 않는 것을 그렇게 소리치고 싶어지다 말았다.

주유소에 도착한 것은 해가 막 지려 할 때였다. 주유소에 가까워지자 아 도미가 혼자 집에 가겠구나 싶었지만 그것은 왠지 머리에 그려지지 않았다. 주황색 노을이 서서히 보이기 시작했고 내가 떠나기 전까지 앉아 있던 의자에는 도미가 팔짱을 끼고 나를 보고 있었다. 도미는 조금 화가 난 것 같기도 했지만 내가 오자 여전히 조금 멍한 표정으로 왔구나 말했다. 왜인지 아무렇지 않게 도미에게 입을 맞추고 도미를 안았다. 도미의 목에 고개를 묻은 채 도미의 어깨를 다정하게 쓰다듬었다. 도미가 고개를 돌려 내 이마에 입을 맞추고 내 볼을 두드렸다. 도미가 키가 큰 것이 좋았다. 비슷한 키의 우리는 껴안은 채로 해가 지는 것을 잠시 바라보았다. 고개를 돌려 도미의 티셔츠 안으로 손을 넣고 도미를 데리고 사무실 소파로 갔다. 사무실 테이블에는 이미 얼음이 많이 녹은 아이스커피가 있었고 나는 그것을 단숨에 마셨다. 도미의 가슴은 작고 귀여웠다. 도미는 크게 신음 소리를 내었는데 그러지 않아도 돼 애쓰지 않아도 돼 도미야 말하니 도미는 고개를 젓다가 웃었다. 아니야 아니야 혀가 차가워서 그래 말하다가 웃었고 나도 웃음이 나왔다. 혀가 차가웠구나. 내 몸에서는 땀냄새 내 몸은 짠맛이 나겠지. 곰 같은 표정에 날씬하고 키가 큰 개 같은 도미. 물고기를 보는 물고기를 모는 도미. 도미를 안고 바깥이 완전히 어두워지기를 기다렸던 것은 아니지만 고개를 드니 노을은 사라지고 어디는 푸르고 어디는 검정에 가까운 밤의 색이 되었다. 도미에게 집에 가자고 말했다. 도미의 티셔츠를 입혀주고 나의 티셔츠를 입고 남은 것들도 입고 우리는 손을 잡고 집으로 갔다. 우리의 손은 끈적거렸지만 곧 바람이 불어 머리카락에 묻은 땀과 손바닥의 끈적임을 가져가주었다. 그 모든 바람에 고마워했고 언제나 가장 그리워하고 있었고 잠시 걸음을 멈추고 기다렸는데 뭐라고 묻거나 왜라고 물으면 바람이야라고 대답하고 싶었다.

여름의 밤은 길었고 우리는 어디로든 끝없이 갈 수 있을 것 같은 기분이 들었다. 도미의 방에서 젓가락처럼 길게 누워 잠이 들었다. 술을 마시지 않았고 씻자마자 금세 잠이 들었다. 어딘가의 부산은 사라졌다고 이제 정말로 사라졌다는 것을 알았다. 나는 그 어딘가의 부산이 부산이 아니라 그 부산이라거나 어딘가의 부산 혹은 어떤 부산이라는 것 역시 알았다. 두 명의 간호사도 희미했고 나는 아무런 수사를 달고 다니지 않는 부산에 갈 수 있을지 모르겠으나 가더라도 갈 수 없더라도 무엇이 진짜라는 생각은 들지 않을 것이었다. 그런 생각을 하려고 하자 책장이 넘어가듯 철조망의 풍경들이 차례로 넘어갔다. 트럭을 모는 아저씨는 중환자실에 실려간 딸의 침대를 찾고 있지만 이미 아무런 설명도 필요치 않는 문은 이 문을 닫아야 찾을 수 있을 것이라고 말하자면 오키나와를 닫아야 할 것이라고, 나는 남의 이야기를 할 때가 되어서야 어째서 확실한 것을 말할 수 있는지 웃음이 났고 조금 슬퍼졌다. 하지만 역시 우스웠다.

새벽에 잠이 깨 베란다에 나갔다. 바람은 시원하다기보다 무거운 느낌이었다. 도미의 집에도 표지판이 있나 살펴보았는데 거기에는 하나의 표지판이 뽑히지 않은 채로 꼿꼿하게 서 있었고 그 표지판에 씌어진 것은 누가 주인이다 언제부터 언제까지 주인이었다 같은 내용은 아니었다. 거기에는 빽빽하게 누군가의 일기인지 회고인지가 적혀 있었고 그것은 유언이나 선언 같기도 했다. 한자와 일본어가 섞인 그것을 나는 이해할 수 없었지만 나는 그 사람을 죽인 사람이며 또 다른 사람에게 죽임을 당한 사람이며 또 다른 사람은 그 사람을 죽이고 또 죽였던 사람이라고 그런 내용이 씌어진 거라고 추측한다. 그렇다면 그 글을 쓴 사람은 괴롭게 토해낸 사람은 누구인가. 이것은 작은 집 베란다에 묻혀 있는 혹은 묻어둔 표지판으로, 이것을 커다란 벌판에 묘비처럼 꽂는다면 대리석으로 커다란 기둥을 만들어 새겨둔다면 이 글을 쓴 사람이 누구인지 읽는 사람들은 알게 될까. 넓은 곳에 당연하게 당당하게 서 있는 그것은 사람들의 마음을 움직이고 사람들은 그 이야기를 입에서 입으로 전하게 될까. 어떤 벌판에 누군가를 죽인 사람이 누군가를 죽였습니다 그 누군가는 아마도 이런 사람이라고 적힌 표지판을 세워둡니다. 누군가를 죽인 사람의 수만큼. 또 다른 벌판에는 누군가에게 죽임을 당한 사람들이 나는 죽임을 당했습니다 나를 죽인 사람은 이렇소,라고 죽은 후에 그것을 쓸 수야 없겠지만 그럴 수 있다고 하고 표지판을 세워둡니다. 죽임을 당한 사람의 수만큼. 그리고 가장 넓은 벌판에는 도미의 집 베란다에 꽂힌 표지판과 같은 내용을 돌에 써 세워둡니다. 누군가를 죽이고 또 다른 누군가에게 죽임을 당한 사람의 수만큼. 각각의 벌판에 이름을 붙이고 공원을 만든다고 하고 우리는 다 같이 우리라 함은 표지판을 읽는 모든 읽는 사람들은 세 개의 벌판에 이름을 붙일 수 있을까. 세 개의 벌판에 아니 공원에 이름을 붙이는 것이 우리의 일이라도 우리는 가장 적합하고 알맞은 이름을 붙일 수 있을까. 이름을 붙이려는 시도를 할 수 있을까.

자고 있는 도미가 깨지 않게 조심하며 방으로 들어가 미닫이 문을 열었는데 그 방에서는 여전히 물고기들이 헤엄치고 있었으나 다시 문을 닫으려 할 때는 아무것도 없는 텅 빈 방이 되었다. 다시 문을 연다면 사람 같은 물고기 한 마리가 누워 죽어가고 있을 것 같아 열 수 없었다. 열 수 없는 채로 가만히 문 뒤에서 물고기의 아가미가 움직이는 아주 작은 소리를 듣다가 도미의 옆으로 갔다. 물고기의 이름을 한 사람의 옆으로 갔다.

다음 날 주유소로 갔을 때 사무실에는 한 마리의 물고기와 전구가 각각 소파와 테이블에 앉아 있었다. 도미는 아무렇지 않게 자기소개를 해보라고 했다. 나는 정신을 차리려 또는 떨지 않기 위해 익숙한 행동을 하려고 아이스커피를 만들어 마셨다. 물고기가 앉은 자리에는 비린내가 나지 않을까. 나는 생선이라고 부르면 정말 내가 그 물고기를 잡아먹어야 할 것 같아서 생선이라고 부르지 않기 위해 애를 썼다. 물고기에게서는 의외로 비린내가 나지 않았고 테이블 위의 전구는 고민을 하고 있어서인가 온몸을 오른쪽으로 왼쪽으로 움직이며 누가 보아도 고민을 하고 있다는 제스처를 보여주었다.

"안녕. 내 이름은 도미야."

그제야 눈치챈 것인데 실제로 긴장하고 있는 것은 의외로 아무렇지 않게 말을 건 도미가 아니었나 싶었다. 새 학기를 시작한 학급처럼 자기소개를 유도하는 도미는 그러고 보면 내게는 무엇이라도 새삼스럽게 물었던 적이 없던 것이다. 도미는 자기가 매일같이 출근하는 주유소 사무실에 웬 물고기와 전구가 앉아 있는 걸 보곤 긴장하여 긴장한 모습을 드러내지 않으려 아무렇지 않게 자기소개를 해보라고 그런 어색한 주문을 하고 있는 것이다.

"나는 이름이 없지."

"나도야. 굳이 뭔가로 불러야겠다면 전구라고 해도 아무렇지 않아. 그런 것으로 마음 상하지 않아."

"아."

도미는 고개를 끄덕였지만 수긍해서 끄덕이는 것은 아니고 어색하게 끄덕이는 것이었고 나는 어째서 이곳에 온 것이냐고 물으려다가 이 자리에서 그런 질문은 마치 이곳은 내가 잘 알지 하는 마음으로 묻는 것 같아 입 밖으로 나오려는 말을 삼켰다. 부산에서 떨어져 나온 부산에서 길을 잃은 나는 부산으로 되돌아가려다 주유소에 온 것인데 그때 도미에게 이곳이 국제라는 말을 듣고 국제는 어디일까 생각하다 며칠을 보냈고 그후에 만난 어떤 아저씨는 이곳이 오키나와라고 했지만 나는 이제 주유소와 집으로 가는 길이 익숙해진 어떤 골목과 모퉁이에 익숙해진 그런 사람일 뿐이었다. 여기가 어디라고 말할 수도 너희가 가고 싶은 곳을 알려줄게라고 말해줄 수도 없었다.

"이 물고기가 물에 넣어달라고 하는데 나는 손이 없어."

전구는 말하고 우리는 물고기를 들고 바다를 향해 가야 하는 것인가 무얼 어떻게 해야 하는 것이지 잠시 주춤하다가 우

136

왕좌왕하다가 큰 대야여도 충분하다고 말을 전하는 전구의 말을 듣고서야 주유소 화장실에서 대야를 찾아 물을 담아올 수 있었다. 물고기가 살랑거리며 움직이자 왜인지 도미는 밖으로 뛰쳐나갔고 도미를 따라갔더니 도미는 철조망까지 뛰어가 토하고 있었다. 도미의 등을 두드려주다가 나도 같이 토하게 되었고 물고기가 말을 하며 앉아 있는 것보다 꼬리를 살랑거리며 움직이는 어쩌면 아주 당연한 것이 괴상하게 보였고 그 감각이 어쩐지 머리를 어지럽게 하고 속을 뒤틀리게 했던 것이다. 한참을 토하고 여러 번 침을 뱉고 불어오는 바람에 땀을 식히고 나서야 사무실로 돌아갈 수 있었다. 사무실로 돌아가면서도 우리가 토했다는 것을 들키면 어떡하나 혹은 왜 갑자기 마치 물고기와 전구에게 불만이 있다든가 불편한 일이 있다는 것처럼 자리를 비운 건가 하고 마음 상하면 어쩌나 조금 걱정이 되었다. 물고기는 여전히 대야에서 살랑거리는 움직임을 하고 있고 전구는 가만히 누워 있었다. 앉아 있거나 서 있는 것이 어떤 것인지 모르겠지만 누워 있다고 말해도 좋을 상태로 가만히 있었다.

3분의 1쯤 남은 티슈의 입구 부분을 조금 늘려 그 안에 전구를 넣어두었고 물고기는 트럭 아저씨든 누구든 차가 주유소로 오면 바다에 가자고 하여 놓아주기로 하였다. 그 모든 것을 지

휘한 것은 전구였다. 내가 깨지지 않도록 적당한 데를 찾아보아 뭐 저 티슈 곽 정도가 좋겠네. 아직 해가 지지 않았지만 우리는 왠지 집으로 빨리 돌아가고 싶어져 어떻게 인사를 했는지 생각해보니 대충 어어 하는 말을 하고 손을 드는 것도 내리는 것도 아닌 어정쩡한 동작을 하고 나서야 주유소를 나갔다. 나갈 때 전구가 뭐라고 말을 하는 것도 같았는데 안 들렸다고 하면 안 들렸다고 말할 수도 있을 법한 거리여서 급히 나와 집을 향해 걸었다. 빠른 걸음으로 집을 향해 아무 말 없이 걸었다 걷기만 했다. 집 앞에서 도미는 내 방에서 자도 되냐고 묻고는 내 대답을 듣고 고개를 끄덕이다 손을 흔들었다. 도미는 잠시 후 샤워를 했는지 젖은 머리를 하고 멍한 표정으로 문 앞에 있었고 나는 맥주를 마시며 금방 취하면 좋겠다고 생각했다. 씻고 맥주를 더 마시고 나와 도미는 어색하고 불편하게 펼쳐질 내일 일은 되도록 생각하지 않으려 애쓰며 눈을 떴다 감았다 떴다 감았다 하며 새벽이 되어서야 잠을 잘 수 있었다. 잠이 들 무렵에 도미는 정말 물고기를 모는 사람 물고기를 부르는 사람 본인이 원하든 원하지 않든 눈치채고 있든 그렇지 않든 그런 사람인가 하는 생각을 했다. 이날은 아무 꿈도 꾸지 않았고 잠결에 도미의 이마를 짚었는데 도미는 이마에 땀을 흘리고 있었다. 많이는 아니지만 작은 땀방울들이 만져졌다. 아주 덥지는 않은 날이었다.

　다음 날 나와 도미는 하루가 지나서인가 생각보다는 가벼운
마음으로 주유소로 향했고 도미는 여전히 긴장을 해서인가 평
소와는 다르게 혼자서 피식피식 웃으며 걷고 있었다. 왜 웃냐
고 물었지만 대답 없이 걷기만 했다. 나는 이제 부산 같은 것
은 잊어버린 것 같은데 실은 부산을 잊어버린 것이 아니라 무
언가를 찾아야 한다든가 어딘가로 가야 한다든가 꼭 돌아가야
하는 곳이 있다거나 하는 것을 잃어버린 것이 아닌가 생각했
다. 어떤 목적을 잃어버린 것이 아니라 행동 그 자체를 잃어버
린 것 아닌가. 거기에 조금의 슬픔이나 불안이 있기는 했지만
그것이 다였고 무엇인가 혹은 어딘가를 찾아야 한다고 생각이
들 때면 그때 다시 그것을 찾으려 해야겠다 그렇게 생각했다.
　전구는 손이 없다고 하면서, 물론 우리는 그것을 알 수 있었
다 전구는 보통의 전구와 똑같이 생겼으니까. 어떻게 빠져나
왔는지 티슈 곽에 머리를 걸치고 있었다. 머리라고 해도 전구
의 대부분에 해당하는 부분이었다. 나는 또 아이스커피를 만
들고 만들어 나도 마시고 도미도 주고 소파에 앉았다. 도미는
컵을 들고 계단을 내려갔다. 따라 내려가야 하나 잠시 고민하
다가 관두었다.

"너희는 나를 어찌해야 할지 모르는구나."

"어찌해야 하니?"

"아니. 그러니까 어찌하지 않아도 되니 너무 어쩔 줄 몰라 하지 않아도 될 거야."

고개를 끄덕이고 너는 어디서 왔니 정말로 궁금한 그것을 물었고 전구는 자신은 어느 대도시 구도심의 오래된 식당의 화장실 전구였다고 말한다. 오래되었다는 말은 낡고 더럽다는 뜻이 아니야 정말로. 강조하며 덧붙였다. 대도시 구도심은 몇 군데나 있고 대도시 구도심의 오래된 식당도 골목마다 있을 것이며 화장실 전구야말로 어디서나 볼 수 있는 전구를 들이밀고 바로 그 전구라고 말할 수 있을 것이다. 나는 내가 있던 곳을 그렇게 말할 수 있나 정확하고 중립적이게 그다지 위험하지 않게 어디라도 될 수 있어서 듣는 사람들 아무나 그리운 풍경을 그리도록 할 수 있나 내 눈앞의 전구는 기본적으로는 유일하겠지만 어쩌면 어느 곳에도 이런 전구가. 나는 커피를 마시며 그렇다면 그 이야기를 해줘 어느 대도시 구도심의 오래된 식당의 화장실 이야기를 해줘 어느 대도시에서 그쳐도 좋고 어느 대도시 구도심 정도에서 그쳐도 좋아 할 수 있는 만큼 해줘 하고 청했다. 전구는 티슈 곽에 머리를 걸친 채로 이야기를 하기 시작한다.

그곳은 오래된 국숫집이었는데 전통이 있다는 말은 조금 낯간지럽고 대체 어느 정도를 전통이라 할 수 있나 그런 것이 이곳에 남아 있기는 한가 나는 그것이 우습다고도 생각하니까 그렇게는 말하지 않을 것이다. 오래되고 손님도 늘 많은 국숫집이었다. 그곳의 화장실은 늘 손님이 오가고 물론 없을 때도 있지만 대체로는 사람들이 왔다 갔다 들어왔다 나갔다 하고 나는 그것을 다 보고 있다. 가게의 문을 닫고 정리를 하고 청소를 하고 식당과 주방을 청소하고 그 후에 물론 화장실도 청소를 하고 불을 끄고 정리를 마치고 나면 나는 잠이 든다. 그리고 누가 다음 날에 들어올까 어떤 사람은 문을 잠그고 두 시간이 넘게 화장실에 앉아 벽을 바라보았다. 국숫집은 고깃집도 횟집도 아니고 술을 팔지도 않으니까 국숫집에서 한참을 머무는 사람은 별로 없지. 화장실은 다른 곳으로 가도 되니까 화장실이 두 시간이 넘게 닫혀 있어도 크게 신경을 쓰는 사람은 없었다. 나는 벽을 보고 있는 사람을 바라보았다. 나는 그 사람이 거울을 부수고 나도 부수고 자신에게 상처를 입힐까 봐 긴장이 되고 떨렸다. 그 사람은 일을 보고 손을 씻고 거울을 좀 보다가 옷을 입은 채로 다시 변기에 앉아 그저 벽만을 보고 있었다. 나는 그 사람을 천천히 자세히 보았다. 그 사람은 그렇게 벽을 보다가 화장실을 나갔다. 그 사람은 내가 기억하는 것 가운데 하나다.

전구가 이야기를 많이 해서 목이 마르면 어떻게 하나 전구는 원하는 것을 분명하게 말하는 것 같으니 말하기 전에는 묻지 말아야지 생각하며 이야기를 들었다. 전구는 할 수 있는 말이 그러니까 어느 대도시에 관해 어느 대도시의 구도심이나 그곳에 있던 오래된 국숫집에 관해서라면 할 수 있는 말이 많다고 했다. 그것을 나는 계속 들을 수 있을까 자신이 없었다. 물고기가 말하는 것을 들은 적은 어제 이름을 물었을 때 이름이 없다고 했던 것 이후로는 없었다. 대신 물고기는 물방울을 튕기는 소리를 내었고 나는 물고기의 비늘을 보았고 바로 소름이 돋고 속이 안 좋아졌다. 말을 할 때 마주쳤던 것들을 떠올리고 싶지 않았다. 그것은 그냥 물고기였는데 왜 그렇게 생생하게 받아들이는 것이지? 가까운 거리여서? 아니면 말을 했기 때문에? 나는 티슈 곽에서 전구를 빼내 테이블 위에 두었다. 어제 대야를 찾다 발견한 쌓인 수건들 가운데 하나를 꺼내와 그 위에 전구를 두었다. 전구는 그게 더 편하다고 말하며 몸을 한 바퀴 굴렸다. 자리에서 일어나 계단을 내려갔다. 도미는 소파에 누워 천장을 보고 있었고 나는 옆의 소파에 앉는다. 전구가 어디서 왔는지 이야기를 했다고 말했다. 도미가 지하로 내려가는 것은 그 생생한 것들을 떠올리고 싶지 않아서일 것이다. 도미는 눈을 깜박이더니 또 누가 오는 걸까 하고 말했다. 이제는 잘 기억나지 않는 사람들이 있었는데 어째서 나는 잘 기억이 나지 않을까. 너무 잠깐 보아서 인상만이 남아 있는 것일지도 몰라 그런 이야기를 천장을 보며 했다. 도미의 이마를 짚었다. 어제 땀을 흘리며 자던 도미가 생각이 났다. 흰 이불을 덮고 땀을 흘리던 도미의 얼굴.

도미는 계속 누워 있고 나는 앉아 있었으나 곧 누워버렸다. 눈을 깜박이다 천장을 보다 눈을 감았다. 얼마나 시간이 지났을까 도미와 나는 막 잠이 들려고 할 때 안 되겠다 일어나자 서로를 두드리며 일어나 올라갔다. 또 누가 오는 것일까 말하던 도미의 혼잣말이 누구를 불렀는지 주유소 사무실에는 까무잡잡한 단발머리 여자애가 앉아 있고 그 애는 경계하는 모습으로 전구를 쳐다보고 있었다. 애초에 이곳은 역이라고 도미가 말했지. 도미를 처음 만났을 때 들었던 이야기를 기억해내고 물고기나 전구보다야 놀랄 것도 없겠다고 생각했다. 도미는 냉장고 쪽으로 가더니 식빵을 구워서 잼과 가져왔고 나는 얼음이 많이 녹은 아이스커피를 들고 여자애에게 보여줬지만 그 애는 고개를 저었다. 갑자기 세 사람은 식빵을 먹고 전구는 할 말이 많은 할 수 있는 말이 많은 전구는 먹지 않으므로 여자애에게 이런저런 참견을 하느라 바빴다. 덥지 않니 운동을 좋아하는 편인가 넌 어떻게 온 거니 이마에 땀 좀 닦는 것이 어떠니 이런저런 이야기를 하고 여자애는 여전히 경계하는 표정으로 전구와 눈을 마주치지 않으려, 물론 전구는 눈이 없지만 전구를 보면 전구를 눈으로 확인하면 그게 눈을 마주치는 기분이었으므로 그러지 않으려 애쓰고 있었다. 나는 아직도 똑바로 볼 엄두가 안 나는 물고기를 보지 않으려 애썼다. 전구가 무언가를 먹을 수만 있었다면! 우리는 조용히 지낼 수 있었겠지만 그렇다면 물고기가 움직이는 소리를 견뎌야 했겠지! 낯선 사람들과 어색해서 괴로웠겠지! 내일쯤 되면 괜찮지 않을까 생각했다. 빵 석 장을 쉬지 않고 먹은 여자애는 말하기 어려워하는 눈으로 어두운 곳에서 잠을 자고 싶다고 말했고 우리는 여자애를 데리고 계단을 내려갔다. 도미의 슬리퍼가 착착 하는 소리를 내자 나는 또다시 이곳에 처음 왔을 때가 기억났는데 그런 것은 이제 그만 곱씹는 것이 나을지도 몰라 문득 그런 생각이 들었고 어느 곳에 있든 어느 곳이라 말할지도 모르는 어느 곳에 있든 그랬었지 하는 생각에 잠기는 것을 싫어하네 도무지 싫고 화가 나서 그런 것은 관두고 싶어 하네. 나는 막연한 회상의 장면 그런 것을 견딜 수 없었다.

나와 도미는 집에 갔고 잠을 잤고 아침이 되어 다시 주유소에 왔다. 그다음 날도 비슷한 일들이 이어졌다. 전구의 이야기를 듣고 물고기를 곁눈질로 보다가 지하에 있는 여자애가 소파 아래에서 담요를 덮고 웅크리고 자는 것을 보다가 해가 지면 집에 가 잠을 잤다. 전구를 데리고 가야 하나 생각했다. 어째서 여자애보다 전구를 데리고 가야 하나 그런 생각이 드는지 스스로도 놀랐다. 여자애는 쉬지 않고 잠을 자고 있었고 흔들어 깨워 물어도 계속 지하에 있겠다고 말을 했고 전구는 언제나 이야기를 하고 싶어 했으므로 당연히 전구를 먼저 생각했다. 그다음 날은 주유기 앞 의자에 앉아 철조망을 바라보았고 수건에 싼 전구를 들고 철조망을 따라 걷다가 돌아왔다. 돌아와보니 도미는 며칠 전처럼 식빵을 구워 쟁반에 잼과 함께 들고 왔다. 나는 전구를 테이블 위에 놓고 아이스커피를 만들었다. 나와 전구와 도미는 테이블에 앉아 식빵을 먹으려 하고 있었고 나는 갑자기 여자애가 생각이 나 계단을 내려갔다. 그 애는 쉬지 않고 3일을 내리 자고 있었고 흔들어 깨우자 머리가 아프다고 말했다. 그 애를 데리고 사무실로 올라가 테이블 앞에 앉았다. 물고기는 여전히 살랑거리며 움직이는지 물방울을 살짝살짝 튕기는 소리가 들렸다. 물고기는 세 인간들보다 생생한 생물이었다. 세 사람과 전구는 구워진 식빵을 잠시 바라보다가 전구는 또 식빵이구나 말을 하고 세 사람은 잼을 발라먹기 시작한다. 물고기는 저렇게 두어도 되는 것일까 아무것도 먹지 않았다. 처음으로 그런 생각이 들었다.

빵을 다 먹고 여자애는 또다시 계단을 내려가려고 했고 왜 어두운 곳을 찾으려고 하느냐고 물었고 그 애는 들키고 싶지 않다고 했다 누구도 자신을 찾지 않았으면 좋겠다고 말했다. 그때 차 소리가 나 주유소 밖으로 나가보니 트럭을 몰던 아저씨가 주유를 하고 있었고 나는 고개를 까딱하고서는 옆으로 가서 섰다. 혹시 바다가 근처에 있느냐고 묻고 아저씨는 당연하다고 말하고 나는 어쩌다 물고기가 나타났는데 바다에 풀어줘야 할 것 같다고 말한다. 아저씨는 사무실로 들어와 살랑살랑 움직이고 있는 물고기를 보고 가져가 트럭 뒤에 신는다. 그러고는 인사도 못한 채 차를 빼서 나갔다. 물고기에게 들은 말은 이름이 없다는 한마디뿐이었다. 그런 물고기를 보통 물고기처럼 생선처럼 취급하여 보내버려도 되는 것인가 잠깐 생각했다. 하지만 물고기인 것을 다른 무엇처럼 대할 수도 없었다. 뒤를 돌아보니 도미가 뛰어나와 다시 철조망 앞에 서서 토하고 있었다. 나는 처음처럼 웬지 가슴 속이 뒤틀리고 머리가 복잡한 기분이 들지는 않았다. 토하지 않았다. 물고기 이름을 가진 물고기를 몰고 다니는 도미는 실은 물고기가 아주 불편한 것이 아닌가 때때로 어울리지 않는 것과 불편한 것과 강한 연결 고리를 갖게 되는 경우도 있나 보다 생각했다.

정말 우리는 전구보다 말없이 가만히 있는 물고기가 불편했던 건가. 나와 도미는 밤이 되어서야 집에 가려고 나섰다. 계단을 내려가 지하에 있는 여자애에게 우리는 집에 갈 거라고 말했다. 여자애는 잘 가세요 하고 대답했다.

"이미 사방이 어두워졌는데 밤이 되었는데 위에 올라가 있어도 되잖아. 우리가 사는 데에 가도 되고 말이야."

"이곳이 더 편해요."

"누가 너를 찾으려 하니."

"부모와 가족들과 나를 미워하지 않는 사람들이요. 그렇게 많은 사람들은 아니에요."

나와 도미는 알겠다고 말하고 돌아서서 간다. 나의 부모가 이곳으로 나를 찾으러 오는 것을 생각해보았는데 그것은 아주 어려운 일이겠지. 가능하지 않은 일일 것이다. 이곳이란 어디인지 누구도 알려주지 못할 것이다. 오키나와라고 해도 부모가 갈 수 있는 오키나와와 내가 있는 이곳은 왜인지 모르지만 다르다는 것을 잘 알고 있었고 스스로 그 사실을 깨닫자 아주 냉정한 기분이 되었다. 왜인지 차갑고 선명한 기분이 되어 길을 걸었다. 찾기 어려운 곳에 오든 찾기 쉬운 곳에 오든 등을 보인 후 방문을 닫고 싶은 때에는 어디든 어두운 곳으로 내려가고 싶을 것이다. 나라도 다를 것 없다. 부모는 옆집에 산대도 나를 찾지 않을 것이지만 말이다.

여자애가 자고 있을 때 트럭을 모는 아저씨는 다시 주유소에 들렀고 우리는 수건을 들고 아저씨를 따라나섰다. 물고기를 놓아준 바다에 가기 위해서였다. 물고기를 잘 놓아주었는지 보러 가는 것인가 바다를 보러 가는 것인가. 둘 다 아니었고 나와 도미는 매일같이 집과 주유소만을 오갔으므로 다른 곳을 가도 좋지 않은가 그런 생각에서였다. 전구를 테니스공을 모아두는 얇은 플라스틱 통에 넣고 나와 도미는 수건을 덮고 눈을 감았다. 햇볕은 선명했다. 그늘이 잘 보이지 않고 명암도 잘 보이지 않는 온통 환한 도로였다. 전구가 혼자서 또 무엇을 이야기했는지 얇은 플라스틱 통에 김이 서렸고 나는 전구를 잠깐 빼두었다. 태양이 선명한 길을 지나고 또 지나고 나는 전구에게 아까 무슨 혼잣말을 하고 있었느냐 물었다. 전구는 수건 속에 감싸인 채로 또 다른 태양인 것처럼 빛을 반사하며 선명하게 빛나고 있었다. 전구의 한 점이 선명하게 빛나고 있었다. 전구는 이전처럼 오른쪽으로 왼쪽으로 호를 그리며 주저하듯

이야기하는 것이 아니라 하나의 빛나는 점을 가진 채로 흔들리지 않고 이야기를 시작했다.

　이렇게 환한 날을 나도 보았는데 아주 환한 날에는 햇볕이 강한 날에는 화장실 문에도 사람들이 화장실 문을 열 때도 화장실 작은 창문에도 햇볕이 들어오고 마니까 나도 아주 환한 날을 보았지. 환한 날을 볼 수 있었다면 비 오는 날도 볼 수 있었지. 작은 창을 때리는 빗소리가 들리면 손님들이 흙발을 하고 화장실 바닥을 오갔으며 문이 열리고 닫힐 때마다 물냄새가 났다 비냄새가. 의외로 비가 주룩주룩 오는 날에는 국수를 먹으러 오는 사람들이 많지 않고 보통의 날씨에 사람들이 많습니다. 어느 해의 겨울이 끝나고 봄이 시작되고 봄이 시작되는 나른한 냄새 같은 것도 나는 아는데 그럴 때는 사람들은 어딘가 들뜬 채로 거리를 헤매고 국수를 먹고 계산을 하고 문을 열고 가는 어깨는 거리를 다시 헤매고 또 헤매는 그런 박자로 움직인다. 그런 봄날 가운데 곧 여름이 오겠지 생각하는 날들이었는데 그런 날은 보통 환한 날이고 나 역시 화장실의 천장 가운데에서 곧 여름이 오고 창문을 통해 비스듬히 들어오는 강한 햇살의 날들이 오겠지 생각했다. 그러던 어느 환한 날에는 아무도 오지 않고 주인도 오지 않고 일하는 여자애도 일하는 남자애도 오지 않고 전날 비워둔 쓰레기통 그대로 아무도 오지 않았다. 곧 다시 청소를 하러 여자애나 남자애가 들어오고 양산을 쓴 아가씨들도 국수를 먹으러 오고 손수건을 바지에 넣고 다니는 남자들도 아가씨와 함께 오고 그런 날이 올 것이라 나는 생각했는데 그때 나는 무언가 그런 것이 하고 싶다고 생각했지 어떤 예쁜 사람이 오면 좋겠다 거울을 한참 들여다보다 화장을 고치는 예쁜 사람이 오면 좋겠다 생각했는데 그때 다른 걸 바랄 수 있었다면 하루빨리 누군가 화장실로 오면 좋겠다 그런 것을 바랐을 텐데 아무도 오지 않는 날들이 그렇게 길 줄 몰랐다. 손님들이 오고 국수를 먹는 날이 오기가 그렇게 힘들 줄도 몰랐고 나는 그 생각을 아직도 하고 또 한다. 그런 날이 한 달 가까이 지났는데 아무도 오지 않았던 날들에 나는 흰 벽과 수도꼭지와 변기와 거울과 천장과 어째서 아무도 오지 않는지 이야기를 하다 이야기를 해도 이유는 알 수 없고 며칠째 사방에서는 사람들의 발소리와 비명 소리와 총소리가 들렸다가 쥐 죽은 듯 조용했다가 발소리 비명 소리 총소리가 순번이 있듯 번갈아 들렸다가 한동안은 총소리가 들리지 않았다. 총소리가 들리지 않던 시간들은 어째서인가 우리 모두를 더 불안하게 만들었는데 그 시간은 우리는 우리가 무엇이건 간에 양동이든 변기를 닦는 솔이건 나와 창처럼 유리이든 산산이 깨어질 것 같은 기분이 들게 했다. 그렇게 겨울의 밤보다 길고 긴 아무도 없는 시간들이 처참하게 지나고 있었다. 나는 창문이 천장과 흰 벽 정사각형의 흰 타일이 박혀 있는 벽이 그 벽과 벽 안의 시멘트가 변기가 변기 옆 솔과 붉은색 양동이가 후들후들 떨고 있다는 것을 느꼈고 그것은 한 몸 같았다. 내가 달려 있는 화장실 천장은 화장실의 일부이고 화장실은 식당의 일부이며 식당의 옆집은 화장품 회사 사무실과 가발 회사 사무실이 들어와 있는 건물이고 식당 위에는 변호사 사무실이 그 위에는 식당만큼이나 오래된 치과가 있었는데 식당의 화장실의 전구인 내가 알 수 있을 정도로 화장품 회사 사무실도 가발 회사 사무실도 변호사 사무실이나 오래된 치과도 모든 벽과 천장과 바닥이 불안에 떨고 있었다. 누군가 쿵쿵하고 몇 번 발을 구르면 바닥이 꺼지고 벽이 무너질 것처럼 아무렇지 않게 우르르하고. 며칠은 정신을 잃고 아무것도 보지 못했고 정신을 차리면 변기가 정신을 잃고 오물을 토해내고 더러운 점들을 벽에 찍었다. 나보다 두꺼운 화장실 창은 불안을 못 이겨 금이 갔다. 화장실의 하나하나가 불안으로 금이 가고 틀어져가고 있었다. 창에 금이 가는 것을 본 후 다시 정신을 잃었고 며칠이 지났을까 정신은 잃고 있었지만 아무도 누구도 오지 않은 채로 한 달이 지났다는 것은 알고 있었고 식당 주인이 화장실 문을 열고 이미 오물을 토해낸 변기에 대고 하얗게 질린 얼굴로 토하고 주인이 토한 소리를 듣고서야 다시 정신을 차렸는데 주인은 물을 퍼다가 변기와 벽을 씻어주었다. 작은 창엔 테이프를 붙였다. 그다음 해에야 창을 갈았다. 청소를 하고 음식을 나르던 남자애는 그 후로 볼 수 없었고 나는 그애가 아무도 오지 않고 벽과 천장과 전구가 후들후들 떨던 그때 죽었다는 것을 누가 말해주지 않았지만 알고 있었다. 그것은 천장도 벽도 바닥과 수도꼭지도 식당의 그릇과 의자도 그위의 변호사 사무실과 변호사 사무실의 고동색 소파도 재떨이도 알고 있었다 모두. 모두가 알고 있었다. 가발 회사 사무실에서 여태 가발을 세 개나 맞췄던 젊은 은행원이 죽었다는 것을 가발 회사 사무실의 가발은 철제 캐비닛과 접어 쓰는 의자들은 알고 있었고 그 은행원은 식당에서 국수도 자주 먹던 사람이었는데 식당의 물컵들도 식칼과 도마도 알고 있었다. 주인은 화장실 청소를 하고 사모님은 친척들과 식당을 치웠는데 누군가 거기서 숨어 있었는지 절반도 못 먹은 삶은 면발과 계란과 단무지가 바닥에 놓여 있었으며 거기에 숟가락과 젓가락이 이미 상해서 시큼한 냄새가 나고 곰팡이가 슨 붉은 면발 사이에 꽂혀 있었는데 그것을 먹으려던 사람이 질질 끌려간 흔적이 식당 입구까지 나 있었다. 그것은 내가 직접 보지는 않았지만 알 수 있는 것이었고 더 자세히는 그릇들과 젓가락 숟가락들과 수세미들이 말해주었다. 그 모든 주방의 것들은 어떤 것을 보았는지 겨우 이야기해주었는데 나는 내가 정신을 잃은 것인지 잃었다고 믿고 있는지 언제쯤 말할 수 있을지 그런 생각을 하는데 모든 것은 바다로 가는 지금 태양이 아주 선명하기 때문에 시작된 이야기이다. 식당 화장실 천장에 달려 있었지만 아주 선명한 날씨에는 어느 쪽으로 선명한지 태양이 환한지 비가 주룩주룩 오는지 알 수 있었다.

전구는 수건 사이로 고개를 묻듯 파고든 채로 입을 다물고 나는 잠을 잔다고 생각을 하려고 했다. 수건으로 덮어주고 나도 다시 눈을 감았다. 로베르토 볼라뇨의 『부적』에는 전구 같은 사람이 나온다. 그 사람은 대학 화장실에 갇혀 수일을 보냈다. 수십 일을 보냈다. 그 책을 3분의 1쯤 읽고 더는 못 읽었는데 어째서였나 어째서였느냐 하면 나는 사고를 당했고 그래서 읽을 수 없었다. 사고를 당했지만 이렇게 트럭에 탄 채로 눈을 깜박이며 전구의 이야기를 들으며 바다를 보러 간다. 오키나와라고 하는데 국제라고 하는데 어느 곳이든 나는 이전에 와본 적이 있었다. 그때의 오키나와는 지금과는 달랐는데 어떻게 달랐느냐면 글쎄 생각하면 그리 다른 것 같지도 않으며…… 국제시장과 국제거리는 어땠느냐면 좀더 정신없는 느낌이었다고, 이 사실은 겨우 말할 수 있었고 몇 개의 국제공항을 오갔다 나는. 몇 개의 항구도 오갔다. 볼라뇨의 『부적』에 나온 사람은 간신히 변기에 앉아 온갖 애를 쓰며 아무도 없는 것처럼 발을 들고 그렇게 있었다. 유령 같았을 것이다. 그리고 그 사람이 어떻게 되었는지는 알 수 없었고 언제까지 알 수 없을까 알 수 없지만 그 사람은 화장실에 대해 말을 하겠지. 본 것은 화장실 뿐이었으므로 화장실에 대해 증언을 할 것이다. 화장실은 그 사람에 대해 증언을 할 것이다. 누가 어떤 오키나와에 대해 증언을 해줄 수 있을까, 어떤 국제에 대해. 수많은 오키나와에 대해 그중의 하나인 내가 있는 오키나와에 대해 나는 증언을 할 수 있나. 나는 햇볕에 깜박거리던 눈을 세게 감았다. 무슨 소리가 들려 옆을 보니 도미의 잠꼬대 소리였고 도미는 며칠 전처럼 땀을 흘리고 있었다. 작은 땀방울이 도미의 이마에 맺혀 있었다. 수건으로 도미의 땀을 닦아주었다.

차가 달려가는 방향과 반대였지만 어지럽거나 머리가 아프지는 않았다. 도로 양옆으로는 키가 크고 이름을 알 수 없는 식물들의 군락이 펼쳐져 있었다. 염소 몇 마리가 보였고 이것은 내가 몇 년 전에 가보았던 오키나와의 풍경으로 이런 것은 열대의 풍경이지 아열대의 풍경이지 그러나 어떤 풍경이지라고 말하는 것으로 그것은 한 면을 접고 다른 곳으로 방향을 틀 것이다. 태풍이 자주 오고 갠 날은 태양이 선명하고 그러나 언제 다시 비가 올지 모르고 부는 바람은 무겁고 후덥지근하며 잎이 큰 나무들이 자라고…… 이곳은 오키나와입니다 아열대입니다라고 말하면 그 풍경은 곧 자신의 몸을 접어 다른 곳으로 향하며 그것이 아닌 그러나 그것이 아니라 말할 수 없는 공간을 보이며 이곳이 오키나와입니다 말할 것이다.

　도착한 바다는 푸른 보석 색이었고 햇빛에 반사되어 수면이 반짝이고 있었다. 몇 년 전 오키나와에 갔을 때도 나는 그런 바다를 보고 잘도 아름답다 정말 아름답다 말하고 독한 술을 벌컥벌컥 마시며 잠이 들고 그때 나와 함께 잠이 들었던 사람들은 여자들은 모두 여전히 오키나와에 오키나와의 풍경에 점을 이루며 살고 있을까. 잠을 자듯 수건에 파묻혀 있던 전구는 바다의 색깔 바다의 색깔 작은 호를 그리며 중얼거렸고 도미는 수건으로 땀을 닦고 바다를 보았다. 전구는 대도시 구도심의 한 식당 화장실에서 왔고 나는 부산의 여름에서 왔으며 도미는 여름의 시장에서 왔다. 부산의 여름에 가기 전은 어디였는지 기억나지 않는다. 아마도 그 직전에 나는 사고를 당했을 것이고 지금의 나는 아무런 흔적이 없는 사람으로 푸른 보석 색의 바다를 보며 더 가까이 보려 차에서 내릴 준비를 하고 있었다. 흔적이 남은 나의 몸은 다른 장소에 있을 것이다. 흔적 하나하나를 실감하며 마치 전구가 벽과 창을 실감하듯이 모든 것을 각자가 실감하고 있을 것이다. 아저씨는 한적한 곳에 차를 대고 나와 도미와 전구는 차 문을 열고 나와 기다린다. 아저씨는 풀숲을 헤치며 따라오라고 했고 얼마간 키가 큰 풀들을 헤치며 내려가다 보니 도로에서 보던 그 푸른 보석 색의 바다가 펼쳐져 있었다. 색색의 물고기들이 조금만 깊이 들어가도 꼬리를 살랑거리며 돌아다닐 것이다. 우리가 돌려보낸 물고기는 어떻게 생겼더라 20센티미터쯤 되는 은색 물고기였다는 정도만 기억이 났다.

문득 도미의 집 베란다에 꽂힌 표지판을 떠올렸는데 그 표지판의 내용을 넓은 광장이 아니라 이 바닷가에 바닷가 모래밭에 커다란 바위를 세워 써둔다면 그것은 가끔 아주 가끔 오는 사람들이 볼 것이고 대부분은 바다와 바람이 볼 것이다. 그 내용은 광장에서보다 실감할 수 있는 슬픔으로 상처로 다가오겠지, 나는 누구를 죽인 사람으로 또 다른 누구에게 죽임을 당하는 사람입니다. 또 다른 누구는 누구를 죽이고 또 죽인 사람입니다. 이곳은 무덤은 아니지만 무덤이 되지도 않겠지만 그 옆에 역시나 큰 바위를 세워 누구를 또 누군가를 누군가의 누구의 이름을 새기고 그 사람이 누구를 죽이고 그 사람이 누구에게 죽었는지를 적습니다. 누구는 아들의 이름이고 딸의 이름이거나 할머니의 이름이 되고 또 다른 누군가는 아버지이거나 친구, 할아버지, 고모의 이름이 됩니다. 그러고 나면 이 바다는 무엇이 되며 사람들은 이 바다를 무어라 부를까. 이 바다의 이름을 붙이는 것이 나의 오래된 숙제라면 나는 이 바다의 이름을 무어라 붙여야 할까. 도미는 발만 담그고 가만히 걷고 있고 전구에는 아무런 표정이 없지만 어쩐지 편안한 얼굴을 하고 있었는데 어째서 눈코입이 없고 얼굴도 표정도 없지만 그것이 눈에 보이는지 알 수 없었다. 아저씨는 뒤쪽 모래밭에서 먼 곳을 보고 있었다. 아저씨가 찾고 있는 문은 아무래도 아저씨가 닫아야 모습을 드러낼 것만 같고 아저씨가 오키나와로 들어온 문이야말로 아저씨가 찾아 헤매는 바로 그 문일 것이라는 생각이 들었다. 지하에서 잠을 자고 있는 여자애는 아저씨가 트럭을 몰고 주유소로 향하면 다시 모습을 감추어버릴 것이다. 누구에게도 당분간은 말하지 않을 생각들을 하며 바다를 바라보다가 바닷속으로 뛰어들었다. 물은 생각보다 차가웠고 물안경은 없었지만 불편하지 않았다. 푸른 바다의 색이 선명하게 내 눈앞에서 출렁이고 있었다. 화려한 색의 작은 물고기들이 혼자 지나가거나 무리를 지어 지나갔다. 그 모습은 조금 지나니 익숙해지기는 했지만 전혀 지겨워지지는 않았다. 모래밭 쪽으로 다가가니 길고 흰 도미의 다리가 보였고 그것을 마치 표지판처럼 여기며 다시 깊은 곳으로 들어갔다.

물에서 나와 숨을 헐떡이며 모래밭에 누웠을 때 도미는 수건을 머리 위로 던져주었고 몸을 닦고 간신히 부신 눈을 떠 바라보자 수건에 싼 전구를 들고 있는 도미가 보였다. 도미는 천천히 내 옆으로 와 앉았고 내게 얼굴을 가까이해 아저씨에 대한 이야기를 했다. 도미는 아저씨가 여자애에 대해 물었지만 잘 모르겠다고 대답했다고 말했다.

주유소로 돌아가는 길은 왠지 짧고 빠르게 느껴졌다. 전구에게 너는 어느 곳에 있을 것이냐고 물었고 전구는 사무실에 있겠다고 했다. 지하로 내려가보았는데 소파 위에 여자애는 보이지 않았다. 나는 도미와 집으로 돌아갔다. 전구에게 인사를 하고 끈적거리는 손을 털며 집으로 갔다. 몸을 털고 털고 또 털고 모래 한 알이라도 남아 있지 않도록 다시 몸을 흔들고 화장실로 들어가 씻고 나와 냉장고에서 맥주를 꺼내 마셨다. 여전히 꽂혀 있는 표지판 몇 개와 여전히 뽑혀 있는 표지판 몇 개를 들여다보다 맥주를 마셨다. 그리고 베란다에서 꾸벅꾸벅 졸다 깨다 다시 졸다 마침내 간신히 일어나 냉수로 입을 헹구고 방으로 들어가 잠이 들었다. 참으로 익숙한 하루의 끝으로 나는 이것이 아주 익숙하다는 것을 몸으로 느끼며 내게는 시간이 얼마 남지 않았다고 스스로에게 속삭였는데 무엇을 위한 시간인가 하면 어디에서 죽을지를 결정해야 할 시간이었다. 그런 생각을 하며 그것은 생각한 대로 되거나 결정할 수 없는 것일지 몰라도 그런 생각을 하며 잠이 들었고 깊은 잠에 빠져 들었고 아무 꿈도 꾸지 않고 푹 잤다. 그러고 보니 이곳에서는 꿈을 꾼 적이 없었네.

07

카페에서 나와 걷는 길은 어쩐지 쓸쓸했다. 이미 깊은 밤이었고 시장의 상점들은 진작 문을 닫은 후였다. 우경은 불 꺼진 상가를 천천히 지나고 있었다. 어두운 거리에 자동차의 헤드라이트가 점처럼 찍혀 있다. 작은 불빛들이 어둠 속에서 점점이 박혀 있다가 때로는 행렬이 되었다가 다시 흩어졌다. 가끔 자동차 판매 대리점의 커다란 간판 같은 것이 보였지만 어두운 길을 홀로 걷고 있었고 무엇보다 저 불빛 너머로 바다가 있다는 사실을 생각하면 어째서인가 우경은 마음속 깊이 쓸쓸해졌다. 마치 빈집이나 오래된 도시 같은 것을 떠올리는 것처럼 말이다.

큰길로 들어서 편의점과 비즈니스호텔 패밀리 레스토랑을

연이어 지나자 눈앞으로 고가도로가 보였다. 고가도로는 우경의 걸음과 함께 천천히 가까워져갔다. 어디에서건 고가도로는 이곳이 도시라는 사실을 가장 선명하게 보여주었다. 고가도로 위를 지나면 자동차의 시선에서 높지도 낮지도 않게 고층빌딩을 바라볼 수 있었고 도시를 이루는 점점이 찍힌 건물들을 비로소 확실히 인식할 수 있었다. 고가도로 아래를 걸으면 머리 위로 뻗어나가는 곡선이 어디로 향하는지 그것이 도시의 어디를 헤엄치듯 지나는지를 우경은 언제나 상상하게 되었고 그것은 언제라도 도시적이고 미래적으로 느껴졌다. 그 두 가지 표현이 이제 더 이상 무엇인가를 묘사하는 데 유효하지 않더라도 말이다.

고가도로 사이에는 긴 횡단보도가 있었고 건너편 신호등에는 남자 한 명이 서 있었다. 누군가 서 있네 하고 알아차린 순간 왜인지 그 사람은 병준처럼 보였다. 병준일까 정말 병준은 여기서 헤매고 있나 그럴 리가 하는 생각이 들었지만 우경은 서서히 다리에 힘이 빠지고 멀리서 우경을 바라보는 우경 자기 자신이 느껴졌다. 우경은 자신과 그 주변의 모든 것을 천천히 바라보며 바라본 것들을 말해주고 있었다. 너는 조금 떨고 있고 신호등을 보고 있고 조금 튼 입술에 반대편을 정면으로 바라보지 않으려 하지만 왠지 그 사람과 마주하고 있다는 생각에 긴장된 얼굴을 하고 있다.

신호등을 손으로 잡고 우경은 저 사람이 정말로 병준이 맞나 천천히 바라보았고 우경을 바라보는 우경은 계속해서 어색하게 떨고 있는 우경에 대해 이야기한다. 너는 지금 이러이러한 표정이며 어색한 얼굴 위로 지나는 공기는 차갑고 메말랐으며 팔을 자연스럽게 움직이려 하지만 마음먹은 대로 잘 되지 않으며. 그 목소리는 쉬지 않고 이야기를 했다. 그 목소리에 휘둘리고 있었다. 목소리에 휘둘린 채로 여전히 긴장된 얼굴로 맞은편을 보았다. 반대편의 저 사람은 확실히 병준 같기도 했고 병준과 비슷한 다른 사람처럼 보이기도 했다. 병준은 마르고 중간 정도의 키에 하지만 누군가는 작다고 생각할 수도 있는 그런 키에 흰 얼굴에 긴 눈. 그리고 그리고 어땠더라. 마지막으로 본 병준은 병실에서 잠을 자고 있었고 또 잠을 자고 있었다. 병실이 아닌 곳에서 본 병준은 3년은 거슬러가야 했으므로 3년이면 사람은 많이 변하고 우경은 3년 전의 머리 같은 것은 이제 하지 않고 3년 전이라면 바르지 않을 색의 립스틱을 바른다. 신호등이 바뀌고 걷기 시작했을 때 우경은 그 사람이 병준이 아니라는 것을 알아차렸고 알아차리자마자 그 사람은 우경의 손목을 낚아챈 후 손에 든 보온병으로 우경의 머리를 세게 내리쳤고 내리치는 순간 아 돌이 아니라 보온병이구나 그런 생각을 했다. 그 사람은 주저앉은 우경의 뒤통수를 세게 한 번 더 내리치고 조용히 일어나 아직 푸른색인 신호등을 향해 걸어갔다. 서두르지도 않고 천천히 횡단보도를 건너 걸어갔다. 우경은 온몸이 굳어 일어나지 못했고 한참이 지나서야 간신히 기듯이 남은 횡단보도를 다 건널 수 있었다. 나의 왼편에는 바다가 있다. 마음속에 갑자기 그 문장이 떠올랐고 한 걸음씩 내디디며 왼편에는 바다 하고 반복하며 중얼거렸다. 이럴 때 어디에 먼저 전화를 해야 하는 것인지 구급차인지 경찰서인지 아무 택시나 잡고서 가까운 응급실로 가달라고 해야 하는지 조금만 더 걸으면 경찰서에 갈 수 있었고 우경은 오늘 이 길을 걸었으므로 확실히 알고 있었고 빈 택시는 계속 지나가고 있었고 구급차에 전화를 걸면 여기가 어디인지는 대충 설명할 수 있을 것이다. 무얼 해야 하는지 어떤 것을 선택해버리면 오래도록 자신의 선택을 후회할지 모른다는 생각이 들었지만 그게 무슨 큰일은 되지 않겠지 하는 생각들로 머릿속이 뒤엉킨 채로 마치 그 생각들이 자신의 발을 붙잡고 있는 것처럼 천천히 경찰서를 향해 걸으며 동시에 택시를 향해 손을 흔들었다. 택시는 빨랐고 우경은 이유를 자꾸 묻는 택시 운전사에게 아무 대답도 하지 않은 채로 응급실로 향했다.

택시에선가 택시에서 내려선가 우경은 이제 곧 기차 시간이 지나겠네 하는 생각을 했고 간신히 택시비를 내고 병원에서의 시간은 택시에서의 시간보다 훨씬 정신이 없었지만 역시 어떻게든 지난다는 것은 같았다. 아주 정신없는 새벽이 지났고 그보다는 지낼 만한 하루의 시간이 지났다. 우경은 병원에서 이틀을 보내기 전에 회사에 전화를 했는데 상사와의 통화에서는 자신도 놀랄 정도로 차분했고 상사는 몸조심하라는 말을 했다. 우경은 경미한 교통사고라고 말했다. 정말로 문서로나 쓸 법한 경미한,이라는 말을 내뱉었고 그러고 나자 정말 자신이 겪은 일은 경미한 교통사고처럼 여겨졌다. 고가도로 아래 횡단보도에서 일어난 경미한 교통사고처럼 말이다.

여러 번 토했는데 처음에는 그것이 뇌진탕의 증세일까 봐 우경은 걱정이 되었고 왠지 불안한 마음이 되고 그러면 왠지 또 토하고 싶어졌고 여러 검사를 끝낸 후 별문제가 없으나 혹시 어떤 증세가 보일 경우에는 다시 찾아오라는 이야기를 듣고 나서야 우경은 멈출 수 있었다. 토하는 것이 아니라 뇌진탕에 대한 걱정이 멈췄고 그 밤에 관한 것을 떠올리는 것으로 왠지 불안해져 다시 토하고 싶어져 침대에서 급히 일어나 나가 토했다. 이틀 동안 제대로 먹지도 못해 이제 신물밖에 나오지 않았다. 짧은 시간 동안 우경을 사로잡았던 이상한 확신, 저 사람은 병준일 것이고 병준이 헤매는 점은 고가도로 아래일 거야. 우경은 그 생각에 이상할 정도로 강한 확신을 가지고 있었고 그와 동시에 우경을 바라보는 우경은 목소리를 내기 시작했다. 자신 안에 있던 목소리가 어느 순간 뛰쳐나가 근처에서 둥둥 떠다니며 모든 것을 이야기하기 시작한다. 어떨 때 그 목소리는 가혹해서 나의 모든 것이 너의 착각이라고 혹독하게 말을 했고 또 다른 때에는 너는 굉장해 굉장히 굉장한 사람이니 허리를 세우고 걷기만 하면 돼 그러니까 이제 말야 하고 신이 나서 뛰어나갔다. 언제나 깊이 심호흡을 하려 하지만 목소리에 휘둘리는 것은 매번 우경 자신이었고 목소리는 시간이 지나면 다시 우경의 안으로 들어와 가끔 적절히 속삭일 뿐이었다. 자신을 쥐고 흔들던 그 목소리라는 생각조차 들지 않게 그저 가끔 생각이 날 정도의 존재감으로 살아갈 뿐이었다.

그때 우경이 들었던 것은 병준이야 병준일 거야 헤매던 것이 흔들리고 흩어지던 것이 한순간에 마주쳐 만날 거야 하고 말하던 목소리였다. 지금 우경의 얼굴 어디서도 어쩐지 즐거워하는 표정을 읽을 수는 없겠지만 여전히 계속되던 예감, 나는 아주 간단히 어떤 끈을 잘라버릴 수 있다는 것을 그러나 그와 동시에 새로운 길이 시작될 것이라는 것을 우경은 다시 한 번 느끼며 토하고 난 뒤 입을 헹구며 거울을 보았다. 여전히 긴장된 얼굴을 하고 있는 우경은 처음 부산역에서 내리던 때와는 달라 보였다.

우경은 병원에서 나와 이틀 전 들렀던 카페에 가서 커피를 시켰다. 진한 커피를 마시고 무언가에 집중할 수 있는 상태가 된다고 하더라도 어디에 집중할 것인가 우경은 커피를 마셨다 계속. 자신에게 어떤 일이 일어났건 그 일을 생각하건 생각하지 않건 요 며칠 우경이 한 것은 생수를 마시고 걷고 커피를 마시고 걷고 생수를 마시고 걸으며 걷다가 커피를 마시는 것이었다. 커피를 마시는 것에 집중하고 있었나 마치 그런 것처럼 커피를 마시고 있었다 계속. 커피를 내주는 사람은 우경을 보고 아는 얼굴을 보는 사람의 표정을 했지만 역시나 별말은 하지 않았다. 또 오셨네요 이런 말들을 하지 않았다. 이곳에서 어두워질 때까지 술도 아닌 커피를 마시고 나가 고가도로를 보다가 고가도로를 좋아하는 자신을 다시 한 번 실감하다가 병준을 생각했지. 병준이 보였기 때문이었다. 그 남자는 다른 것도 아닌 보온병으로 우경의 머리를 내리쳤고 그 사람은 아마도 상습적으로 어두운 도시의 고가도로 아래에서 보온병이나 수저통 혹은 탁상시계나 플라스틱 재떨이 같은 것으로 여자들의 머리를 내리칠 것이다. 치명적인 상처를 입히지는 않는 것으로 골라 여자들이 비틀거리며 정신을 차리지 못하는 것을 등 뒤에서 느끼며 서서히 사라지는 것이다. 자신을 과신하는 중독자처럼 행동하는 그 사람은 멈추지 못할지 모른다. 우경은 순간 여러 번 머리를 맞고 쓰러진 여자들과 결국 죽임을 당하는 여자들의 모습이 빠르게 겹쳐 보였다가 사라졌다.

그 사람의 모습은 이제 더 이상 병준처럼 보이지 않았는데 방금 떠오른 여자들의 모습에서 그 사람에 대한 깊은 좌절과 분노가 분명히 보였기 때문이었다.

"그제는."

"네."

"여기서 나가 걸었어요 계속. 왠지 쓸쓸한 기분이 들게 하는 길이었어요."

"네. 계속 걸으셨다고요?"

"네. 계속 걸었어요."

"피곤하셨겠네요."

"조금요."

우경은 남자가 어떤 반응을 보이든 계속 말을 했는데 아무런 말이나 이제는 아무렇지 않게 하게 되어버렸나 왜인지 그런 생각조차 들지 않았다. 냉정하고 차분한 상태로 평소라면 하지 않을 말들을 계속했다.

"그 길을 계속 걸었는데 저긴 바다가 있겠네 그런 생각을 하면서 고가도로가 점점 가까워지고 고가도로를 따라 달리는 차의 소리가 오른쪽에서 왼쪽으로 점점 멀어지고 그 느낌은 꼭 오른쪽 귀에서 들어간 소리가 내 머리를 통과하여 작아진 채로 왼쪽 귀로 빠져나가는 느낌이었어요. 그런 생각에 온 신경이 생생한 채로 눈에 보이는 것들 들리는 것들에 이렇다 저렇다 하나씩 반응하면서 그렇게 계속 걸었어요. 고가도로를 바라보며 걸었고 고가도로 역시 고가도로가 멀리서 보이다가 가까워지는 것을 가까워지는 거리를 그대로 의식하며 고가도로 앞에 도착했고 고가도로를 천천히 아주 천천히 지나 부산역을 향해 걸었어요."

"어딘지 알겠다."

"네. 여기서 시장이랑 나란히 걷다가 꺾어서 큰길을 따라 걷는 거예요."

"음."

"네."

"밤에는 위험할 수도 있을 텐데."

"위험할 수도 있겠네요."

"하나하나 의식했는데 위험하다는 의식은 안 한 거예요?"

"위험할지도 몰라. 그런 생각은 잠깐 들었어요."

"어디를 지날 때 그런 생각이 들었어요?"

"음. 고가도로와 가까워졌을 때요."

"네. 그곳은 위험할 수도 있어요."

"확실히 그렇다고 생각해요."

"어두울 때 그곳은 누가 나타날지 몰라요."

"어두울 때는 정말 위험할 수도 있을 것 같아요."

"조심해야겠네요. 조심해서 다니세요."

"네. 정말 조심하면서 다녀야겠어요. 어두운 곳에서는요, 특히 더."

우경은 커피를 마시며 남자의 얼굴을 똑바로 바라보았다. 우경과 남자는 같은 의미의 말들을 서로 주고받았고 카페의 공기가 서서히 변해갈 때 자리에서 일어났다. 우경은 남자를 조금 기분이 나쁠 수 있을 정도로 똑바로 바라보다가 돈을 내고 나갔다. 다시 부산역으로 가 서울로 가는 가장 빠른 기차표를 끊었고 오래 기다리지 않고 기차에 탈 수 있었다. 기차에 타고 자리에 앉은 지 얼마 되지 않아 잠이 들었다. 악몽을 꾸었고 어깨를 움찔하며 깨어났고 물을 한 모금 마시고 핸드폰을 보거나 잡지를 뒤적이다 보면 다시 잠이 왔다. 서너 번을 반복하자 대전을 지나쳤고 천안을 지나고 있었다.

부산에서 있었던 일은 맥주를 마시고 잠들었던 일과 이덕자의 그림을 본 것과 같은 카페에 두 번 간 것과 그리고 또…… 말했지 누군가 우경에게, 우경이 똑바로 바라보고 있는 사람이 우경에게 어두울 때는 위험할 수도 있어요 하고 말했고 우경은 고개를 끄덕이고 그곳을 나갔으며 이제 곧 서울이다. 나는 아무것도 하지 않고 씻고 잠이 들 것이다. 나는 경미한 교통사고로 이번 주 내내 쉬기로 했다. 부산의 대학병원에 입원해 있을 것이라고 확실히 말하지 않았지만 그렇게 생각해도 괜찮을 정도로 말을 흘렸으니 집에서 주말까지 쉬어도 좋을 것이며 나는 또 토하고 싶고 온몸이 으슬으슬한 기분이 들었지만 집에 가면 잠이 들 것이다. 깊은 잠을 잘 것이다. 우경은 그렇게 속삭였다 혼자서.

　얼마 전부터 우경의 몸 안에서 계속되고 있는 어떤 흐름은 움직임은 잠시라도 혼자 생각을 하고 있을 때면 천천히 모습을 드러냈다. 집에 돌아와 피곤한 몸을 움직여 간신히 씻고 몸을 닦을 때 거울에는 자신이 보였고 그 사람은 며칠 전 한밤중의 도시에서 어떤 남자에게 보온병으로 머리를 얻어맞았고 병원에 입원했으며 그 전에는 오래된 골목들을 걷고 또 걸었다. 우경은 거기에 어떤 책임을 이야기하고 싶은 것은 아니지만 모든 것의 시작은 병준이었고 그 때문인지 다음 날 잠에서 깨어나면 병원에 가야겠다고 생각한다. 나는 병준을 만나고 부산에 갔으며 부산에 가서 오래된 골목을 걸으며 이대로 손을 놓을 수 있겠군 병준을 안 보게 될 수도 있으며 아무렇지 않게 부산의 무역 회사에 이력서를 넣을 수 있으며 네가 나를 부산에 가게 했지만 부산에 와서 너의 생사와 너의 모든 것과 아무 관련이 없어질 수도 있다는 것을 알게 되었고, 우경은 거울 속에서 그런 말을 여전히 들뜬 얼굴로 말하는 목소리를 듣고 단순하게 병원에 가기로 한 사실만 생각하기로 했다. 다른 무엇도 아닌 병준을 보기 위해 가야겠다고 생각한다. 어쩌면 횡단보도에서의 일은 우경에게 앞으로 어떤 상처로 남을지 몰랐지만 어떤 상처로 남는다고 하여도 상처로 남는 것이다, 지금 그렇게 받아들이고 있었다. 상처로 남는다고 하여도 어쩔 수 없다, 같은 것도 아니었다. 상처로 남는다고 하면 상처로 남는 것이다. 더 나아가지도 노력하지도 않았다. 상처로 남는 것이니 받아들이겠다거나 상처로 남는 것이니 극복해보려 한다거나가 아니었다. 상처로 남는 것은 상처로 남는 것이다. 말장난 같아도 할 수 없다. 우경은 자신에게 일어난 일을 그렇게 보고 있었다. 우경이 무언가를 계속 해나간다면 그것이 우경에게 도움을 줄 것이고 그것은 유일한 도움이 될 것이다.

벗은 몸에 수건만을 감은 채로 이불 속으로 들어가 잠이 들었다. 아침이 되면 알람이 울리겠지 그걸 미리 막으려면 핸드폰을 가방에서 꺼내서 꺼야 할 텐데 그런 생각을 하다 잠이 들었다. 어깨와 종아리가 운동회를 마친 날 밤처럼 욱씬거렸다. 우경은 잠결에도 자다 깨 종아리가 땅기네 그런 생각을 했다. 그러다 다시 잠이 들었고. 새벽에는 저녁도 먹지 않고 자서인지 배고프다고 생각했다. 그러다 다시 잠이 들었는데 꿈속의 사람한테였는지 반쯤 잠에서 깬 자신에게 하는 혼잣말이었는지 무언가 중얼거렸던 기억이 난다. 병준과 함께 살 때 병준은 크게 하는 일은 없었지만 우경이 어떤 잠꼬대를 했는지는 늘 생생하게 이야기해주었다. 우경이 잠꼬대를 하면 꼭 더 말을 걸어주었고 그렇게 잠꼬대를 하는 우경에게 했던 병준의 질문들은 잠에서 완전히 깬 상태에서 들어도 무언가 적절한 질문이었다는 생각이 들게 했다. 잠꼬대하는 내용과 잘 어울리면서 말이 안 되는 듯 말이 되었고 성급하게 이것저것 물어서 잠에서 깨게 하는 것도 아니었다. 병준은 늘 그런 질문들을 우경에게 해주었다. 입을 벌리고 잠꼬대를 하는 우경에게 잠을 이루지 못해 오후가 되어서야 잠을 자던 병준은 잠과 깸의 사이에서 아슬아슬하게 어울려서 적당히 흘러갈 수 있는 질문들을 했고 우경은 꿈의 이야기를 무방비 상태로 흘린다.

알람이 울리기 전에 잠에서 깼는데 아직 7시도 되지 않았다. 쌀을 씻어 안치고 김치찌개를 끓일까 재료들을 냉장고에서 꺼내놓고 물을 따라 마셨다. 우경은 물을 마시며 어젯밤 카페에서 허공을 보듯 멍한 눈으로 그러나 누가 봐도 이상할 정도로, 커피를 만드는 남자의 눈을 쳐다보며 나는 며칠 전 말이에요 길을 걸었어요 길을 걸었는데 쓸쓸한 기분이 들었고요 어째서인가 하면 저 너머에는 바다가 있었고 나는 그 사실을 알고 있었기 때문이었지요 이야기했던 것을 곱씹었다. 마치 그가 증인인 것처럼 범인인 것처럼 혹은 나 자신인 것처럼 당신도 잘 알고 있겠지만 당신이 누구보다 잘 알고 있겠지만 그런 태도로 말했다. 그런 태도로 말했던 것은 그 순간 정말로 그렇게 믿었기 때문이었다. 우경이 마지막으로 들렀던 곳이 카페가 아니라 막걸리집이었다면 할아버지에게 식당 아주머니에게 당신은 나를 보았지요 나를 증거해주실 거지요 나의 말을 내가 말한 거리의 쓸쓸함을 골목의 냄새와 온도를 이해해주시겠지요 말을 할 것이었나. 그럴지도. 우경은 마치 백지에 선을 긋고 또 긋고 부산의 어떤 골목들을 헤매고 또 헤매면 어딘가에서 병준의 선과 만날 것이라고 어떤 부산에서 우리는 만날 것이라고 생각하고 있었나. 병준, 우리는 이 부산에서 나와 이 길을 천천히 걸어가야 해. 너는 지금 부산을 헤매고 있는 거야 내가 너를 찾으려 세계의 많은 부산을 헤맸는데 너는 어느 부산에서도 보이지 않았고 나는 점점 어떤 부산이 남아 있나 얼마의 힘이 내게 남아 있나 걱정이 되었는데 바로 이 부산에서 너는 서 있었네, 그런 생각을 하고 있었나 나는. 그것은 병준을 구하는 것인가 구하는 것이라면 하는 것인가. 우경은 다시 몇 번을 곱씹었던 질문을 던진다 병준을 구하고 싶은가, 병준을 살리고 싶은지, 병준이 살았으면 하는지 그것은 또한 아주 간절한 바람인지 하는 것들. 그제야 우경은 병준이 살았으면 좋겠다고 강하게 바라는 자신이 느껴졌는데 그렇다면 병준이 사는 곳이 어디일지 어딘가의 부산에서 병준이 잘 지내고 있는 것이라면 그대로 좋은지, 병준이 중환자실을 나와 서서히 건강이 나아지는 것을 바라는 것인지 며칠 병원에 가지 않아 자신이 어떤 판단 기준이나 균형 감각 같은 것이 사라진 것인지 스스로도 혼란스러워 우경은 잠시 멍하게 앉아 있었다. 내가 원하는 것은 둘 중 무엇에 가까운가. 아니 어느 하나가 없는 또 다른 하나는 가능한가. 그리고 그것은 선택할 수 있는 것인가. 그런 생각으로 머리가 아팠고 그러면 물을 한 모금 마시고 그리고 다시 생각에 잠기게 되었다.

집에서 밥을 먹고 청소를 하고 텔레비전을 보고 아니 밥을 먹으며 텔레비전을 보고 청소를 하며 텔레비전을 보고 가만히 앉아 텔레비전을 보고 잠시 잠이 들었다가 잠에서 깨어 멍하게 천장을 바라보며 소파에 누워 있었다. 무언가 빠뜨렸겠지만 이런 식으로 흐르던 하루였고 잠을 많이 자서인지 시간은 빠르게 흐르고 하루는 아무렇지 않게 지나간다고 다시 또 잠이 들며 생각했으며 그렇다면 모든 것은 아주 빠르게 이런 식으로 흘러가버릴 것이다 우경 자신이었는지 다른 누구였는지 그렇게 한마디의 말을 남겼다.

병준을 보러 병원에 가야겠다고 생각했다. 씻고 준비를 하고 나와 병원으로 갔다. 우경은 병원 1층 카페에서 중환자실 면회 시간을 기다렸다. 시간이 되어 중환자실로 향하자 마스크를 쓴 사람들이 보였다. 마스크를 쓴 사람들. 손을 여러 번 씻고 나서도 손 세정제로 다시 손을 닦는 사람들. 그러고 나서도 비치된 일회용 장갑과 헤어캡을 쓰는 사람들. 벽에 걸린 시계만 보는 사람들. 병원 직원이 준 명찰을 목에 받아 걸고 열린 문으로 천천히 걸어 들어갔다. 병준이 보였는데 며칠 전과 같이 잠들어 있는 것을 멀리서 보아도 알아볼 수 있었고 우경은 그런 병준 앞으로 바로 갈 수가 없었다. 심호흡을 하며 지도 앞에 섰다. 새롭게 붙은 지도에서 병준은 여전히 부산과 오키나와에 찍혀 있었다. 병준의 이름 옆에는 무언가 메모를 시작하려다만 흔적이 있었다. 점이 찍혀 있었다. 글씨가 되지 못하고 표지도 되지 못한 점이 찍혀 있었다. 무엇을 보는 것도 아니었지만 무엇을 보아야 할지도 모르는 마음으로 지도 앞에 서서 찍혀 있는 점들을 필요 이상으로 하나하나 짚어가며 보았다. 누구누구 씨는 샌프란시스코에서 헤매고 계시군요 그 옆에 메모로 거주 경험×라고 씌어져 있네요 샌프란시스코에 산 적 없었으나 샌프란시스코에서 헤매는 사람 한참을 손으로 샌프란시스코를 짚으며 서 있었다. 서울을 헤매는 많은 사람들과 그저 바닷가 어딘가를 헤매는 사람들 그 바다는 태평양이든 대서양이든 크게 상관없이 모두 하나로 묶여 바다를 헤맨다고 짧게 씌어져 있었다. 그리고 여전히 찍혀 있는 점들. 우경은 늘 언제나 가족들을 만나는 사람들 뒤에서 홀로 점들을 헤아려보거나 살펴보고 있었고 그 사실을 신경 쓰지 않으려 더욱더 점들에 몰입하고 있었다. 면회 시간이 5분 남았다는 안내가 흐르고 병준에게 천천히 다가갔는데 자고 있는 병준의 얼굴은 어쩐지 더욱 낯설어 오래 보고 있을 수가 없었다. 우경은 병준을 한 번 똑바로 바라보는 것으로 오늘의 면회를 마쳐야겠다고 생각하며 낯선 듯 낯익은 병준을 보았다. 어떤 얼굴. 나와 크게 상관이 없는 듯하지만 깊이 연결된 사람처럼 느껴지는 얼굴, 눈 밑과 입 주변의 얼굴색에서 병색이 느껴지는 어떤 얼굴. 자고 있는 사람. 어떤 얼굴, 지워지지 않을 어떤 얼굴.

　환자의 가족들은 친구들은 1분이라도 얼굴을 맞대고 그게 안 된다면 환자의 상태를 보기 위해 눈을 떼지 않고 있었고 언제나 가장 먼저 중환자실을 나서는 사람은 우경이었고 우경은 다시 지도에 눈을 돌렸다. 거기에는 자신보다 대여섯 살은 많아 보이는 남자가 서 있었고 우경처럼 골똘히 지도를 보고 있었다. 그가 보고 있는 것은 확대된 한국의 지도였고 찍혀 있는 점 하나하나를 손가락으로 짚어가며 보고 있었다. 그러다 눈을 돌려 다른 나라로 넘어가려고 하고 있었다. 그 사람의 옆얼굴을 보며 중환자실을 나섰고 중환자실에서 지도를 열심히 보고 있는 것은 글쎄 뭔가 알 수 없네 싶은 느낌이네 하고 생각했다.

　병준의 상태는 호전 중이다가 최근 조금 불안해서 약을 추가로 투여하여 지켜보고 있는 중이며 이전 수준이었다면 머지않아 일반 병실로 갈 수 있었을 텐데, 그런 이야기를 의사에게서 들었고 우경은 정말 병준의 보호자인가 병준은 몸과 머리에 붕대를 감고 순진한 표정을 하고 있었는데 그 모습은 부산에 다녀오기 전까지 하루에 한 번 보던 그런 모습과 같았지만 오늘만은 조금 달라 보였고 대체 무엇 때문인가 그저 우경이 병준의 기억과 친해져가고 있는 중이 아닌가 생각했다. 그것은 병준과 가까워지는 것과는 달랐고 실제 병준과 가까워질 수가 없으니 지금은 병준의 이름을 불러보다 가만히 숨을 고르면 병준이라고 부르는 이름 자체가 우경에게 영향을 주고 있었다. 그렇게 병준 자체가 아닌 병준과 관련된 병준을 구성하고 있는 것들과 친밀해지고 있었다. 집에 돌아와 씻고 침대에 누워 병준의 이름을 다시 또 불러보면 그는 다시 또 자신에게 말을 걸며 어떤 뒷모습 같은 것을 보여주겠지 하고 생각했다. 지하철을 타고 멍하게 사람들과 창 너머를 바라보다 피곤한 걸음으로 집에 돌아와 씻고 얼굴에 뭔가를 바르고 침대에 누웠고 너의 얼굴 너의 이름. 이불 속에서 병준 하고 어렵게 이름을 입 밖에 소리 내 불러보았다. 병준. 병준. 병원에 있는 병준. 병준. 안녕. 그러자 침대 위로 손톱만 한 병준이 나타나 안녕 하고 말을 걸 것 같은 기분이 들었고 왠지 그래도 놀라울 것 같지 않네 생각하며 눈을 감았다. 곧 잠이 들었는데 잠을 자려 옆으로 누우니 등 뒤에서 작게 변한 병준과 그를 둘러싼 역시 작게 변한 여러 가지 것들이 자기들 좋을 대로 움직이고 있을 것 같았다.

꿈에서 우경은 여러 가지 지도가 나오는 것을 자세히 보고 있었고 다른 사람과 이야기하고 있었다. 여러 가지 지도에 관해 즐겁게 웃으며 정말요? 그런가 하고 질문하고 대답하고 다시 지도를 보고 그랬다. 우경은 적당한 크기의 소파에 앉아 소파 앞에 두기에는 조금 높은 테이블 위에 있는 지도들을 뒤적거리다가 자세히 볼 하나를 가져와 무릎 위에 두고 여기 이게 있네요, 이게 이 나라에 있네요, 신기해했다. 잘 생각나진 않지만 브레멘이라는 데가 정말로 있네요 브레멘 음악대의 브레멘이라는 데가 정말로 있는 곳이네요 핀란드의 헬싱키 덴마크의 코펜하겐 스웨덴의 어디죠? 이런 이야기들이었다. 옆에서 함께 지도를 보는 사람은 중환자실 벽에 붙어 있던 지도를 유심히 보던 사람인데 꿈속의 그 사람은 실제로 우경이 본 것과 다른 외모였는데 사실 병준이라고 해야 하지 않나 싶을 정도로 병준과 거의 흡사한 외모였지만 이 사람은 그때 중환자실에서 지도를 보던 사람이라고 꿈에서는 그렇게 알고 있었다. 꿈의 세계에서 그 사람은 병준의 외모에 중환자실 벽 지도를 유심히 보던 사람이었고 꿈에서는 그것이 자연스러웠고 우경은 그 사실을 잘 알고 있었다.

"저는."

"네."

"부산의 모든 골목을 나는 알고 있습니다."

"정말요? 저도 조금 많이 걸어다녔는데요?"

"저는 모든 골목과 모든 골목이 큰길과 만나는 곳 그곳도 역시 알고 있습니다."

"아. 저는 모든 골목이라고는 할 수 없지만 골목들을 걸었어요. 지금은 쓰지 않는 레일이 있는 언덕을 좋아하는데 그곳도 알고 있으시겠지요."

"그 앞에는 이덕자의 그림이 있지요."

"이덕자의."

"도쿄 유학을 갔다 온 이덕자. 그때 일본 유학을 다녀온 사람들은 많았다고 하던데 생각보다는 말예요. 그렇지만 그것도 몇 안 되는 사람들의 이야기겠지요. 이덕자는 드물게 유학을 갔다 왔고 그보다도 드물게 조용한 사람이었고요."

"네. 조용한 조용하던 이덕자를 나는 알아요."

우경은 이덕자의 삶에 대해 아는 대로 이야기를 했고 어쩐지 자신이 그 사람의 손녀일지도 모른다는 분위기를 풍기며 이덕자의 그림에 대해 결혼에 대해 고개를 약간 숙인 채 고민하는 표정으로 천천히 말하기 시작했다. 그 사람은 우경의 이야기를 팔짱을 낀 채 손을 턱에 괴고 열심히 들어주었다. 가끔 고개를 끄덕였고 가끔 고개를 들어 먼 곳을 바라보며 생각에 잠겼다. 이덕자에 관한 이야기는 꽤 오래전이라 우경과 비슷한 또래인 그 사람이 회상하거나 추억할 무언가가 있지는 않겠지만 그 사람은 기억을 더듬는 표정으로 우경의 이야기를 듣고 있었고 부산의 모든 골목을 아는 이 사람은 몇십 년의 모든 시간을 알지도 몰라 꿈에서는 모든 시간을 아는 사람인가 그럴 거야 점점 그렇게 믿어가게 되었다 아주 자연스럽게.

이덕자는……

이덕자는 어떤 사람이었다고 말할 수 있겠지요. 당신이 아는 것처럼 결국에는 언덕 위 레일이 깔린 곳에서 멀지 않은 식당에 걸려 있는 그림으로 기억되지만요. 그렇지만 이덕자가 아니었고 이덕자는 그렇게 살지 못했지만 이덕자가 살 뻔했던 거의 그렇게 사는 것으로 되어 있던 삶들은 어떤 것인지 알 수 있을까요. 이덕자가 살 뻔했던 삶이 원래의 이덕자보다 행복하고 부유했다거나 아니면 반대로 훨씬 비참했다거나 한 것은 아닙니다. 이덕자는 그럭저럭 평안하게 살다가 죽었지요, 그분이 그것을 원했는지는 모르지만요. 이덕자가 살 뻔했던 삶은 그렇다고 이덕자와 같은 예술을 하고 유학을 다녀온 여자들이 살고는 했던 삶의 확률을 말하는 것도 아닙니다. 이덕자에게는 정말로 펼쳐져 있는 어떤 삶이 있었고 그것은 아주 어렵거나 한 것도 아니고 어떤 언덕을 홀로 걷거나 공원을 산책하다가 문득 이 길을 다른 방법으로 걷게 되는 일이 생겼을 것이라고 그것을 스스로 알게 되는 그런 일입니다. 아주 강렬한 예감이고 확실한 자각 같은 것입니다. 이덕자는 부산으로 피난을 왔지만 어떤 이덕자는 북으로 갑니다. 어떤 이유에서라거나 혹은 언제 북으로 갔는가 하는 것들을 정확히 알 수는 없는데 북으로 간 사람들에 대해 남은 것이 거의 없기 때문입니다. 이덕자가 북으로 가 그림을 그렸는가 하면 그림을 그렸습니다. 이덕자와 비슷하게 북으로 간 서울 출신의 소설가와 만나 결혼을 하고 둘은 어느 때인가 높은 사람에게 밉보여 몇 년간 강제노역을 하지만 대부분의 시간을 보통의 사람들보다 좋은 환경에서 살다가 죽습니다. 또 다른 이덕자는 피난 왔던 부산에 남지 않습니다. 전쟁 후 바로 서울로 돌아가 여자 고등학교의 미술 선생님이 되어 학생들을 가르치다가 신문기자인 남자를 만나 결혼을 하지만 그는 결혼한 지 5년이 되던 해에 죽습니다. 이덕자는 남편과 함께 살던 집에서 꽤 오랫동안 살다가 이후 서대문의 서소문 아파트에서 7, 80년대 내내 홀로 그림을 그리며 살아갑니다. 그 후의 이덕자에 관해서도 자세히 알고 있지만 더 말하지 않습니다. 이덕자의 서소문 아파트에 누군가 들르기도 하고 이덕자는 그 사람에게 그림을 보여주기도 하지만 대부분의 시간을 이덕자는 홀로 그림을 그리거나 아무것도 하지 않거나, 그렇게 보냅니다. 이덕자는 화가들과 만나지도 일본 유학 시절 친구들과 만나지도 않습니다. 당시 한국

현대 미술이 어떠했나 어떤 작가들이 있었나 이덕자는 잘 알지 못하지만 그는 무엇보다 7, 80년대의 서대문이 어떠했나 어떤 사람들이 서소문 아파트에 살았나 하는 것은 잘 알고 있었고 그렇지만 그것을 누군가에게 말하지는 않았습니다. 이덕자는 홀로 조용히 살다가 죽습니다. 또 다른 이덕자는 서소문 아파트에서 살던 이덕자와 거의 비슷한 이덕자이지만 조금 다른 것이 이 이덕자 역시 아주 조용한 사람으로 자신이 살던 곳이 어땠는지 그 시간이 대체 어떤 시간이었는지 드러내어 말하지는 않았지만 이야기를 할 수 있는 사람 가만히 이야기하는 것이 가능한 사람을 만나면 천천히 말을 해주는 사람이었습니다. 나는 또 다른 이덕자에 관해 그리고 새로운 이덕자에 관해 몇 가지 더 아는 것이 있지만 이 정도만 말합니다. 우리는 지도를 보고 덴마크를 짚어보고 덴마크와 스웨덴과 스페인과 노르웨이, 우유가 생각이 나고 깨끗한 플라스틱과 깨끗한 나무가 머릿속에 펼쳐지는 곳을 생각했지만 그럼에도 결국에는 이덕자에 관해 이야기를 하네요. 그것은 당신이 부산의 모든 골목을 아는 사람이고 나는 골목을 조금 걸었던 사람이라서인가 그럴지도 모른다고 생각하다가…… 당신은 부산의 모든 골목을 알고 몇십 년의 모든 시간을 아는 사람이라는 것을 결국에는 알게 되었습니다.

남자는 어느샌가 소파에 기대어 잠을 자고 있고 그러나 꿈에
서는 그것이 우경의 이야기를 지루해하는 행동이 아니라 잠을
자며 모든 이야기가 정리되고 구분되고 이해되는 과정처럼 보
였다. 남자는 잠을 자며 우경의 이야기를 정리하고 있었고 하
지만 그것이 힘든 일은 아니었고 잠을 자는 것은 잠을 자는 것
이고 우경의 이야기를 이해하는 것은 또 그러한 과정으로 진
행되는 일이었다. 다시 지도를 가져와 브레멘을 짚어보며 브
레멘 음악대가 그런데 대체 어떤 음악대였더라 생각을 하다가
새끼손가락으로 부산에서 오사카를 가고 오사카에서 평양을
가고 평양에서 다시 도쿄를 가고 도쿄에서 오사카를 가고 오
사카에서 부산을 가고 그러다 다시 유럽을 들여다보았다. 꿈
의 정리를 끝낸 남자는 잠에서 깨 일어나 얌전히 소파에 앉았
다. 우경과 그 남자는 계속해서 여러 가지 지도 놀이라고 해야
하나 어쨌거나 둘은 아주 즐거워하고 있었으므로 지도 놀이를
계속해나갔다. 그때 했던 또 다른 지도 놀이는 대충 이런 것이
었다.

"이번에는."

"이번에는?"

"이덕자가 아닌 이덕자의 아들이 될 뻔했던 자의 친구가 될

뻔했던 자에 대해 이야기해봅니다."

"제가요?"

"아니요."

"누가요?"

"제가요."

"당신이요?"

"네, 제가 합니다."

이덕자의 길을 손가락으로 특별히 새끼손가락으로 밀며 가봅니다. 새끼손가락은 서울에서 시작해 도쿄, 도쿄에서 다시 서울 그리고 부산으로 부산에서 이덕자는 계속 부산이거나 그것이 우리 모두가 아는 이덕자입니다. 나는 부산의 모든 골목과 몇십 년간의 모든 시간을 아는 사람으로 이덕자는 내가 아는 모든 선에 점점이 찍혀 있습니다. 하지만 다른 이덕자는 부산에서 언젠가 북으로 평양으로 평양에서 북한 어딘가로 다시 평양에서 죽습니다. 또 다른 이덕자는 부산에서 서울로 계속 서울로 서울로 서울이기만 한 채로 죽습니다. 이덕자의 아들이 될 뻔했던 자와 친구가 될 뻔했던 자는 광주에서 시작하는데 내가 아는 것은 부산의 모든 골목이기만 한데 어떻게 그 친구가 될 뻔했던 자의 이야기를 아는가 하면 그것은 아들이 될 뻔했던 자는 서울로 갔고 친구가 될 뻔했던 자도 서울로 가기

때문입니다. 친구가 될 뻔했던 자는 자주 등장하므로 그에게
도 이름을 줍니다. 아들이 될 뻔했던 자는 좀더 등장하면 이름
을 줄지 말지 고민해보도록 합시다. 친구가 될 뻔했던 자의 이
름을 남수라고 합니다. 남수는 광주에서 태어나 광주에서 학
교를 다닙니다. 대학을 졸업한 남수는 지역 신문사에 취직합
니다. 남수가 신문사에 근무한 지 7년째 되던 해 광주에는 3개
여단의 3천여 명의 공수부대가 등장합니다. 공수부대원들은
광주 곳곳에서 일을 하고 남수의 집에도 찾아옵니다. 신문기
자인 남수를 감시하기 위해 두어 명의 공수부대원은 남수의
집을 감시합니다. 그때 남수는 결혼하여 아내와 아들 한 명과
딸 한 명이 있었는데 왜 과거형을 쓰는가 하면 남수는 뒤늦게
딸 한 명을 더 낳게 되기 때문이고 그때까지 큰 의미는 없지만
외동딸이자 막내딸이었던 딸이 폐렴을 앓게 되는데 남수의 아
내는 딸이 아프다고 병원을 가야 한다고 공수부대원들에게 사
정을 합니다. 공수부대원들은 안 된다고 하다가 겨우 허가해
줍니다. 남수의 아내는 딸을 데리고 병원에 다녀옵니다. 왜인
지 병원에 다녀오기까지 아주 오랜 시간이 걸렸고 낮에 나간
아내는 밤이 되어서야 돌아옵니다. 밤에 돌아온 남수의 아내
는 씻고 잠을 잘 준비를 합니다. 남수의 아내는 한여름인데도
농에서 두꺼운 겨울 이불을 아들과 딸에게 두 겹으로 덮게 합

니다. 무언가가 찔러도 크게 다치지 않게 하기 위해서라고 덥다고 하는 아들에게 말하고 남수의 가족은 잠을 잤습니다. 이해 여름이 중요한 이유는 남수가 어떻게 이덕자의 아들이 될 뻔한 사람과 친구가 될 뻔했는지 하는 결정을 이해 여름에 하기 때문입니다. 남수의 아내는 또 공수부대가 광주에 오면 병원에 가기 위해 출입증을 받아야 하고 또다시 모든 것을 그 모든 것을 또다시 해야 함을 어쩌면 그 모든 것조차 하지 못한 채 끝이 날 것임을 알았고 남수 역시 그에 수긍해 남수의 가족은 서울로 이사를 오게 됩니다. 남수는 큰아버지의 친구가 소개해준 전자제품 회사에 입사하여 정년까지 그 회사에서 돈을 벌어 옵니다. 전자제품 회사로 옮기고 얼마 되지 않아 남수의 아내는 임신을 했고 그때 앞서 말한 딸이 태어나게 됩니다.

또 다른 남수가 있습니다. 조금 더 나이가 어린 남수는 광주에 3개 여단의 3천여 명의 공수부대가 도착하고 며칠간 금남로로 산수동으로 광주의 거리 곳곳에 있습니다. 그러던 남수는 자신을 쫓아온 공수부대에 쫓겨 양림동 골목에서 눈에 보이는 집으로 들어갑니다. 그곳에서 자취하는 아가씨 한 명이 책을 보고 있었고 남수는 사정을 말합니다. 아가씨는 옷을 벗고 이불 속으로 들어오라고 시킵니다. 공수부대원은 문을 벌컥 열고 방 안을 살피다 돌아갔습니다. 아가씨는 바로 나가면 잡히니 집에 있다 가라고 하였습니다. 남수와 아가씨는 며칠간 밖으로 나갈 수 없었습니다. 이불 속에서 둘은 많은 소리를 들어야 했고 몇 번 나가려고도 했고 나갔다 다시 돌아오기도 했습니다. 남수는 아가씨에게 고마움을 말하고 집을 나왔습니다.

이 남수는 어떻게 서울로 가 이덕자의 아들과 친구가 되었을까.

비슷한 나이의 또 다른 남수는 그 아가씨와 결혼을 하였습니다. 남수는 사람들에게 어떻게 부인과 결혼하게 되었는지 웃으며 말합니다.

"내가 어떻게 결혼하게 되었는지 아시오?"

비슷한 나이의 동향 사람들이라면 이것이 남자와 여자가 만나는 이야기이지만은 않고 위급한 사람을 구해주고 거기에 주저함이 없었던 어떤 시기의 이야기라는 것을 압니다.

이렇게 남수가 이덕자의 아들이 될 뻔한 자와 친구가 될 뻔했던 순간들은 여러 번 있었는데 그 순간들은 모두 합해 다섯 개이니 매일의 지도를 볼 때 매 끼니의 지도를 볼 때 매번의 지도를 볼 때 곰곰이 생각해보도록 합시다. 참고로 다섯 개의 순간들은 아무것도 아니고 아주 사소해서 놓치기 쉬운 것들입니다.

꿈에서 우경은 여러 번 지도를 보고 실제로 여러 번 밥을 먹고 지도를 보고 또 보다 어느 날엔가 세 개의 고리를 찾는데 그 세 개를 찾았을 때의 희열을 기억하고 있다. 나머지 두 개는 찾지 못했는데 확실히 찾지는 못했지만 어렴풋이 두 개를 알고 있었다. 남수가 이덕자의 아들이 될 뻔한 자와 친구가 될 뻔했던 순간은 다섯 번이었고 그것들은 하나씩 연결되어 있었다. 병준이 우경의 옆에서 잠을 잤다면 첫번째 거는 그거였지 하고 물어봐주고 기억해주고 다음 날 말해주었을 것이다. 손톱만 한 병준은 우경이 잠을 잘 때 등 뒤에서 뭐라고 뭐라고 이렇게 저렇게 꿈에 어울리는 말들을 물어보았을 것이다. 우경은 어젯밤 꿈의 순간들을 그래서 이렇게 기억하게 되었다.

병준은 매일 화이트보드에 물고기를 그렸고 우경과 중환자실의 간호사는 가끔 그것을 힘들게 옮기는 흉내를 내야 했다. 물고기를 평평한 곳으로 옮긴 후에야 병준은 안심했다. 병준은 다급한 표정으로 머리를 잡았고 우경은 꼬리를 잡고 침대 옆에는 가방이 있다고 그렇게 말하고.

"이제 가방에 넣는 거야."

"머리부터 천천히."

"조심조심."

한 마리를 가방에 넣으면 옆에서 간호사들이 가방을 들어주었다. 우경과 병준, 가끔 간호사들은 수십 마리의 물고기를 묻어주었다.

한참이 지난 후 우경은 자신이 수차례 옮겼던 물고기를 실제로 보게 되는데 우경이 본 것은 부산 중앙동 40계단 첫번째 계단 아래 천천히 죽어가고 있는 물고기였다. 우경은 여러 번 해본 것처럼 40계단의 첫번째 계단을 뜯어 어깨에 멨다. 우경은 어깨에 이미 죽은 물고기와 계단을 얹고 평평한 곳으로 가 물고기를 묻었다. 어느 계단엔가 혹은 어느 전봇대엔가 두 손으로 붙잡고 소리를 지르면 누군가 듣는다고 했다. 누가 그 이야기를 해주었지? 전봇대에서 손을 뻗으면 누군가 소리를 지르는 것이 들리고 뻗은 손을 붙잡는다고도 했다. 우경은 그때는 혼자서 다 했고 곧 배가 고파져 밥을 먹으러 갔다.

08

잠에서 깨어 눈을 깜박이며 오늘은 무슨 오늘이 될까 생각하고 있자니 팔과 종아리가 따끔거리는 것이 느껴졌다. 바닷가에서 수영도 하고 모래밭에서 잠을 자고 아무 생각 없이 그러고 나와 씻고 잠이 들어버렸지. 붉게 변한 팔이 보였다. 씻으러 화장실에 들어가 미지근한 물을 몸에 끼얹자 바로 붉게 변한 곳들이 쓰라리기 시작해 찬물로 씻을 수밖에 없었다. 씻고 나와 오늘도 정해진 듯이 주유소에 가는구나 주유소로 가는 길을 머릿속으로 그려보았는데 그 길이 마치 다시 못 올 길처럼 애틋하게 느껴졌다. 돈을 모으고 모아 간신히 시간을 내어 간 외국의 어느 도시에서 하루하루 설레는 기분으로 머물다 정해진 날이 되어 다시 공항을 향해 가며 아아 언제 나는 다시 이곳에 올 수 있을까 생각하는 여행자의 마음처럼 주유소로 향하는 길을 우습게도 아련하게 그리고 있었다. 도미는 집 앞에서 나를 기다리고 있었다. 기다리고 있었다고 생각하지만 도미를 보고 있으면 도미는 멍한 눈으로 길이라는 것을 햇볕이라는 것을 시멘트라는 것을 아무런 감정도 없이 보고 있는 것처럼 보였다. 투시하는 것처럼 눈에 힘이라는 것이 있어서 구멍을 내려는 것처럼 바닥을 벽을 공기를 보고 있었다. 그 순간 어쩐지 도미를 못 보게 되는 것이 그런 날이 온다는 것이 전혀 실감이 나지 않았다. 주유소로 향하는 길을 쓸쓸한 눈으로 그리고 있었으면서도 도미 물 같은 도미 멍한 표정으로 아이스커피 마실래,라고 말하는 도미는 말을 하면 반응을 해주고 손을 뻗으면 팔을 잡을 수 있지 도미 하고 이름을 생각하자 왠지 도미는 많은 것을 바꾸거나 하지 않거나 하게 할 수 있을 거야 도미는 말을 하고 걷고 손을 뻗으면 팔을 잡을 수 있으니까, 갑자기 그런 생각이 들었다. 키가 큰 도미 나와 비슷한 키의 도미 도미의 등 뒤에 서서 도미의 머리카락을 보고 있었다. 길고 검은 머리카락은 강한 햇빛에서 보니 여러 가지 다른 색으로 반짝이고 있었다. 조금이라도 어두운 곳에서 본다면 바로 검은색이라고만 생각했을 것이다. 한참을 그렇게 우리는 나란히 나란한 키의 두 사람은 서 있었다. 목이 말라, 도미는 말했고 우리는 주유소를 향해 간다. 선명한 햇살이 언제나처럼 내리쬐고 있었고 그 햇살은 아주 좁은 그림자만을 만들고 있었고 붉게 변한 팔과 다리를 생각하며 따끔거릴 거야 며칠 계속 따끔거릴 거야 그런 생각을 계속하며 걸었다.

그렇게 걷고 걷다가 도미에게 말한다. 도미. 나는 이제 결정해야 해. 도미는 응? 하고 묻다 곧 대답한다 고개를 끄덕이는 것으로. 어째서인가 도미를 보는 것은 거리와 하늘을 보는 것보다 슬프지가 않고 그저 선명하게 찍히고 있다는 것으로만 느껴졌다. 도미의 얼굴과 표정을 나는 아주 선명하게 마음속으로 찍고 있었다. 주유소로 가는 길은 평소보다 길게 느껴졌고 그것은 내가 모든 것을 천천히 보기 때문인가 밤에 보았던 선명한 간판의 카스테라 가게와 커다란 마트 같은 것은 낮에 보면 조금 평범해 보이고 작은 가게와 큰 건물로 보일 정도이고 그러나 나는 모든 것을 하나하나 천천히 본다. 어느새 시작된 철조망을 따라 그 너머의 잔디를 따라 걷는다. 맞은편에서 누군가 뛰어왔고 철조망을 따라 뛰는 사람은 늘 언제나 아주 빠르게 뛰어가버린다. 주유소로 들어가 우리는 아이스커피를 만들고 나는 얼음을 팔에 하나씩 올려놓고 눈을 감는다. 어느 곳에서 죽어야 할까 이곳에서 죽는 것은 돌이켜 생각해보니 아주 당연한 것처럼 여겨지고 어째서인가 생각하면 글쎄 주유소를 스쳐 지나갔던 모두들 그렇게 했을 것 같으므로 바닷속으로 혹은 도미가 보았던 물고기처럼 가만히 방 안에서 혹은 또 그리고. 어느 곳에서 죽는 것으로 어느 곳에서 사는 것을 알수 있나 그 반대도 할 수 있나 혹은 어느 곳 같은 것은 아무것도 중요한 것이 아닌가. 나는 장소와 상관없이 어느 쪽의 행동을 결정해버린 것일까. 나는 죽더라도 어쩐지 나는 아니더라도 나 같은 자가 나라고 할 수밖에 없는 자가 끊임없이 부산을 오키나와를 헤맬 것이다. 얼음은 금세 녹아 소파에 물로 떨어진다. 전구는 어디로 갔는지 보이지 않았고 며칠 전의 여자애도 이제 보이지 않는다. 아이스커피를 마시다 깜박 잠이 들었고 일어났을 때는 이미 얼음이 모두 녹아 테이블에 물방울이 흐르고 있었다. 다시 도미와 나만 남게 되었다. 이곳에 처음 왔을 때를 떠올려보려고 해도 모든 것이 흐릿하게 잡힐 듯 잡히지 않았다.

그 자리에 그대로 앉은 채로 가끔 한 번씩 졸면서 도미를 기다렸다. 도미는 주유소 어디에서도 보이지 않았다. 어디를 갔을까 종일 기다렸지만 도미는 오지 않았다. 아침에 주유소로 향하며 마음속에 선명하게 찍히던 도미의 얼굴이 생각났다. 늦게 지는 여름해가 넘어가고 정말로 캄캄한 밤이 되어도 도미는 오지 않았고 누군가의 발걸음 소리가 들려 보았더니 며칠 전의 여자애가 서 있었다.

"아직 있었니?"

"네."

"계속 아래에 있었던 거야?"

"네. 가끔 올라왔다가 아침이 되기 전에 내려갔어요."

"왜 못 봤지?"

"잘 숨었으니까요."

잘 숨었구나 생각하며 계속해서 주유소 입구를 보았다. 지나가는 차 소리조차 들리지 않았다. 생각해보니 원래 차 소리가 들렸던 것도 아니었다. 여자애는 내 옆에 나란히 앉고 어쩐지 아주 귀찮은 기분이 짧게 치솟다가 말았다. 한참을 그렇게 앉아 있었지만 여자애는 그저 앉아 있기만 했고 도미는 오지 않고 일단은 어디로 갔는지도 알 수 없고 나는 다시 나가서 도미를 찾아보아야 하나 생각했지만 그런 생각 저편으로는 도미가 오지 않을 것이라는 것이 차츰 확실히 느껴졌고 도미는 이런 것을 많이 보았을 것이라고 생각했다. 어디로 갈 것인지 어디서 죽음을 맞이할 것인지 결정하지 못한 채로 흘러가버리는 사람들을 말이다.

"저기."

"응?"

"부탁이 있어요."

"뭔데?"

"캐비닛 안에는 커다란 검정 비닐봉지가 있고 어딘가를 잘 찾아보면 아마도 또 다른 캐비닛일 텐데 트렁크도 있어요."

"응. 그런데?"

"내가 트렁크 안에 들어가거든요."

"어떻게? 잘 접으면?"

"네. 뭐 그렇게 잘 접지 않아도 보통 굽히는 정도로도 들어가요. 꽤 큰 트렁크거든요."

"응. 그런데."

"트렁크에 들어가면 지퍼를 잠가주세요."

"그다음에는?"

"아까 말한 검정 비닐봉지로 트렁크를 감싼 후에 어딘가 멀리 갈 수 있는 한 멀리 가세요."

"트렁크를 들었는데 어떻게 그렇게 멀리 가지. 아무리 트렁크여도 무거울 텐데."

"그러니까 할 수 있는 한."

진지한 표정이지만 어쩐지 열에 들떠 조금 흥분되어 보이는 여자애는 여전히 왠지 귀찮았고 나조차 나를 어떻게 해야 할지 집에 돌아가 방에서 숨만 쉬며 누워 있어야 할지 아주 열심히 주유소에서 일하면서 이곳에서 사는 것을 선택하고 점점 흐릿해져가는 모든 것을 없는 것으로 해야 할지 알 수 없었다. 무언가 알 수 없다 무얼 해야 할지 모르겠네 그러나 무엇이든 무슨 상관인가 요 며칠은 그런 생각을 했지만 하지만 모든 것들이 어떤 식으로 접혔다 펴지고 그러나 그것은 아무렇지 않게 되어버릴 것 같다는 생각이 들기도 했다. 아무렇지 않게 그렇게 말이다.

"어째서 그렇게 해야 하는데? 그러니까 나 말고 너가 말야."

"나를 찾는 사람에게서 도망가야 하니까."

"그럼 너는 죽는 거지?"

"아니 숨은 채로 있는 거지. 할 수 있는 게 없는 채로 그냥 숨어 있는 것만을 하며 계속 그렇게 지내는 거지."

집에 가보아야겠다는 생각이 들었고 도미가 있을지 기대를 안 한 것은 아니었지만 없다고 하더라도 받아들일 수 있을 것 같았다. 그런 생각이 들자마자 잠시 몸과 마음의 반쯤은 놀라 방금 전 무슨 일이 일어난 것인가 생각했다. 고개를 돌려 여자애에게 나는 숨는 것을 하려는 사람을 도와주는 것을 아직은 하고 싶지 않다고 말했다.

그 말을 하고 주유소에서 집으로 돌아왔다. 오늘은 도미는 도미의 어딘가로 나는 나의 집이라고 정해진 듯한 곳으로 돌아갔다. 이전처럼은 아니고 오늘은 나 혼자 걷고 또 걸었다. 아침에 천천히 마음에 새기듯 보았던 풍경들은 밤이 되어 보아도 왠지 쓸쓸한 모습이었고 이 거리들을 나는 다시 무어라 불러낼 수 있을까 그런 생각들은 지난밤부터 끈질기게 따라붙는다. 계단을 오르는 내 발소리가 선명하게 들리고 내 집은 이전과 같았고 베란다의 표지판도 베란다에 가기 전에 있는 냉장고도 모두 같았지만 방문을 열자 방문 밑에 손잡이가 있는 계단이 있었고 계단 밑으로 아래층이 보였다. 계단은 그저 아래층으로 내려가는 용도로 만들어진 것이라기보다는 장식적인 느낌이 훨씬 강한 것이었다. 아래로 둥그렇게 휘어지며 이어진 모양이었다. 계단 위의 공간은 내 방이었는데 이전과 달라 보이는 것은 몇 개의 가구, 책장과 서랍장 벽에 단 선반이 생긴 것이었다. 그 모든 것은 보통의 것보다 꽤 작은 형태로 만들어져 있었고 동화책 속에 나올 것 같은 모양의 것들이었다. 서랍장은 버섯 모양으로 버섯의 머리 아래에 고리가 달려 있는 형태였고 책장은 구조 자체는 무난했지만 결이 선명하게 보이는 통나무가 쓰였다. 선반 역시 무늬가 같은 통나무로 만들어져 있었다. 계단을 따라 내려가자 커다란 홀 비슷한 공간이 보였고 그곳은 실제로 내려와서 보니 엄청나게 큰 것은 아니었지만 내 방에 놓인 작은 가구들과 대비되어 실제보다 좀더 커 보였다. 윤이 나는 짙은 밤색 계단 손잡이를 잡은 채로 내려와 계단의 맨 아랫단에 앉아 천천히 보았다. 커다란 물고기 한 마리가 천천히 숨을 쉬고 있었고 그것은 아가미를 뻐끔거리거지 않고 사람처럼 가만히 숨을 쉬고 있었다. 트럭을 타고 다니던 아저씨가 놓아준 물고기는 그 물고기는 말을 하는 물고기였는데 바다로 가고 싶었던 것일까 알 수 없지만 바다로 가버리게 되었다. 잠시 잊고 있던 것들이 갑자기 생각이 났다. 바다로 간 물고기나 오늘 하루 내내 보지 못한 전구 그리고 도미, 도미의 얼굴과 표정 같은 것들이. 어느 여름의 시장과 헤어진 혹은 떨어져 나온 길을 잃은 도미는 어느 방문 앞에서 무릎을 굽힌 채로 물고기가 죽는 것을 보았고 나는 동화책에 나올 것 같은 가구들로 꾸며진 방을 등지고 계단에 앉아 죽어가는 물고기를 본다. 물고기는 아무 냄새도 풍기지 않고 눈을 깜박이지도 아가미를 뻐끔거리지도 않고 그저 아무런 변화 없이 천천히 죽어간다. 죽어간다는 것만은 왠지 확실히 알 수 있었는데 죽어가는 것들은 공기 하나하나를 붙들고 죽어가는지도 모른다고 생각했다. 낮에 졸았기 때문인가 잠은 오지 않았고 그 상태 그대로 물고기를 지켜보았다. 밤이 지나고 동이 트기 시작할 때 커다란 물고기는 숨을 거두었다. 앉아 있던 계단을 건드

리자 그것은 스윽 하고 빠져나왔고 발을 딛는 나무판자를 치
워 그 안에 물고기를 넣었다. 다시 나무판자로 계단을 덮고 어
깨에 짊어졌다. 나는 어깨에 물고기가 들어 있는 계단을 얹고
다리를 크게 벌려 오른다. 두번째 계단을 세번째 네번재 계단
을. 계단 안의 어깨 위의 물고기는 무겁지 않았고 그러나 어느
정도라고 할 수 있을까 물에 젖은 인형 정도일까의 무게를 느
끼며 계단을 올랐다. 물고기의 물고기의 하며 말하여도 내 안
에서 어느샌가 도미의 도미의 하고 바꿔 불리는 물고기의 무
겁지도 가볍지도 않은 무게를 느끼며 말이다. 계단을 오르고
집을 나와 계속해서 걸어나갔다. 내가 걷는 길은 어디까지는
오늘 아침 천천히 바라보던 풍경이었지만 언젠가부터 처음 본
골목으로 접어들었다. 낮은 집들이 이어진 골목을 지나 집들
은 점점 하나씩 줄어들었고 잎이 넓은 나무들이 모여 있는 숲
이 보였다. 처음에는 언덕처럼 보였는데 언덕처럼 가뿐한 마
음으로 오르기 시작했는데 나무는 점점 울창해졌고 어느 순간
부터는 나무의 냄새와 나뭇잎을 통과한 빛밖에는 보이지 않
게 되었다. 어딘가로 접어들고 있다는 것이 느껴졌고 그렇다
면 되돌아가기는 힘들 것이다. 도미가 들어 있는 계단을 나뭇
잎과 나뭇가지들은 여러 번 붙잡았고 나는 모르는 척 빠른 걸
음으로 나무들을 지났다. 도미는, 물고기는 글쎄 계단에 들어

있는 이는 아무 말이 없었지만 나는 어쩐지 천천히 조금 더 가볼까 하는 목소리가 들리는 것 같았다. 계단을 바닥에 내려놓고 잠시 앉아 쉬기로 하고 주위를 둘러보았는데 나뭇잎이 가진 혹은 나뭇잎이 뿌린 빛들은 불규칙한 명암을 바닥에 만들고 있었고 나는 거기에 계단을 내려놓았다. 어디까지 가야 할까 좀더 좀더 어디에서도 들리지 않는 그 소리를 나는 누군가가 내게 분명 말하고 있다고 그런 생각을 하며 나무에 등을 기대고 쉬었다. 그러다 가만히 계단에 고개를 기댔다. 어쩌면 도미는 지금 주유소에 있거나 혹은 정말로 다른 어딘가에 가버렸을 수도 있겠지. 그러나 도미가 어디에 있건 도미를 좋아해 계단 안에 들어 있는 것이 무엇이건 나와 함께 있는 이것을 소중히 가져가고 있다 그런 생각을 하며 가만히 계단에 머리를 기대고 쉬었다. 누구도 나의 머리를 쓰다듬어주지 않는다. 그것을 아는 채로 누워 있다. 그리고 누구도 나를 때리지 않는다. 그것은 사실이 아닐지도 모른다고 생각하며 머리를 여전히 계단에 기대고 있다. 무엇도 일어나지 않는 순간에야 어째서 모든 것이 변화하고 있고 어딘가에 펼쳐져 있는 책이 있었고 그것이 바람이 불어서인지 누군가 넘겨서인지 천천히 한 장씩 넘어가고 있다는 것을 보았고 알게 되었다. 그렇다고 넘어간 페이지가 무언가를 가리키는 것도 아니었는데. 움직이고 있는 것들 이미 죽은 물고기는 죽은 것으로 움직이고 있었고 나는 그것에 기대고 있고 언제 자리에서 일어날까 한참을 누워 있듯이 앉아 있다 보면 나는 멀리 온 걸까 멀리 더 멀리 가게 될까 이런저런 장면들이 떠오르는 듯 떠오를 것처럼 다가왔다가 이내 사라졌다. 이렇게 잠이 들고 싶다는 생각이 들자 일어나 계단을 들어 어깨에 얹고 다시 걷기 시작했다. 언제까지나 계속될 것처럼 이어진 숲을 계속해서 걸어나갔다. 약한 나뭇가지들은 약한 힘으로 계속해서 계단을 붙잡았고 나는 힘을 주어 뿌리치며 나아간다.

다시 어딘가에서 쉬고 싶다는 생각이 들었을 때 앉을 만한 바위와 풀이 자라고 있는 평지가 멀리서 몇 개의 나무 사이로 보이기 시작했고 나는 좀더 힘을 내어 걸어나갔다. 평평한 바위 앞에 계단을 내려놓고 바위 위에 누웠다. 바로 누운 몸의 방향을 바꿔 천천히 옆으로 누워 계단을 손으로 쓰다듬었다. 바위가 놓여 있는 이곳만 평평했고 평평한 이곳을 나무들이 테두리 지어 감싸듯 심겨 있었고 바닥에는 키가 작은 풀들과 꽃들이 자라고 있었다. 언젠가 나는 모든 표지판이 꽂혀 있는 곳을 생각했는데 그곳은 무덤이 아니라도 무덤 같을 것이라고 생각했다. 그곳은 공원이었을 수도 그저 모래밭이었을 수도 있지만 어느 곳이었어도 무덤이었을 것이다. 사람들이 앉아 커피를 마시고 아이스크림을 먹고 책을 보고 함께 사진을 찍고 벤치가 있고 그 위에 사람들은 앉아 다시 커피를 마시고 책을 보고 다 함께 사진을 찍고 수많은 사람들을 실은 버스가 오가더라도 그곳은 무덤이었을 것이다. 공원이 된 그곳의 이름을 지어달라고 누군가에게서 부탁을 받으면 나는 그곳의 이름을 지을 수 있을까. 지을 수 없을 것이라고 아무것도 떠오르지 않을 것이다 나는 아무것도 떠올릴 수 없을 것이다. 바위와 계단이 놓여 있는 이곳은 아무런 표지판도 없고 세워져 있는 표지판도 뽑혀 있는 표지판도 없고 솟아 있는 바위도 키가 큰 나무나 화려한 색의 꽃도 없고 그저 평평한 곳일 뿐임에도 나는 다시 표지판이 꽂혀 있는 공원을 이곳에서 떠올렸다. 얼마간 잊고 지냈던 누구를 가리키는지 알 수 없던 수많은 표지판들을 그것이 무수한 수로 벌판에 서 있는 모습을 말이다. 나는 일어나서 계단을 내려다보았다. 계단은 애초에 내가 가지런히 놓아둔 것처럼 바위를 마주 본 위치에 놓여 있었고 여전히 계단 안에 있는 이는 무슨 말인가 하고 있는 것 같지만 하고 있을 테지만. 나는 계단을 아무것도 세워져 있지 않지만 무수히 세워진 표지판들의 모습을 그리게 하는 평평한 벌판에 놓고 왔다. 앉을 수 있는 평평한 바위가 나란히 누워 있었고 나는 흙을 파서 계단을 묻지도 그 위에 무엇을 뿌리거나 꾸미지도 없지도 않은 채로 그대로 두고 왔다. 계단은 그대로 있을 것이다. 그대로 있다가 천천히 사라질 수도 있겠지만 말이다.

돌아오는 길은 아주 짧았고 어떤 가지도 어떤 잎도 나를 붙잡지 않았다. 나는 모든 것을 스치며 앞으로 앞으로 향해 갔다. 집으로 돌아와 씻고 습관처럼 베란다에서 맥주를 마시고 방으로 돌아와 잠이 들었다. 구불구불하게 내려가는 계단을 잠결에 본 듯했지만 동화 속에 나올 것 같았던 버섯 모양의 서랍장은 또 통나무 결이 보이던 책장은 어째서인가 찾을 수 없었다. 나는 일자로 누워 몸을 움직이지 않고 얌전하게 잠을 잤다. 구르거나 뒤척인다면 계단으로 떨어질지도 몰라 잠결에 그런 생각을 했다. 한때 해바라기로 꾸며져 있던 나의 방은 이제 어디서 볼 수 있을까. 다시 몇 날을 지나면 미닫이문이 보이고 미닫이문을 열면 거기에 해바라기와 유채꽃이 피어 있을 것 같지만. 그것은 마치 내가 애초에 찾던 어떤 것들 같기도 했다. 하루 이틀이 지나면 아무렇지 않게 나타날 듯하고 혹은 아무런 생각을 하고 있지 않을 때 막연히 베란다에서 맥주를 마시며 밤하늘을 보고 있을 때 그럴 때 나타날 것 같았다. 해바라기가 양각으로 새겨졌달까 붙어 있달까 한 그 벽과 방이 말이다. 꿈에서 나는 여름의 시장을 걷고 있는 도미를 보았다. 도미는 내가 아는 도미보다 어려 보였고 노란 원피스를 입은 여자애였다. 그 애는 손에 주스를 들고 시장 안을 두리번거렸다. 나는 그런 도미를 보다 내가 가려던 곳으로 가려고 하는데 아무리 애를 써도 그곳이 어디인지 혹은 어떻게 가는지 알 수가 없었다. 도미는 주스를 마시며 이 가게 저 가게 구경을 했고 우리는 왜인지 같은 길을 걸으며 언제일까 다시 겨울이 올 것이라고 생각했다. 그것을 알 수 있었다. 잠에서 깨어나 목이 마르다 주스를 마시고 싶다고 생각하며 수돗물을 마셨고 나는 여전히 정해진 것처럼 정말로 출근을 하는 것처럼 익숙하게 주유소로 향했다. 물을 마시고 혹시나 해서 계단을 내려갔다. 도미는 이곳을 슬리퍼 소리를 내며 내려갔다. 착착착 하는 소리를 내며 내려갔다. 지하에서는 어두워서 무엇도 금세 보이지 않았다.

"언제 할 수 있는 거예요?"

갑자기 들려오는 소리에 마지막 한 단을 남겨놓고 내려가지 못한 채로 난간을 붙잡고 섰다.

"어디 있는 거야?"

"아무튼."

마지막 한 단을 내려간 후 소리가 나는 쪽으로 천천히 향해갔다.

"안 와도 돼요."

발소리가 나지 않게 천천히 조심스럽게 움직였다. 긴장한 채로 살금살금 움직였다.

"지금 멈췄어."

"언제가 되면 되는 거예요?"

"무슨 이야기를 하는 거야?"

"나를 숨기는 거요. 숨기고 숨겨서 내려다 놓는 거요."

나는 더듬거리며 소파를 찾아 앉았다. 앉자마자 어쩐지 편해져 옆으로 누워 뭐라고 말해야 좋을까 생각했다. 무얼 해달라고 했더라. 가방에 넣어 어딘가에 숨겨버리라고 했다. 묻거나 던져버리거나 깊숙한 곳에 놓아두거나. 어제 그런 것을 나는 했는데 그럴 생각은 아니었는데 그렇게 되었다. 그러나 동화 속 난쟁이들의 방 같은 곳을 지나 구불구불한 계단을 지나도달한 곳은 크다면 크다고 할 수 있는 크기의 홀이었고 거기에는 물고기가 큰 물고기가 있었다. 물고기는 길게 누워 사람이 발을 쭉 편 것처럼 그렇게 누워 있는 느낌이었고 그렇게 누운 채로 물고기는 죽어갔다. 물고기에게서 아무런 냄새도 나지 않았고 그러나 나는 어떻게인지 눈앞의 물고기가 죽어가고 있다는 것을 알았다. 소파의 팔걸이를 향해 천천히 몸을 움직였다. 팔걸이 아래라고 해야 할까 옆이라고 해야 할까에 여자애는 몸을 웅크리고 있었다. 여자애는 몸을 접고 접어 아주 작게 만든 상태로 손잡이 옆에 숨어 있었다. 어떻게 몸을 접었는

지 팔과 다리의 어느 부분을 꺾고 목을 숙이고 허리를 접어 기
내용 트렁크 절반 크기의 몸이 되어 있었다. 주유소에는 물고
기가 소파에 앉아 있던 적도 있었고 전구는 아주 오랫동안 이
야기를 계속했다. 여자애가 몸이 손에 들 수 있는 상자만 해져
도 그런 몸을 트렁크에 넣고 잠가버려도 아무것도 아닌 것이
되나. 나는 그런 것들이 정말로 싫었는데 그런 것들을 얼마나
거절하며 살아왔는지 모르겠지만 앞으로라면 늘 거절하고 싶
은데 그것은 이러니까 저러하겠지 저것은 그러므로 이리해도
될 것 같은 그런 어깨를 으쓱하고 말하는 모든 것들 말이다. 그
럼에도 여자애의 부탁을 들어주어야 하는 것이 더 싫었기 때
문에 나는 트렁크를 찾으러 위로 올라갔다. 계단을 빠르게 올
라가 사무실 안의 캐비닛을 차례차례 열었다. 짙은 푸른색의
28인치 정도의 트렁크를 찾아내 다시 빠르게 계단을 내려갔
다. 텅 빈 트렁크는 아주 가벼워 나는 이것을 계단 밑으로 던져
버려도 될 것이라고 생각했다. 다시 더듬거리며 소파를 찾아
앉아 트렁크의 지퍼를 열어 팔걸이 아래의 작게 구겨진 여자
애를 간단히 들어 트렁크에 넣었다. 트렁크의 지퍼를 잠그고
어제 계단에 머리를 기댔던 것처럼 트렁크 위에 머리를 기댄
다. 머리를 기댄 채로 무릎을 흔들거렸다. 무릎 위의 트렁크는
조금씩 움직였다.

"나는 아무 데도 가지 않을 거야."

여자애는 아무 말도 없고 나는 반복해서 말한다. 나는 아무 데도 가지 않을 거야. 너를 들고 어딘가에 던져버리거나 묻어버리거나 하지 않을 거야. 그것이 절대적으로 너를 위한 일이라도. 나는 그런 것이 없다는 것을 원래부터 확실히 알고 그 때문이 아니더라도 너를 들고 어딘가로 가는 일은 하지 않을 것이라고 왜인가 절대적으로 그럴 것이라고 다시 말을 하면 할수록 강한 확신이 생겼다. 혼잣말을 반복할수록 점점 더 확신이 강해져 가만히 편 손이 점점 더 힘이 들어간 주먹으로 바뀌었다. 그러다 다시 손을 펴고 어두워 볼 수 없지만 편 손은 가늘게 떨고 있고 나는 다시 손끝에 힘을 주려고 하고 있었다.

"그럼 나는 밤이 되면 혼자 벌레처럼 기어서 멀리멀리 가야겠다."

"혼자 기어서 가면 가는 것은 할 수 있지만 멀리멀리 가는 것은 할 수 없고 그보다 아침은 아주아주 빨리 오겠지. 글쎄 무엇보다 나는 그게 뭔지 모르겠어. 네가 하는 것도 뭔지 모르겠어."

"나는 그냥 숨을 필요가 있고 밝은 곳보다는 어두운 곳이 숨기 좋기 때문이에요. 그냥 간단한 거예요."

"왜 그렇게 숨는 거지? 누가 너를 찾아다니는 건가?"

"응. 나는 멀리멀리 가서 그냥 그대로 가만히 있으려고 하는데 나를 침대에 눕혀놓고 너는 앞으로 무얼 하게 될 거고 너에게는 다른 날들이 올 거라고 말해주는 사람들이 있어. 나는 거기로 안 가려고 하는 거지."

귀를 트렁크에 대고 여자애가 말하는 소리와 숨소리를 듣는다. 덥겠지 저곳은. 손가락으로 아무 선이나 그어본다. 여자애의 손가락이 따라오지는 않았다. 여자애의 손가락은 어딘가에 접혀 있을 것이다. 어느 틈새엔가 있을 것이다. 대신 트렁크 안에서 여자애는 꿈지럭꿈지럭거리고 있었고 둥근 무언가가, 아마도 무릎이겠지, 트렁크를 뚫을 것처럼 튀어나왔다가 다시 들어갔다. 그것을 보고 나는 지퍼를 끝까지 열었다. 여자애는 머리를 먼저 들고 오른팔을 먼저 그다음에는 왼팔을 차례로 뺐고 소파 손잡이에 몸을 지탱한 채로 등을 올려 다리를 빼냈다. 갑자기 솟아 나온 것처럼 머리와 팔, 등 같은 것이 나왔다. 트렁크를 치워 바닥에 두고 옆자리에 앉았다. 여자애는 한참 숨을 고르다 소파에 옆으로 누웠다. 내 무릎 위로 여자애의 다리가 지나갔다. 나는 여자애의 다리 밑으로 스윽 하고 몸을 밀어 바닥에 앉았다. 바닥은 차가웠고 닿자마자 시원해 얼굴을 대고 그대로 누워버렸다. 멀리서 트럭이 주유소를 향해 들어오는 소리가 들렸고 그 소리를 듣자 바닥에서 벌떡 일어나 계단을 빠르게 올랐다. 트럭 아저씨는 혼자서 주유를 하고 있었다. 그 사람은 이전보다 거칠어진 얼굴이었고 지친 표정을 하고 있었다. 입고 있는 옷도 어딘가에 구겨놓은 것을 그대로 집어 몇 번 털지도 않고 입고 있는 느낌이었다. 꾀죄죄한 몰골임에도 나를 바라보는 눈은 선명했고 그 눈이 말하고 있는 것은 너는 이제 혼자이고 너는 아직 무얼 모르고 있고 그 무엇을 모르기 때문에 너는 고통 속에 살게 될 것이다,였다. 그 눈은 동시에 너는 무언가를 완전히 착각하고 있다고 말하는 듯했고 나는 늘 언제나 그런 눈을 한 사람을 마주치고야 말았지만 왜인가 오늘은 그런 눈을 비웃거나 경멸할 의지가 생기지 않았다. 그다지 그러고 싶지가 않았다.

"나는 이제 안 올지도 몰라. 멀리 갈 거거든."

"어디 멀리요?"

"모든 문을 다시 가로질러 어두운 곳에 숨은 사람을 만나야지."

그 사람은 그 말을 하고는 주유기를 기계에 꽂고 손을 바지에 문질렀다. 그러고는 바로 뒤를 돌아 트럭으로 향해 갔고 나를 보지 않은 채로 손을 흔들었다. 영화에 나오는 사람들이나 저런 작별인사를 했다. 그 사람이 손을 흔드는 모습을 포함한 눈앞의 모든 것은 아주 느리게 흘러가는 듯이 보였고 나는 그 사람의 눈을 보았을 때처럼 이상하게 어떤 의지 같은 것이 빠져나가는 듯했다. 천천히 흔들리는 손등과 천천히 트럭을 향해 가 자리에 앉는 것을 멍하게 보다가 다시 지하로 뛰어 내려가 갑자기 트렁크를 열어 여자애에게 서두르라고 말했다. 여자애는 수십 번 연습한 것처럼 착착착 하고 자기 몸을 접었고 나는 재빨리 지퍼를 닫고 계단을 뛰어 올라간다. 덜컹거리며 트렁크를 끌며 트럭을 향해 뛰었다. 그렇게 땀을 흘리며 열심히 뛰었지만 트럭은 빠르게 사라져갔다. 평소보다 더 빨리 점점 더 작아지며 사라져가고 있다는 느낌이 들었다. 트렁크를 세워놓고 서 있었다. 철조망에 등을 기대고 어느 차든지 지나가면 부탁을 해볼 생각이었다. 지나가는 차는 몇 대 없었고 모두들 오늘은 빨리 더욱 빨리 지나가는 날인지 트럭도 아주 빠르게 작게 사라져갔다. 다른 차들도 마찬가지였다. 모두들 나와 나의 트렁크를 보았을까 조금도 망설이지 않고 모두들 금세 차인가 생각하자마자 바로 사라져갔다. 한 시간쯤 기다렸을까 쨍쨍한 해와 후덥지근한 공기에 지쳐 다시 트렁크를 끌고 주유소로 향했다. 사무실에 트렁크를 놓고 대충 씻고 나와 물을 마신다. 왜인지 아이스커피를 바로 만들 수가 없는 기분이었다 내내. 소파에 앉자 금세 졸음이 쏟아졌고 다시 자세를 바꿔 옆으로 누웠다. 조금만 자고 일어나야지 생각했을 때 트렁크가 앞뒤로 움직이다 바닥으로 쓰러졌다. 통 하고 떨어졌

다. 아아 저기 여자애가 있었지,라는 생각과 눈이 감길 듯 졸음
이 쏟아지네 하는 생각이 뒤섞여 더듬더듬 지퍼를 열며 얼른
자야지 얼른 잘 테야 중얼거렸다. 여자애는 화를 억누르듯이
크게 한숨을 쉬고 기어 나왔다. 나는 다시 여자애 밑으로 몸을
밀어 바닥으로 내려왔다. 바닥은 여전히 차가웠고 어떤 결심
을 했던 날들을 떠올렸다. 어떤 결정을 해야 한다고 결심을 했
던 날들을 떠올렸다. 그것은 2, 3일 전의 일이었다. 어디서 죽
어야 하는지 결정하는 일을 돌이켜보면 나는 조금 들떠서 바
라보고 있었다. 나의 죽음에 나의 선택 가능성에 신나 있는 동
안 도미는 차갑고 외로웠을 것이다.

　그 후로 하루에 한 번씩 여자애를 트렁크에 넣고 지나가는
차를 기다렸다. 나는 이것을 절대로 하지 않겠다고 결심했던
것을 다시 기억해냈고 그것을 기억해내면 그 이전의 결심들도
기억해내게 되었다. 나는 다시 도미를 생각했다. 도미를 생각
하며 마치 노동처럼 몸만을 움직여 트렁크를 끌고 밖으로 나
섰다. 여자애는 별로 지치지도 않는지 습관적으로 착착착 몸
을 접어 열려 있는 트렁크에 들어가 나를 기다리고 있었다. 매
일 아침이 되어 주유소에 가면 소파 밑에는 열려 있는 트렁크
와 접혀 있는 여자애가 있었다. 왠지 도시락 같기도 했다. 열흘
째 되는 날 나는 트렁크를 닫지 않고 그대로 들어 소파에 엎었

다. 여자애는 비명을 지르지도 않고 억 하는 소리를 짧게 냈다. 트렁크는 바닥에 두었는데 그 애는 다시 또 몸을 접어 트렁크 안으로 들어갔다. 나는 트렁크를 접고 방금 전 내려왔던 계단을 다시 올랐다. 사무실 소파에 앉아 지퍼를 열어 다시 트렁크를 소파에 엎었는데 여자애는 한 번 있었던 일이라 그런지 이번에는 소파로 떨어지지 않고 온몸에 힘을 주고 버티고 있었다. 여자애는 힘을 주어 버티고 나는 트렁크를 들고 흔들었다. 여자애는 마지막에는 한쪽 팔로만 버티고 있었다. 트렁크에서 소파까지의 높이는 60센티미터 정도였고 소파는 절벽도 뭣도 아니었는데 꼭 생명의 마지막 한 손가락을 잡고 있는 것처럼 여자애는 트렁크를 잠그는 지퍼 부분을 마지막까지 꼭 붙잡고 있었다. 손톱이 흰색으로 아주 창백한 흰색으로 변해 있었다. 땀이 났고 왠지 화도 나 물을 벌컥벌컥 마셨다.

"왜냐면. 나는 이제 사람들이 어두운 곳을 찾을 거라고 생각해."

여자애는 울지도 않고 화를 내지도 않고 그저 지쳤는지 소파 바닥으로 떨어지듯 몸을 굴려 누웠다.

"그러니까 밝은 곳에서 사는 게 나을 거라고. 사람들은 이제 어두움 속으로 벽장 안 같은 데를 찾고 다닐 거야. 네가 워낙 잘 숨었으니까."

여자애는 여전히 말이 없고 나는 여자애가 그간 얼마나 감쪽같이 잘 숨었는지 도미와 나는 아무것도 몰랐다 네가 사라진 줄로만 어딘가로 가버린 줄로만 알았지 이야기를 했고 그 이야기를 하다 보면 다시 정말로 사라진 것은 도미였다는 이야기를 하고 하다 보면 정말로 먼저 사라진 것은 그때의 그 전구였다는 이야기를 하고 열흘간 오지 않던 트럭 아저씨 이야기도 하고 그 이전에 나는 많은 꿈에서 도미를 본 이야기 매번 조금은 멍한 얼굴로 시장을 구경하는 그렇지만 신난 건 신난 거겠지 그 도미는, 그런 이야기도 했다. 여자애는 갑자기 일어나 내가 마시고 남은 물을 벌컥벌컥 마시고 모자랐는지 다시 물을 꺼내 벌컥벌컥 마시고 캐비닛 여기저기를 뒤지더니 종이와 펜을 가져왔다. 그 애는 한참을 그리고 쓰고 그리고 쓴 것을 보고 다시 그리고 쓰는 것을 계속했다. 나는 졸려서 잠이 들었다가 여자애의 등을 보다가 컵이 비어 있으면 다시 채워주고 바깥으로 나가 주유 기계를 점검해보다가 이걸로 바닥에 기름을 흘려볼 수 있지 않나 흘려볼 수 있으면 뭔가 쓰거나 그릴 수도 있지 않나 그런 생각이 들었고 할까 말까 할까 말까를 고민하며 들었다 놓았다 들었다 놓았다를 했다. 그것을 여러 번 반복했다. 고개를 돌리니 아주 오랜만에 철조망을 따라 뛰는 사람을 보았다. 그 사람은 언제나처럼 아주 빠르게 철조망을 지나갔다. 잔디밭의 초록색은 정말로 선명하고 짙었다. 아주 인공적으로 보였다. 보기 좋았다.

여자애가 그린 것은 지도도 약도도 아니었지만 장소를 표시하고 있기는 했다. 실제로 저 문을 지나 저 다리가 나올 리는 없더라도 말이다. 여자애는 트렁크 안에서 열흘을 있어도 전혀 포기하는 모습을 보이지 않았고 몸이 두 번이나 던져지더라도 울며 억울함을 호소하지도 않았다. 몇 시간이나 앉아서 물만 마시며 어디도 누구도 찾아갈 수 없는 지도를 그려대고 있었는데 내가 옆에서 잠을 자든 턱을 괴고 바라보든 하던 것을 계속 하고 있었다. 한편으로 그 모습은 갑자기 던져진 밝은 곳에서 뭐라도 하기 위해 해대는 일 같아 보이기도 했는데 이것이라도 하지 않으면 트렁크에 다시 숨고 나는 그걸 또 뒤집어 흔드는 것을 반복하게 될 것이었으므로 그러지 않기 위해 해대는 동작 같기도 했다.

"중환자실로 들어가는 문은 미닫이문일까 자동문일까 그도 아니면 손잡이가 달린 보통의 문일까 사실은 그 모두인데 나는 침대에 누워 실려 가는데도 내가 지나가는 문을 자동문을 미닫이문을 손잡이가 달린 문을 하나하나 지나가고 있다 하고 생각했지."

"거짓말."

여자애는 고개를 돌려 나를 보고 나는 미닫이문은 없다고 정정해준다. 여자애는 눈썹을 찌푸리며 고개를 갸우뚱거리며 방금까지 그리고 있던 지도를 보다 나를 보다를 반복하다 몇 시간 동안 그리고 있던 지도를 뒤집어놓았다.

"없는 건 없는 거야. 뭔가를 밀기는 했을 수도 있겠지. 그래도 미닫이문은 없어. 미닫이문은 다른 곳에 있었을 거야. 일반 병동 화장실 그런 데 말야."

여자애는 종이를 들고 한참 동안 종이를 바라보다가 펜을 들었다 놓았다 하다가 다시 무언가를 쓰기 시작한다. 많은 문의 이름들을 쓰고 있었다. 자동문과 미닫이문과 파리의 개선문과 파리의 개선문을 따라한 어디 어디의 문과 그 어디 어디의 문에 영향을 받은 또 다른 어디 어디의 문과 동대구 고속버스터미널의 손잡이가 고장난 문과 어느 백화점의 일곱 명이 들어갈 수 있는 밀며 지나가는 문과 그런 문이라면 남은 여섯 명을 기다리고 기다리며 들어가보려 하지만 사람들은 금세 갈 길을 가버리므로 늘 혼자서 밀며 지나가는 문이었다고 쓴다. 여자애는 문과 기억하고 있는 모든 것들을 쓴다 문과 문 사이의 다리와 도로를 기억해내려 애쓰며 설명하듯 쓴다. 여자애는 이전의 지도를 그릴 때처럼 몰입된 자세로 그것은 등의 모습만 봐도 금방 알 수 있는 것이었는데 조금 구부린 등과 어깨 펜을

든 손과 이어진 팔 같은 것이 잠시 하나의 길처럼 보였다가 다시 팔은 종이 위로 굽혀진다. 여자애는 자신이 통과한 문들을 쓰고 있고 그렇다면 저 애는 이제 다시 어두운 곳으로 가지 않아도 된다는 걸까. 가지 않으려는 걸까. 나는 힘이라는 것이 있는지 있다면 무얼 해야만 하는지 그 문제 역시 가만히 생각해보니 줄곧 거절해온 문제인데 요즘은 줄곧 거절해온 문제들에 끌려다니고 있으므로 앉아서 그 문제를 생각하기로 한다. 다시 누군가를 트렁크에 넣어 끌고 다니고 싶지는 않았다. 미닫이문이 있었다고 해도 그 이야기를 다시 듣는다고 해도 이제는 고개를 끄덕일 것이다. 모든 문제에 그렇게 하겠다는 것이 아니라 앞으로 다가올 한 번의 미닫이문은 그렇게 대할 수 있을 것이다. 그렇게 생각하고 나자 왠지 한 번 정도는 미닫이문이었을지도 모른다는 생각이 들었다. 나는 중환자실로 향하는 모든 문을 지나온 사람은 아니므로. 여자애는 흰 종이를 한참 마주한 채로 계속 무언가를 써대더니 펜을 소리가 나게 내려놓고 소파에 눕는다. 여자애를 내려다보았다. 머리부터 발끝까지 양쪽 팔 끝 사이의 거리는 왠지 다리나 좁은 골목 같기도 하고.

어느새 해가 지는 짙은 붉은색의 하늘이 되었다. 나는 여자애와 함께 주유소를 나간다. 집으로 향하는 길의 색은 짙은 붉은색이었다. 짙은 붉은색의 하늘에 어떤 곳은 보라색과 푸른색이 보이기도 했다. 여자애는 천천히 나를 따라왔고 우리는 다섯 걸음 정도의 차이를 두고 걸어간다. 집에 도착해 여자애와 함께 들어갔다. 혹시 몰라 방으로 들어가보았는데 구불구불한 계단은 이미 사라진 후였고 맨 처음 이곳에 왔을 때와 같은 방이었다. 나는 먼저 씻는다고 말하고 화장실로 들어갔고 아주 예전에 내가 오키나와에 갔을 때가 갑자기 생각이 나 떠올려보려고 했으나 분명한 것은 아무것도 없었다. 주유소 근처의 풍경과 매일의 햇살과 밤이 이전의 풍경들과 겹쳐지고 합해져 어떤 것이 내가 보았던 것인지 3년 전인가 벌써 5년 전인가에 보았던 것이 어떤 것인지 구별해낼 수가 없어졌다. 며칠 전의 풍경인지 몇 년 전의 풍경인지 구별해낼 수는 없었지만 끝없이 이어진 철조망만은 확실해서 철조망을 따라 걸으며 이것은 끝이 없다 이것은 끝이 없다 혼자서 중얼거렸다. 지쳐서 걷기를 잠시 멈춰야 했을 정도로 끝이 없었고 결국 시작과 끝을 보지 못해서인가 철조망은 끝이 없다고 절대로 없을 것이라고 생각했다. 며칠 전인가 몇 년 전에. 씻고 나와보니 여자애는 잠이 들어 있고 흔들어 깨울까 하다 관둔다. 냉장고에서 맥주를 꺼내 베란다에서 마시기 시작했다. 이곳에서 잠이 들어버리면 이른 아침 뜨거운 햇살에 잠이 깨고는 했다. 햇살은 정말로 강하고 따가웠다. 내가 무엇을 잊어버리고 있는지는 기억해낼 수 없었다. 잊어버린 것을 다시 생각해내려 애쓰지도 않았다. 그러나 무언가를 잊어버리고 있다는 감각만은 선명했는데 이제 더 무얼 잊어버리게 될까. 맥주를 마시는 것은 습관으로 남아 잊어버리게 될 리 없겠지. 도미야. 꿈에서 보는 어린 도미의 얼굴도 처음보다 희미해져갔다. 이곳을 국제라고 부르던 날들의 하루하루도 곧 기억해낼 수 없게 될 것이다. 어떻게 부르는지 어떻게 불렸는지 오키나와라는 이름은 원래 알던 이름이었으나 입 밖으로 오키나와라고 부르는 것은 어쩐지 힘이 들어갔고 오키나와 하고 불러보려고 둥근 입모양을 해보다가 관두고는 했다. 정말로 이곳이 오키나와인가 누구도 확실히 대답해주지 않았는데 확실히 알려주는 누군가를 만나고 싶던 날들도 있었지만 이제 와 누가 말해줄 수 있었을까. 여자애는 어디를 지나왔는지 확실히 아는 사람이었는데 주유소 지하에 숨어 있던 날들엔 이곳을 어디라고 생각하고 끊임없이 달아나려고 했을까. 여자애를 흔들어 깨워 방에 눕히고 나는 그 옆에 눕는다. 미닫이문을 열고 창문은 잠시 열었다 닫았다. 해바라기가 피어 있지는 않았다. 여자애는 잠에서 깼는지 씻고 오겠다고 말하고 열린 문 앞에 서서 미닫이문이네 하고 작은 목소리로 말한다.

"미닫이문이지."

"그러게."

"이걸 통과한 건가."

"이것도 통과한 것이 되겠지."

한참을 바라보다 화장실로 향해 갔다. 미닫이문과 보통의 미는 문과 자동문을 통과하여 중환자실로 들어간 여자애는 어쩌다가 아니 어떻게 많은 문을 통과할 수 있게 되었을까 여자애를 누군가가 찾을 수 있다면 긴 팔이 골목 같고 다리 같은 여자애를 침대에 눕혀 다시 미닫이문과 보통의 미는 문과 자동문을 통과하여 중환자실로 들어갈 것이다. 많은 문에는 어딘가로 빠져버릴 가능성이 늘 있는 것일까. 다시 몇 개의 문을 통과하여 중환자실로 향해 가면 너는 몇 번째의 문에선가 다시 몸을 접어 나와 사람들의 눈을 피해 어두운 곳에서 가만히 있기 위해 가만히 있는 것을 하기 위해 자꾸만 움직이는 일을 하게 되는 것일까. 지나온 문들을 쓰다 보면 다시 향해야 할 문을 혹은 되돌아가서 가만히 있어야 할 문을 찾을 수 있게 되나 그런 생각을 하다 잠이 들었고 잠결에 씻고 나온 여자애가 시원해 시원해 중얼거리는 것을 들었고 여자애는 눕지 않고 미닫이문 앞에 서 있었다. 문 앞에 서서 무얼 했는지는 다시 깊은 잠에 빠져버려 알 수 없었지만.

다시 잠에서 깼을 때 여자애는 미닫이문 너머에 옆으로 누워 종이에 뭔가를 쓰다 말다 하고 있었다. 팔로 머리를 받치고 뭔가를 쓰다 멈추고 다시 뭔가를 쓰려고 펜을 집어 들고 종이를 바라보고, 그러고 있었다.

"거기 있었네."

"미닫이문을 여러 번 통과했지."

우리는 잠시 웃고.

"그리고 다른 어떤 문이 있었는데?"

"다른 어떤 문도 있었지."

해가 뜨기 직전의 새벽이었다. 아주 어둡지만도 그러나 아직 환해지기 직전의 뿌연 하늘, 여자애는 얼굴을 종이에 바짝 댄 채로 뭐라고 썼나 보고 있었다.

"어떤 문을 통과해 이곳에 온 거야?"

"문에 뭐라고 쓰여 있지는 않았던 것 같은데."

"그런데?"

미닫이문 너머 여자애는 다시 자세를 바꿔 똑바로 누워 기지 개를 편다. 절반쯤 열린 미닫이문을 다 열고 자리에서 일어나 창문을 열고 커튼을 친다. 정말 조금만 있으면 강한 햇살이 들 어올 것이다. 나는 몇 시간 후면 정말로 강한 햇살이 창으로 들어오고 누가 보아도 완전히 아침이 되고 나는 다시 주유소에 가게 되는 시간이 올 것이라고 생각했다. 여자애는 옆으로 누운 몸을 돌려 똑바로 누운 채로 천장을 보며 이야기를 시작했다.

나는 이상하게 어떤 문이었는지 어떤 문들은 몇 개는 이름까지 완전히 기억하고 있는데 그 모든 문들이 연결은 잘 되지 않고 모든 것이 아주 파편적이에요. 미닫이문은 확실히 기억하고 있지. 어제는 종이를 덮고 이건 아니야,라고 생각했지만 다시 곰곰이 생각해보아도 미닫이문을 지났어요 나는. 나는 사고가 있었는데 한편으로 그것은 사고라는 생각은 들지 않아. 뭔가 아주 갑작스럽고 전혀 예상할 수 없는 일이 아니었고 나는 사실 더 나빠질 수도 있다고 생각하며 하루하루를 살았는데 아무튼 그런 일이 생긴 거지. 지금은 힘이 없어서 그런 일까지 자세히 생각할 수는 없지만. 중환자실 침대에 실린 나는 아주 알아볼 수 없을 정도로 부은 얼굴에 온몸에 멍이 들고 모든 이들은 울고 있었다. 급하게 밀고 가던 침대와 바퀴 그리고 몇 개의 문을 나는 지금보다 확실하게 기억하던 때도 있었지만 지금은 아주 가끔 선명하게 되살아나고 보통은 왠지 자꾸만 깊숙한 곳으로 가야 해 그런 생각을 할 뿐이지만. 모든 문을 지나며 나는 어두운 곳으로 향했는데 한편으로 나는 내가 어두운 곳에만 머물러 다시 밝고 밝은 중환자실을 지나고 싶지 않았던 것 같은 그런 기분도 들어요. 이곳에 오래 머무르면 중환자실의 나도 오래 머물겠지 이곳에 잠시 머무르면 중환자실의 나는 잠시 머무르거나 혹은 아예 사라져버릴 수도 있다고 나는 그것을 처음부터 아주 잘 알고 있었는데 다른 사람들은 모르는 척하는 것인지 아니면 그럴 정신이 없는 것인지 알 수 없네 늘. 나는 그런 것을 모르는 척할 수가 없는데 말이에요. 아무튼 몇 개의 문이라고 해도 그것은 확실히 보통 건물의 출입문 같은 것은 아니었고 톨게이트 같다고 해야 할까 아무도 지키는 이 없는 지하철 출입문 같다고 해야 하나 둥근 막대 같은 것을 밀고 내가 저곳으로 가고 있다 이런 느낌의 문들이 많았어 생각해보니. 아주 큰 텅 빈 건물에 내가 있었는데 그 텅 빈 건물은 꽤 현대적이었다. 큰 창에 흰 벽이 있고 그런데 그게 병원 같은 느낌은 아니고 공항 같았지 굳이 말하면. 그런 곳에서 작은 나비문을 밀고 나는 이곳에 왔어요. 나비문을 밀기 전에는 긴 의자가 있는 곳에서 며칠을 지냈는데 그 공간은 정말 쾌적해서 나비문을 밀지 말아볼까 하는 고민을 꽤 오래 했어요. 의자가 있는 곳에서 며칠을 난 것도 생각해보면 다 그곳이 괜찮았기 때문이라는 간단한 이유였어요. 다시 생각해보니 그곳은 정말 텅 빈 공항이었을지도 모르겠는데 건물이 정말 컸고

며칠을 지내도 저녁에는 꽤 돌아다녔는데도 끝에서 끝까지 가
보지도 못했으니까. 아마 절반 정도를 가봤을까? 그것도 내가
가늠하는 정도이지 실은 절반의 절반 정도를 가본 게 아닐까
싶어요. 창은 커다랗고 낮에 창 너머를 보면 활주로 같은 바닥
에 흰 페인트로 표시를 해둔 벌판이 있고 다시 안으로 고개를
돌리면 몇 개의 창구가 있었고 물론 사람은 없었고 커다란 기
둥이 여러 개 있고 그 기둥을 중심으로 계단이 있었고 엘리베
이터와 에스컬레이터와 길게 자동으로 움직이는 복도 같은 거
있잖아요 그걸 뭐라 그러나 아무튼 그런 것도 있는 곳이었는
데 나는 웬 난 화분이 놓여 있는 긴 의자 밑에서 잠을 자고 화분
안에 있는 자갈로 글씨를 쓰기도 했지. 그게 연필처럼 쓴 게 아
니라 그걸 몇십 개쯤 꺼내 와서 자갈로 가 하고 만들고 나 하고
만들고 다 하고 만들고 나면 지겨워져서 다시 합해서 좋아하
는 말을 만들어보자 개 하고 만들고 펭귄 하고 만들고 펭귄은
정말 많은 자갈이 필요했다 그런 것이 생각이 나네 갑자기. 개
와 소 정도는 쉽고 좋았는데. 그때 그곳에는 좁은 복도가 있었
는데 좁은 복도라고 해도 다른 것보다 좁다는 의미지 실제로
아주 비좁거나 한 것은 아니었고. 그 좁은 복도를 지나면 커다
란 창이 있었고 창 너머로 커다란 공원이 보였다. 그 공원엔 지
나치게 선명한 녹색의 잔디가 자라고 있었고 벤치가 몇 개 있

었고 몇 개의 기념비 같은 것이 보였다. 사람들은 여전히 아무도 보이지 않았고 나는 창 밑에 앉아 공원을 한참을 내려다보았다. 공원 문에는 평화의 문이라고 쓰여 있었는데 그래선가 평화의 문이 있는 곳에 왔네 하고 생각했고 한참을 속으로 중얼거렸지. 하지만 실제로 내가 그 문을 지나온 것은 아니었는데 밤이 되고 좁은 복도를 헤매고 또 헤매도 출구를 찾을 수가 없었거든. 며칠 후에 잠에서 깨어 복도를 따라가보니 이상하게 한참을 헤매도 보이지 않던 문이 보였고 그 문을 밀고 나가자 당연히 보일 거라고 생각했던 공원이 사라지고 없었어. 그래서 내가 정말 그걸 본 걸까 싶기도 하지만 그때는 확실히 보았으니까 내가 어딘가를 헤매고 있군, 그런 생각을 하지. 그리고 평화의 문이 있는 곳을 통과했다. 평화의 문을 통과한 것은 아니지만 평화의 문을 보았고 평화의 문이 있는 곳을 통과했고 그곳에 도달했고 그런 생각을 하지.

커튼을 살짝 들쳐보았는데 벌써 밝아진 주변이 보였다. 커튼 사이로 강한 햇살이 들어오고 있었다. 창문을 열고 바람이 들어오려나 시원한 바람은 아니었고 더운 바람도 아니었고 약한 아주 약한 바람이 살짝 불어오고 있었다. 이렇게 아침이 오면 아주 작은 것들이 새롭게 깨어 있는 듯한 느낌이 들었다. 나는 국제라고 하는 곳에 있었고 그러나 오키나와였으며 평화의 문이 있는 곳이기도 했던 곳에 있었구나 언제 잊어버리게 될지 모를 사실을 여러 번 생각했다. 여자애는 이제 환하게 밝아져 어두운 곳은 찾기도 힘든데도 조금씩 구석으로 움직이고 있었고 종이에 무언가를 쓰는 것은 하고 또 해서 더 할 수가 없을 정도일 텐데 여기는 화분도 없다 화분 속 자갈도 없다. 가,라고 만들고 나,라고 만드는 것도 당장은 할 수 없었다. 나는 왜인지 아무 이야기라도 해야 할 것 같아 내가 보았던 몇 번의 방을 이야기했다. 지금의 방은 처음의 방과 같은데 이후에 이 방에는 해바라기가 피었는데 그것은 단지 그림이나 벽지였던 것이 아니라 정말로 해바라기가 피어 있는 모양이었다. 해바라기의 꽃잎의 모양 그대로 새겨져 있다고 해야 할까 새로 만들어 붙였다고 해야 할까 그런 모양의 꽃이었어. 그 해바라기 사이에는 유채꽃들이 있었고 유채꽃은 해바라기 사이에 있어도 눈에 띄지 않는 것이 아니라 그대로 아름다웠다. 그 이후에는 구불구불한 계단이 아래층까지 나 있었고 나는 그 계단을 내려갔지. 계단의 시작 지점에는 몇 개의 작은 가구가 있었고 그것은 꼭 동화 속에 나오는 가구 같았는데 동화도 여러 동화가 있을 텐데 그 동화는 『백설공주와 일곱 난쟁이』이지 않았을까. 「반지의 제왕」의 호빗족이 사는 집에 있는 가구 같기도 했고 말야.

"예쁜 곳이었나? 그러니까 예쁜 방?"

"아니 뭐 그 정도는 아니고. 조금 예쁜 방? 그럭저럭 예쁜 방? 그 정도였지."

그 작고 아기자기했던 가구는 한번쯤은 다시 보고 싶다고 말하고 그러고 보면 해바라기도 또 보고 싶었고 그 가구가 있던 날 도미는 사라졌고 사라졌던 도미 사라진 도미. 길쭉한 몸의 도미. 흰 얼굴 멍한 표정의 키가 큰 개 같은 도미. 묻지는 않았지만 내가 묻은 도미. 보고 싶은 도미. 도미의 얼굴이 떠오르자 왠지 말문이 막혀 가만히 서 있다 다시 커튼을 살짝 들어 바깥을 보았는데 창은 이미 따뜻하게 데워진 상태였다. 도미가 사라지고 정해진 순서인 것처럼 계단을 내려가 물고기를 보고 물고기가 죽는 것을 가만히 지켜보고 죽은 물고기를 나무 상자에 넣어 짊어지고 숲으로 향했다. 결국 도달한 곳이 숲이었지 처음부터 숲에 갈 생각은 아니었다. 그렇게 걷다 보니 숲이었고 그곳에 계단을 놓아두고 왔다. 그러고 나서는 여자애를 트렁크에 넣어 큰 도로에 가만히 서서 차가 지나가기를 기다렸다. 그 역시 내가 할 일인 것처럼 아주 자연스럽게. 도미의 꿈을 꾸고 도미를 생각하고 많은 시간들이 그렇게 흘렀지만 문득 얼굴을 그려보고 도미 도미 하고 도미의 이름을 나지막히 불러보자 정말로 도미를 한동안 보지 못했구나 도미와 함께 집에 가지 못했구나 도미와 아이스커피를 마시고 가만히 앉아 있는 것을 하지 못했구나 그 모든 것을 깨달았다. 도미의 방에는 물고기들이 헤엄치기도 했다. 푸른 바다가 펼쳐지는 것 같던 도미의 방. 수족관 같던 도미의 방. 도미는 물고기들이 보고 싶다고 생각하기도 했을까. 아니면 실은 물고기들을 지겨워했을까. 물고기 이름의 물고기를 몰고 다니는 그러나 실제로는 키가 큰 개 같은 도미. 도미를 생각했다.

어떤 시간에 대해 이야기하면 할수록 도미에 대한 그리움은 점점 깊어졌다. 도미 도미 하고 도미의 이름을 부르면 부를수록 내가 아주 간단히 도미의 사라짐을 수긍해버렸다는 것을 깨달았다. 그 사실을 그제야 깨닫게 되었다. 동시에 달리 어떤 것을 할 수 있었을까 하는 생각이 잠시 들었지만 그것은 바보 같은 생각이었다 정말로. 나는 그렇게 간단히 도미가 사라졌다고 그리고 그것이 이곳의 순서인 것처럼 받아들여서는 안 되었다고 정말 그것이 이곳의 순서였고 정해진 일이었대도 그래서는 안 되었다고 때늦은 후회가 밀려왔고 나는 어째서, 도미가 사라졌다고 떠났거나 죽었다고 누군가 그것을 받아들이지 않고 그 사실을 부정하고 싸워야 하는 사람이 있다면 그것은 나였을 텐데 어째서 나는 도미를 기다리기만 했을까. 도미가 사라졌다면 영영 다른 세계로 갔다면 혹은 옆방에 숨어 있다면 그것은 도미답지 않지만 그 모든 과정을 그 뒷모습을 보아야 하는 것은 나였는데 어째서 나는 사라짐만을 아무것도 아닌 사라짐만을 쉽게 이해했을까. 내 눈앞에서 죽은 키가 큰 물고기를 묻지는 않았지만 왜 묻는 것과 다름없는 일을 했을까. 어째서 계단을 어깨에 얹고 도미야 도미야 속으로 불러보기만 했을까. 나는 정말로 무얼 해야 할지 몰랐을 것이다. 묻는 것 외에는. 그러나 그러나 다시 또 그러나 하고 고개를 저어야 했다. 나는 도미의 사라짐을 이렇게 쉽게 받아들여서는 안 되었다. 도미. 키가 크고 흰 얼굴의 표정이 바뀌지 않던 도미. 고개를 숙이면 얼굴이 잘 보이지 않을 정도로 긴 머리는 길었고 이건 밧줄로도 쓸 수 있겠다 속으로 그런 생각을 했는데 나는 그 말을 입 밖에 내었나. 그런 적이 있었나. 나는 갑자기 나가 보아야겠다고 말했다. 나는 그곳에 다시 찾아갈 수 있을까. 낮은 집들을 지나 골목들을 지나 나타나던 언덕 같은 숲을 나는 다시 찾아낼 수 있나. 얼마나 걷고 헤매야 도착할 수 있을까. 여자애는 왜 그러냐는 표정이었고 나는 이전에 가보았던 어떤 곳에 가야 하는데 그곳은 어떤 곳이냐면 글쎄 중요한 곳이지 거긴. 한 번밖에 가본 적이 없으니까 잘 갈 수 있을까 영영 못 갈지도 몰라. 헤매고 헤매도 도달할 수 없을지 몰라 그곳은 스스로 몸을 접어 물고기와 계단을 삼키고 다른 곳으로 가버렸을지도 모른다. 아무것도 확실히 아는 것이 없는 그런 곳인데 지금 거기에 가야겠어. 가지 않으면 안 된다는 생각이 들었다.

"내가 가도 돼요?"

여자애는 자리에서 일어났고 나는 무얼 챙겨야 하나 걸어가며 어떻게 그곳에 갔는지 곰곰히 생각해보아야 하나 정신없이 허둥지둥댔다. 이 문을 열고 천천히 걸어나가면 되는 것이겠지 우선은? 하고 생각하며 문 쪽으로 향했다. 문을 열고 나가기 전 뒤를 돌아보았는데 의외로 가벼운 표정의 여자애가 서 있었다.

며칠 전만 해도 곧 헤어질 것처럼 애틋한 마음으로 보던 풍경들은 정말로 더 애틋해졌는데 나는 이 길을 도미와 걸었지 도미와 아침에 내가 저녁에 함께 돌아왔지 나는 카스테라 간판을 보고 늘 잠시 서서 카-스-테-라 하고 읽었고 도미는 그 옆에 서서 혼자서 머리를 만지거나 손톱을 물어뜯었다. 그러고 나서 우리는 다시 가던 방향으로 느릿느릿 걸어갔다. 그런 것들이 하나하나 새롭게 되살아났다. 몇 개의 커다란 상점을 지나자 곧 철조망이 보이기 시작했다. 우리는 철조망을 따라 걸었다. 철조망에 관해서라면 정말로 여전하다고 말할 수 있다. 많은 것을 잊어가고 있지만 철조망만은 아주 단순하게 철조망이며 그것은 변함없었다. 이 철조망은 가끔이라도 자신에 대해 생각을 할까. 아주 단순하고 전혀 복잡하지 않은 존재인 자신에 대해 어떻게 생각할까. 자신은 좀 다른 존재라고 말하고 싶어 하기도 할까. 어떤 경우에라도 자신은 복잡하며 아주 간단한 존재이지만은 않다고 말하는 철조망을 상상할 수는 없었고 생각할 수 있는 것이라고는 철조망은 계속된다, 철조망은 끝이 없고 여전히 언제나 지금까지도 계속된다는 정도였다.

철조망은 오른쪽으로 꺾이고 있었다. 계속해서 철조망을 따라 걸어야 하나 아니면 한번 철조망을 따라가지 말아볼까. 두 생각이 왔다 갔다 하고 있었다. 나는 두번째 손가락을 쭉 편 채로 오른쪽을 가리켰다가 왼쪽을 가리켰다가를 세 번쯤 반복했다. 여자애는 내 뒤에서 내 팔을 잡고 왼쪽에 고정시켰다. 우리는 왼쪽으로 향했다. 아무것도 없이 가끔 나무만 듬성듬성 자란 길을 한참을 걷다 보니 멀리서 큰 상가 같은 것이 보이기 시작했고 그 너머로 대관람차가 보였다. 천천히 점점 높게 올라가는 작은 관람차들을 보며 저걸 타면 무언가 못 보던 것을 볼 수 있나 그러나 보고 싶지 않을지도 모르지, 생각했다. 좀더 걷다 보니 길을 따라 중고 가구들을 파는 상점들이 이어져 있었는데 간판은 모두 영어로 되어 있었다. 나와 있는 가구들도 모두 미국식이었고 도무지 다른 어떤 식이라고 할 수 없을 만큼 미국식이었다. 크고 해맑고 편리했고 조금은 쓸쓸한 느낌의 물건들이었다. 상점 중간중간 중고 가전제품을 파는 가게가 두어 개 들어서 있었는데 중고 가전제품 역시 모두 미국 가전제품이었고 그 역시 미국식의 크고 해맑고 편리한 것들이었다. 우리는 팔려고 내어놓은 커다란 의자에 앉았다. 의자는 컸고 몸을 깊숙하게 집어넣어도 왠지 어딘가 남는 느낌이었다. 팔걸이에 팔을 올려놓자 어쩐지 팔이 모자란 느낌이 들 정도였다. 여자애가 앉은 의자는 내 것과 한 쌍으로 여자애에게는 좀더 커 보이는 의자였다. 그 애가 앉은 의자 뒤로는 나무로 만든 가로가 긴 미닫이문이 달린 캐비닛이 있었다. 나는 여자애가 혹시 또 문을 열고 캐비닛 안으로 숨어버릴까 봐 왠지 불안해져 여자애를 보다 캐비닛을 보다를 반복했다. 오래 걸어서 지쳤는지 어제 제대로 못 잤기 때문인지 여자애는 자세를 바꿔 다리를 팔걸이에 얹더니 곧 잠이 들어버렸다. 누가 잠이 들어 있는 것을 보면 어째서인가 졸린 기분이 들고 나는 버텨보려고 일어났다 앉았다를 여러 번 반복했지만 곧 잠이 들고 말았다. 짧은 꿈을 꾸었는데 웬일인지 도미가 나오지 않고 여름의 시장도 여름의 어디도 나오지 않았다. 약간 어두운 바였고 나는 테이블에 앉아 바에 앉아 있는 사람들의 등을 보고 있었다. 거기에는 누구도 위험해 보이는 사람은 없었지만 물론 꿈이므로 나는 그 사실을 이상할 정도로 강하게 확신하고 있었다. 누구도 위험한 사람은 없다고 그 순간에 그렇게 확신했다. 아직까지는 누구도 위험해 보이는 사람은 없었지만 나는 곧 무언가가 일어날 것이라고 예감하며 바에 앉아 있는 사람들에게서 눈을 떼지 않았다. 그러다가 맨 오른쪽의 남자가 읽던 책을 내려놓고 햄이 들어간 샌드위치와 맥주를 주문하는 것을 보고 나서야 그가 로베르토 볼라뇨이고 그가 읽던 것은 브루노 슐츠이며 눈앞의 장면은 볼라뇨의 소설 『먼 별』의 거의 마지막 장면이라는 것을 알아차릴 수 있었다. 이것은 어디까지나 비더의 이야기였으므로 그 순간 내가 바꿀 수 있는 것은 아무것도 없었고 그렇다고 무얼 바꾸고 싶던 것은 아니었지만 말이다. 소설 속의 한 장면이라고 해도 다 지나간 다음에야 알아차린 것이었으므로 큰 감동이나 떨림도 없었다. 굳이 말해보자면 이런 일이 일어났군 이런 일은 이런 식으로 일어나는군 같은 것이었다. 그러고 보니 로베르토 볼라뇨는 뒤에서 보아도 로베르토 볼라뇨처럼 생겼다고 생각하며 잠깐 웃다 말았다. 나는 그러고는 그가 로베르토 볼라뇨건 누구건 긴장된 표정으로 바를 나가든 말든 나는 바에 있고 술을 마셔야지 하는 상태가 되었고 손을 들어 술을 주문한다. 그렇게 위스키를 마시고 또 마셨다. 소설을 끝낸 사람이 떠나도 나는 사라지는 것은 아니므로 바텐더는 자리를 지키고 있고 화장실로 가버린 사람은 소설이 끝나고 돌아올 수도 있는 것이고 모든 장면이 사라지는 것은 아니다. 위스키를 또 시키고 손으로 턱을 괴고 가끔씩 소설의 모든 장면은 끝났다는 것과 이것은 꿈이라는 것을 깨닫다 말다 했지만 그래도 술을 계속 마시면 취한다는 것은 어디라도 같았다. 그것은 꿈이라도 소설이라도 같았다. 잔뜩 취해 테이블에 머리를 기대며 누구보다 내가 한심한 삶 무엇보다 내가 한심한 사람 하는 가사가 반복되는 노래를 중얼거렸다. 한심한 나 한심한 삶 이런 것이 꿈의 끝자락이었다. 잠에서 깨 일어나자 여자애는 계속 자고 있고 한낮이었지만 평소보다 흐린 날씨였다. 아마 평소였다면 뜨거워서 이렇게 오랫동안 길에서 잠을 자기는 힘들었을 것이다. 어제 새벽에 비가 왔을 것이다. 혹은 곧 비가 올지도 모를 것이다. 어느 쪽일지 혹은 둘 다가 될지 깊게 숨을 들이마셨다 내쉬었다. 옅은 비냄새가 공기 중에 흩어져 있었다. 비냄새는 계속 걷게 하기도 가만히 잠겨 있게도 했고 오늘은 어느 쪽이냐면 글쎄 그 둘 다를 해볼 수 있을까 하고 생각했다. 나도 자세를 바꾸어 다리를 팔걸이에 걸고 눈을 감았다 떴다. 벌써부터 처음 보는 길이었다. 나는 계단을 놓고 온 숲에 영영 닿지 못할지도 모른다. 하지만 한편으로는 아무렇지 않게 가벼운 마음으로 오른쪽으로 꺾었다가 왼쪽으로 꺾어 직진을 하다 보면 나타날지도 모

른다고 상반된 두 가지 예감을 양쪽 다 강하게 품고 있었다. 잠
이 들 때까지 차 몇 대가 지나갈지를 세어보았는데 모두 다섯
대였다. 그러고 잠이 든 것은 아니고 다섯 대를 세고 그 뒤로는
관두어버렸는데 그렇다고 아주 많은 차가 지났던 것은 아니었
다. 지나갔대도 두어 대 정도였겠지 하고 잊어버릴 정도의 수
가 지나갔다. 자동차는 어쩌다 한 대씩 지나갔고 오른쪽 저편
으로는 대관람차가 천천히 돌아가고 있었고 주인이 없는 가게
에 가구들은 나와 있고 여자애는 그중 한 의자에 앉아 잠을 자
고 나는 그 옆의 의자에 앉아 잠을 자볼까 생각하고 있다. 도미
가 아닌 내가 사라졌다면 도미는 어떻게 지냈을까 도미는 주
유소에 가고 아이스커피를 만들어 마시고 긴 오후 시간을 보
내고 집으로 돌아와 일찍 잠에 들었을까. 그리고 또 다른 누군
가가 뭐가 뭔지 알 수 없다는 표정으로 사무실 소파에 앉아 있
기를 기다리고 있을까. 작고 가늘게 떨어지는 빗방울 몇 개를
눈을 감고 맞았다. 가볍게 내리는 부슬비였다. 여자애는 손으
로 얼굴을 좀 긁더니 고개를 의자에 묻고 계속 자고 있었다. 나
는 자리에서 일어나 가게를 나왔다. 천천히 가보기로 하고 걷
기 시작했다. 여자애가 더 이상 숨지 않기를. 하지만 그런 것을
빌기에는 어색했다. 차라리 끝까지 숨어보기를. 도미가 없는
곳을 도미가 있는 곳을 물고기가 있는 곳을 물고기가 있는 곳

을 향해 가기로 했다. 빗방울이 약해지기 시작했다.

텍스트 소셜리즘, 모든 이름들을 위한 바다

유운성

박솔뫼의 장편소설 『머리부터 천천히』를 읽는 동안 하나의 문장이 머리에서 줄곧 맴돌고 있었다. 글을 쓰기 위해 이 소설을 두번째 읽을 때도 마찬가지였다. '우리는 네모납작 세계를 보았다.' 사실 이 문장은 내가 아직 보지 못한 어느 단편영화의 제목이다. 1990년대 초반 대학 시절 영화동아리에서 활동하던 당시 알고 지내던 다른 대학 영화동아리 친구들이 만든 16mm 영화였던 것으로 기억한다. 어떤 이유에서였는지는 모르지만 그때 나는 이 영화를 보지 못했고, 솔직히 말하자면 제목이 '우리는 네모납작 세계를 보았다'였는지 '그들은 네모납작 세계를 보았다'였는지 그도 아니면 아예 다른 제목이었는지도 확신할 수 없다. 공동으로 연출한 작품이라 들은 것도 같고 책임 연출자가 한 명 있었다고 들은 것도 같다. 제작에 참여했던 친구 가운데 하나, 혹은 그 책임 연출자가 나중에 자살했다는 이야기를 들은 것도 같다.

*

기억의 불확실성은 불현듯 세계를 확산시킨다. 기록을 점검하고 사실을 확인하는 절차를 거쳐 일련의 가능세계가 소수 또는 하나의 세계로 수축되는 순간까지, 우리는 배중률 따위는 아랑곳하지 않고 그 모든 세계가 확산된 채로 하나의 상상적 평면 위에 공존하는 불확정적인 상태를 받아들일 수밖에 없다. (나는 여기서 양자역학적 개념을 재치 있게 활용한 그렉 이건의 근사한 과학소설 『쿼런틴』을 떠올려본다.) 지금으로서는 1990년대 초반에 제작된 16mm 학생 단편영화의 진짜 제목을 확인하는 일은 잠시 미뤄두고, 그 영화의 '가능한' 제목을 떠올리게 만들었던 박솔뫼의 소설이 언어로 직조된 상상물로서의 문학적 평면을 어떻게 다루고 있기에 나를 저 불확실한 기억에 의해 확산된 세계로 밀어 넣은 것인지 생각해보려 한다.

변명이라면 변명이겠지만, 여하간 '이 소설과 그 등장인물들에 대해 몇 문장으로 요약하기란 어려운 일'이라는 진부한 말을 피하면서 『머리부터 천천히』에 대한 이야기를 시작하기란 대단히 어렵다. 그것은 이 소설이 복잡해서가 아니라 오히려 지나치게 단순하기 때문이며(사실 지금껏 내가 읽어본 소설 중 가장 단순한 소설에 속한다), 그것도 정말이지 단순하기 짝이 없는 세르반테스의 『돈키호테』나 로렌스 스턴의 『트리스트럼 샌디』 같은 작품처럼 우직하고 고집스럽게 단순해서, 여러 가능세계들로 확산된 세계로서의 문학적 평면을 이리저리 심드렁하게 누비고 다니며 총체성이나 종합으로 상승하려는 돌기들을 계속해서 지워버리고 있기 때문이다. [물론 여기 언급한 고전들이야말로 복잡하고 복합적인 작품의 표본이라고 생각하는 이도 있을 것이다. 나는 여기서 세르반테스를 단순하다고 확신한 알베르트 세라가 만든 「기사에게 경배를Honor de cavalleria」(2006)과 스턴을 복잡하다고 본 마이클 윈터보텀이 만든 「터무니없는 이야기A Cock and Bull Story」(2005), 두 편의 영화를 떠올려본다.] 문제는 이것만이 아니다. 박솔뫼의 소설은 물리적으로나 논리적으로 불가능하지만 문학적 평면에서(만) 가능한 확산된 세계의 형상을 그려 보이는데, 이 세계의 행위자들은 '작중인물'이나 '등장인물'로 불릴 수 있는 이들이 아니라 다름 아닌 '이름들'이며 오직 이름들뿐이다. 확산된 세계에 걸맞게 확산된 정체성/동일성을 지닌 유령적 형상들, 바꿔 말하면 어떠한 정체성/동일성도 공유하지 않는 가족유사성의 형상들을 어떻게든 가리키고야 마는 언어로서의 이름 말이다.

이를테면 이 소설의 주요 '형상'들 가운데 하나인 우경이 그녀의 옛 애인인 병준이라는 '형상'에 대해 이야기하는 부분을 살펴보자. "병준의 이름을 불러보다 가만히 숨을 고르면 병준이라고 부르는 이름 자체가 우경에게 영향을 주고 있었다. 그렇게 병준 자체가 아닌 병준과 관련된 병준을 구성하고 있는 것들과 친밀해지고 있었다"(p. 178). 이러한 형상을 어떤 존재라 불러야 할까? 명목상의nominal 존재이면서 이름 – 존재 name-being이기도 한 이러한 형상을? 그런가 하면 "이덕자의 아들이 될 뻔했던 자와 친구가 될 뻔했던 자"(p. 185) 같은 형상에 대한 이야기도 있는데, 이 이야기에서 이덕자는 자식 없이 죽은 것으로 상정되고 있으므로 그녀의 '아들이 될 뻔했던 자'나 그의 '친구가 될 뻔했던 자'와 같은 '자'는 물리적으로는 고사하고 논리적으로도 순전히 불가능한 형상, 즉 비존재와 같다. 이러한 비존재에조차 존재를 부여하는 곳, 그리고 움직이게 하는 곳, 그곳이 바로 (책이라는 물리적 대상의 페이지로 은 유되는) 문학의 평면이며 박솔뫼 소설의 무대가 되는 곳도 정확히 바로 거기다. 그리고 이 무대를 거니는 형상들은 '텍스트적 존재'라 이를 수 있을 이름들이다. 이러한 이름들이 넘쳐나면서 그녀의 소설은 꽤 이상해 보이기도 하지만 "이상한 말을 마구 함으로써 이상한 말을 보호하고 싶었다"(p. 88)는 우경의 생각에서 암시되듯, 모종의 정치적 내지는 윤리적 다짐 또한 거기 깃들어 있는 것이다.

물리학이란 시간과 공간이라는 무대 위에서 입자라는 배우가 펼치는 연극을 살펴보는 것이라고 들었던 기억이 난다. 이는 고전 물리학에 국한된 말로, 시공간의 상대성을 받아들인 현대 물리학에서는 무대가 곧 배우가 되는 것을 고려한다는 이야기도 들었던 것 같다. 이러한 기억에 비춰, 나는 현대문학이란 재현representation이라는 배우를 위해 문학적 평면의 무대를 제공하던 언어가 스스로 배우가 되는 순간에 성립된 것이라고 이해한다. (비단 문학만이 아니라 예술 전반에 걸쳐 일어난 유사한 변화를 두고 모더니즘이라 부르기도 했다. 그 과정에서 무대를 잃은 재현을 위해 반세기 가까이 은신처를 제공해온 것이 영화였다.) 이로써 문학이 자연적 및 사회적 세계와 맺고 있던 관계는 얼마간 약화되거나 심지어 상실되었을지 모르지만, 대신 문학은 그만의 물리학을, 즉 텍스트의 물리학을 지니게 되었다. 분명치 않았던 것은 이러한 문학의 사회학이었다. 모더니즘과 리얼리즘의 만남을 거칠게 꿈꾸거나, 기호적인 것의 감각에서 사회적 실천으로 비약하는 식의, 검증도 반증도 논증도 불가능한 주장이나 가설들이 없었던 것은 아니지만 말이다.

그렇다고 해서 박솔뫼의 소설이 '가능한 사회학'을 제시하고 있다고는 말하기 힘들다. 대신 '이상한 말을 보호하고 싶'다는 작은 다짐으로부터 시작한다. 그 이상한 말은, 중환자실의 병준이 매일 화이트보드에 그려놓고 우경과 간호사가 가끔 그것을 힘들게 옮기는 흉내를 내는, 그리고 (존재하지 않는) 가방에 넣어 "머리부터 천천히"(p. 190) "평평한 곳으로 옮긴 후에야" 병준이 겨우 "안심"(p. 189)하는 물고기처럼 보호받아야 하는 것이다. 그 물고기가 실제의 물고기가 아니라 '화이트보드'에 그려진 물고기이고 '평평한' 곳으로 옮겨져야 하는 대상이라는 데서 우리는 문학적 평면에 대한 박솔뫼의 성실한 집착을 본다. 확산된 세계를 일단 그대로 수긍하면서 '~이면서 ~이 아니기도 한' 상황을 "당연하고 평평하게"(p. 77) 받아들이는 우경의 자세처럼 말이다. 이름 – 존재로서의 텍스트적 존재들이 계속해서 명멸하는 기이한 문학적 평면을 묘사한 다음

부분을 보자.

　　문득 도미의 집 베란다에 꽂힌 표지판을 떠올렸는데 그 표지
판의 내용을 넓은 광장이 아니라 이 바닷가에 바닷가 모래밭에
커다란 바위를 세워 써둔다면 그것은 가끔 아주 가끔 오는 사람
들이 볼 것이고 대부분은 바다와 바람이 볼 것이다. 그 내용은
광장에서보다 실감할 수 있는 슬픔으로 상처로 다가오겠지, 나
는 누구를 죽인 사람으로 또 다른 누구에게 죽임을 당하는 사람
입니다. 또 다른 누구는 누구를 죽이고 또 죽인 사람입니다. 이
곳은 무덤은 아니지만 무덤이 되지도 않겠지만 그 옆에 역시나
큰 바위를 세워 누구를 또 누군가를 누군가의 누구의 이름을 새
기고 그 사람이 누구를 죽이고 그 사람이 누구에게 죽었는지를
적습니다. 누구는 아들의 이름이고 딸의 이름이거나 할머니의
이름이 되고 또 다른 누군가는 아버지이거나 친구, 할아버지,
고모의 이름이 됩니다. 그러고 나면 이 바다는 무엇이 되며 사
람들은 이 바다를 무어라 부를까. (pp. 156~57)

　　극치의 평평함으로서의 바다는 문학적 평면 자체를 가리키
는 것일 수도 있다. 그런데 박솔뫼는 그것을 무어라 불러야 할
지 고민한다. "이 바다의 이름을 붙이는 것이 나의 오래된 숙

제라면 나는 이 바다의 이름을 무어라 붙여야 할까"(p. 157).

거기 어울리는 마땅한 이름을 찾지 못했다 해서 그곳을 유랑할 수 없는 것은 아니다. 이 기이한 세계는 분명 평평한 세계이지만 한편으로는 "여러 번 접어 만든 동서남북 같은 형태"(p. 58)로 "이 세계인 듯하지만 곧 다른 면을 보여주"(p. 58)기도 하는 그런 세계다. 텍스트적 존재란 이 급변의 평면에서 살아가야 하는 존재다. 박솔뫼 소설의 형상들, 즉 이름들이 끊임없는 시대착오, 시제의 오류, 공간의 혼동 속에서 서로 뒤섞이는 건 바로 그 때문이다. (병준이 아니라고 해도 상관없을) 병준으로 추정되는 화자가 "지금의 나는 아무런 흔적이 없는 사람으로 푸른 보석 색의 바다를 보며 더 가까이 보려 차에서 내릴 준비를 하고 있었다"(pp. 155~56)라고 고백할 때, '있었다'라는 과거형과 문법적으로 호응하지 않는 '지금의 나'라는 주체가 문학의 평면 위에서 아무렇지도 않게 활보하는 것처럼 말이다. 이 주체는 그와 도미가 주유소 사무실에서 만나게 되는, 각각 소파와 테이블에 앉아 있던 한 마리의 물고기와 전구와 다를 바 없는 텍스트적 존재다. '이상한 말을 보호하고 싶'다는 다짐은 이러한 존재들의 우연한 만남을 위한 자리를 준비하고 이를 위해 세계를 좀더 평평하게 만들고 또 여러 번 접어 넣는 문학적 실천으로 나아간다.

어느 날엔가는 그 술집 안에 카프카가 앉아 있었다. 어째서 카프카인가 그래 카프카야 저기는 더블린이 아니라 더블린이라는 이름의 술집이니 더블린이라는 이름에 카프카가 앉아 있어도 그것은 아주 당연한 일이야. 고개를 돌려 그를 보았을 때 카프카는 혼자 흑백 화면 속에 종이처럼 앉아 흑맥주를 마시고 있었다. 그 한 번이 다였다. 카프카는 다시 오지 않았다. 세르게이 파라자노프도 와카마츠 코지와 박인환도 그 술집 손님이었는데 이 사람들 모두 술 마시면서 한국어로 떠들었다. 박인환이 한국어로 떠드는 것을 나는 정말로 듣고 싶었는데 그때는 들을 수 없었다. 이렇게 말하면 거기가 죽은 사람들만 오는 곳이라고 생각하겠지만 그것은 아니다. 거기에는 살아 있는 다른 아는 얼굴들도 많이 있었다. [……] 그곳에서 또 가장 선명하게 기억나는 것은 다카하시 겐이치로와 리처드 브라우티건과 함께 카페에서 커피를 마시며 이야기를 한 것이었다. (pp. 48~49)

여기엔 많은 이름들이 등장한다. 그 이름들은 그것들이 가리키던 현실의 인물들을 하나둘씩 호명하면서 평평한 세계에 어울리는 평평한 텍스트적 존재로 만들고("흑백 화면 속에 종이처럼 앉아") 그럼으로써 만남을 가능케 한다. 이름 – 존재인 그들이 모이는 곳 또한 장소라기보다는 이름("더블린이라는 이름에 카프카가 앉아")이다. (병준이 아니라고 해도 상관없을) 병준과 (물고기라고 해도 상관없을) 도미와 물고기와 전구와 소녀와 트럭운전사라는 이름들이 만나는 주유소 또한 이러한 이름 – 장소인데, 주유소 장면의 평면성은 이 이름들이 실은 익명, 문자 그대로 이름을 숨기는(匿) 이름이라는 점에 의해 더 강화되고 있다. 이곳은 그야말로 익명의 (이름들의) 바다인 셈이다.

　박솔뫼의 소설은 이러한 이름들을 불러내고 그들과 만나기 위해 문학적 평면에서 성실하게 방랑하는 운동이다. 그녀는 이를 두고 "그것이 친교이고 사교이고 그것을 넘어선 마음이야"(p. 51)라고 말한다. 앞서 나는 박솔뫼의 소설이 어떤 가능한 사회학을 제시하고 있다고 보기는 힘들다고 말했다. 대신 그녀는 문학적 텍스트의 물리학에 걸맞은 가능한 사교의 양식을 보여준다. 이것을 텍스트 소셜리즘이라 불러보면 어떨까? [물론 이 표현은 동시대 오디오비주얼 기호의 물리학에 걸맞은 사교의 양식을 조금 심술궂게 실천해 보인 장뤼크 고다르의 영화 「필름 소셜리즘Film Socialisme」(2010)에서 떠올린 것이다.] 사회주의라기보다는 '사교주의', 이는 이름들 간의 무한한 사교의 양식을 가능케 하는 조건들을 모색하는 문학적 실천이라 해도 좋을 것이다. 물론 박솔뫼에게 있어서 텍스트적 존재들의 사교를 위한 제일의 조건은 평평함이다. 그것도 (일찍이 아인슈타인이 일러준 바대로) 평면의 바깥은 없다고 단언하면서 부지런히 자신의 평면을 다지는 평평함이다. 이로써 그녀의 텍스트 소셜리즘의 시공간과 이 시공간의 기하학은 세계를 표면에 투사projection하는 포스트모던적 유희—표면에 대한 집착은 세계의 깊이를 가정하지 않을 수 없다는 불안에서 나온다—와는 갈라서게 된다.

그렇다면 이러한 실천으로서의 텍스트 소셜리즘이 향하는 곳은 어디일까? 『머리부터 천천히』의 첫 장(章)에서 익명의 여성 화자—언뜻 소설가 자신의 자전적 경험에서 빚어낸 인물처럼도 보이지만 역시 텍스트적 존재임을 알게 되는—는 소설을 쓰려고 시도했던 어떤 여름에 대해 이야기한다. 이어지는 장들은 이 화자가 구상한 소설일 수도 있고 아닐 수도 있다. 이 화자의 회상이 펼쳐지는 "그해 여름은 매해 여름"(p. 7)이라는 이상한 시간이고 그 여름 그녀는 죽어가는 아버지에게서 속리산의 할머니에 대한 이야기를 듣고 그것을 소설로 쓰려 한다. 하지만 갈피를 잡지 못하고 배회하는 아버지의 말은 이 소설 쓰기를 불가능하게 만든다.

　속리산의 할머니는 일제강점기에 태어나 만주로 갔습니다. 아니면 조선 말기에 태어나 후에 만주로 갔습니다. 그게 아니면 언젠가 태어나 블라디보스토크에 갔습니다. 이것은 속리산 할머니의 이야기이므로 사실은 할머니는 한국전쟁 이후에 태어나 의외로 별 부침 없이 살았으며 할머니의 어머니가 들은 이야기를 오래도록 기억하는 것일지도 모릅니다. 할머니를 할머니라고 하고 할머니라고 믿기 시작하면 그 할머니는 2백 년을 살아도 이상할 게 없다고 모두들 생각하고 있으니까요. (p. 10)

　이런 식의 서술은 우경이 부산의 한 식당에서 들은 이덕자라는 인물에 대해 이야기할 때도 반복되고 있으며 나아가 『머리부터 천천히』 전체를 지배하는 서술이라 해도 좋을 것이다. 이는 유한한 수의 요소(인물, 장소, 사건 등)와 그들 간의 관계를 불확정적인 상태로 남겨둠으로써 여러 갈래의 이야기를 가능케 하는 '열린 텍스트'를 위한 전략처럼 보일 수도 있다. 이 경우 박솔뫼의 소설은 최근 몇몇 한국 소설들과 관련해 제안된 '무한소설'의 한 예로 간주될 것이다. 문제는 그녀의 소설이 여러 다른 조합을 발생시키는 유한한 선택지(~이거나 ~인)

들을 통해 이런저런 가능세계들을 열어놓는 것이 아니라 모든 가능세계들을 확산된 상태로 한데 품은(~이면서 ~이 아니기도 한) '닫힌 텍스트'라는 데 있다. 다시 말해서 배중률을 거부하는 문학적 평면의 물리학 혹은 기하학에 고집스레 충실한 텍스트이며 어떤 확률적 추정도 단호하게 배제하는 텍스트이다. 우리는 다음과 같은 문장에서 이에 대한 명징한 자각을 엿볼 수 있다. "이덕자가 살 뻔했던 삶은 그렇다고 이덕자와 같은 예술을 하고 유학을 다녀온 여자들이 살고는 했던 삶의 확률을 말하는 것도 아닙니다"(p. 181). 그런가 하면 "속리산에서 빨래를 하는 할머니는 [……] 오늘의 이야기가 끝나 내일의 이야기가 시작될 때에는 다시 빨래를 하고 있다"(pp. 13~14)와 같은 부분에서는 문학적 평면의 '닫힘'에 대한 자각이 선연히 드러난다.

열린 텍스트가 열어놓는 가능성은 분명 셀 수 없는 것이지만 엄밀히 말하자면 무한한 것은 아니다. 왜냐하면 (밤하늘의 별이나 바다의 물고기처럼 셀 수 없는 것이 곧 무한한 것을 뜻하지 않는다는 사실은 차치하고라도) 열린 텍스트의 셀 수 없는 가능성이란 결국 그보다 훨씬 셈하기 좋은 유한한 요소들과 관계들의 닫힌 집합으로부터 산출되는 것이기 때문이다. 이런 텍스트를 요약하기란 물론 복잡하고 힘들겠지만 불가능하지는 않다. 그런데 박솔뫼의 문학적 평면을 직조하는 '~이면서 ~이 아니기도 한' 텍스트적 존재들은 셈할 수 없을 만큼 확산된 요소들이며 그들 간의 관계 또한 어떤 식으로건 셈할 수 없다. 박솔뫼의 닫힌 텍스트를 산출하는 것은 모든 가능한 요소들(모든 가능한 우경, 모든 가능한 병준, 모든 가능한 도미, 모든 가능한 속리산 할머니, 모든 가능한 이덕자 등)과 그들 간의 모든 가능한 관계들의 열린 집합이다. 이처럼 단순하지만 요약이 불가능한 닫힌 텍스트가 향하는 곳은 결국 어떠한 총체성도 없는 무한으로(서)의 열림이다.

이런 텍스트와 마주하는 경험은 물론 힘든 일이다. 첫 장의 화자가 ('소설' 혹은 '속리산'의 초성일 수도 있고 아닐 수도 있는) "ㅅ으로 시작하는 것은 ㅅ에서 끝난 것일 뿐"(p. 15)임을 토로하고 소설을 쓰던 종이에 바둑판을 그려 오목을 두는 것처럼, 유한한 요소들과 관계들의 닫힌 집합으로 무한 아닌 무한을 산출하는 평면을 힐끗거리고 싶은 충동도 들 것이다. 하지만 그때마다 저 텍스트적 존재들은 "소설을 끝낸 사람이 떠나도 나는 사라지는 것은 아니"(p. 234)라고 집요하게 중얼거릴 것이다.

*

이 글을 쓰면서, 글머리에서 언급한 16mm 단편영화에 대한 정보를 인터넷에서 찾아보았다. 시행착오를 거친 끝에 이화여대 영화동아리 누에의 인터넷 카페에서 그 영화에 대한 정보를 발견했다. 연출자의 이름은 여전히 알 수 없었지만 1993년에 제작된 작품이고 정확한 제목은 '그는 네모납작의 지구를 바라본다'임을 알게 되었다. 검색을 계속하여 찾은 영화의 시놉시스는 다음과 같다. '식당을 경영하는 히스테리컬한 어머니와 함께 사는 이십대 초반의 주인공은 현실사회에 쉽게 적응하지 못하고 타인과의 커뮤니케이션이 단절된 수동적이고 폐쇄적인 인간이다. 그가 세계를 받아들이는 방식은 TV의 사각틀을 통해서이며 그가 현실을 접하는 방식 또한 TV를 보는 것과 같은 관음적 행위를 통해 이루어진다.' 1990년에 발표되었던, 변혁과 이재용이 공동으로 연출한 단편 「호모 비디오쿠스」를 떠올리게 하는 시놉시스다. 텔레비전 화면이 제공하는, 표면에 투사된 세계에 대한 불안이 담겨 있는 것 같다. 그러고 보면 VHS로 출시된 데이비드 크로넨버그의 「비디오드롬 Videodrome」(1983)이 한국의 영화광들 사이에서 한창 인기를 누리던 때이기도 했다. 오늘날 표면에 투사된 세계는 오히려 오타쿠적 매혹의 대상이 되기도 한다. 박솔뫼의 『머리부터 천천히』는, 기억의 착오로 떠오른 「우리는 네모납작 세계를 보았다」라는 존재하지 않는 영화와 더불어, 평평한 곳에 거주하는 평평한 것들의 가능한 사교의 양식에 대해 숙고하게 만들었다. 그러고 보니 박솔뫼의 소설에서 존재는 장소(곳)이기도 하고 사물(것)이기도 하다. 예컨대 첫 장의 화자가 침대를 두고 "이러저러한 것이며 이곳이며 저 먼 곳이며"(p. 11)라고 말하는 것처럼 말이다. 무대가 곧 배우가 되는 곳/것에서(만) 가능할 한 편의 영화를 상상해본다. 우리와 네모납작의 세계는 서로를 본다.

리처드 브라우티건의 작품 중에 특히 좋아하는 것은 『워터멜론 슈가에서』이다. 최승자 시인이 번역한 한국어판 마지막은 이렇다.

이 소설은 캘리포니아, 볼리나스의 한 집에서 1964년 5월 13일에 시작되어, 1964년 7월 19일 캘리포니아, 샌프란시스코, 비버 스트리트 123번지의 집 앞방에서 완성되었다.
이 소설은 돈 앨런, 조앤 카이거, 그리고 마이클 맥클루어를 위한 것이다.

왜인지 이 부분을 좋아하는데 아마 큰 의미는 없어 보이지만 많은 장면을 보여주고 열어주고 있다는 생각이다. 내 생각에 리처드 브라우티건의 그 소설은 나를 위한 것 같다.

2016년 5월

박솔뫼